現代英語文学研究会編

〈境界〉で読む英語文学

――ジェンダー・ナラティヴ・人種・家族

開文社出版

はしがき

本書は、五年前に出版した『ジェンダーで読む英語文学』のシリーズをなす続編として編集されたものである。我が研究会は、多様化した文学の世界へのアプローチを目ざす活動の一端として、『〈境界〉で読む英語文学——ジェンダー・ナラティヴ・人種・家族』という表題で、第三冊目をここに出版することにした。

現代は、交通・通信をはじめとする文明の発達により、世界が一段と狭くなり、ローカルなものが広域化し、多様な文化の中で相互に影響を与え合う状況が生まれ、それに伴って価値観も多様化してきた。その中で、文学の世界も変容を迫られ、従来の範疇を越えた分野を取り込み、より広い文化現象として扱われる傾向が生まれてきた。その背景には、二〇世紀中葉から認められる文学批評の流れの影響があるだけでなく、汎世界的な趨勢のもとで、既成のものにとらわれない、新しい社会情勢に対応しようとする文化の流れの影響があることも無視出来ない。

「境界」というテーマを取り上げた理由は、従来の文学的範疇で処理できないさまざまな問題を、より大きな文化的範疇の中で、これまでの読み方に挑戦し、見直すためである。我々は、文学の世界における「境界」を、「境界を越えるもの」、「境界上を往き来するもの」、「境界を目ざすもの」など、多様な差異を含んだ領域として措定する。その上で、文学の世界における問いを、それぞれの論者の視座からとらえ直し、「ジェンダー」、「ナラティヴ」、「人種」、「家族」という具体的な問題の中で明確化しようとしている。そしてそれを、読者の側から新たに発掘し、現代の新たな問題として提案してゆく出発点としたい。

「現代」の文学を考える場合、二〇世紀末から二一世紀にかけてのものが、直接の対象とはなるが、その現代性を掘り下げる過程において、当然、過去の与える影響として、古典が本来的にもっている原型となるべき現代性も含めて考察する必要があるだろう。こうした方針のもとに扱われた文学作品は、一九世紀のロマン派から二〇世紀末の現代までの幅広い作品にまたがる。現代英語文学研究会は、従来行われてきた時代の変遷による作品の区分にこだわることなく、それぞれの現代的性格を探り、文学の境界領域周辺の文化や社会の影響をも含めて、新たな角度から発掘する作業に取りかかった次第である。

現代英語文学研究会

目次

〈境界〉で読む英語文学——ジェンダー・ナラティヴ・人種・家族

写真出典

スーザン・グラスペル／ジョージ・クラム・クック　(p.1)　Heller, Adele, and Lois Rudnick, eds. *1915: The Cultural Moment*. New Brunswick: Rutgers UP, 1991.

ルーディ・ラッカー　(p.51)　http://www.mathcs.sjsu.edu/faculty/rucker/

メアリ・シェリー　(p.81)　Richard Rothwell, *Mary Wollstonecraft Shelley,* National Portrait Gallery.

ベアトリーチェ・ボルディナーリ　(p.89)　Andrea Rose, *The Pre-Raphaelites,* London: PHAIDON, 1992.

ベアトリーチェ・チェンチ　(p.90)　Lorenza Mochi Onori, Rossella Vodret (eds.), *La Galleria Nazionale D'Arte Antica Palazzo Barberini*, Roma: Fratelli Palombi Edition, 1992.

イーディス・ウォートン　(p.139)　Shari Benstock, *No Gifts from Chance: A Biography of Edith Wharton* (Scribner's, 1994).

エミリー・ディキンソン　(p.175)　Amherst College Library Special Collections.

ネラ・ラーセン　(p203)　Kadius M. Davis, *Nella Larsen: Novelist of the Harlem Renaissance* (Louisiana State UP, 1994).

ウィリアム・フォークナー　(p.225)　Hans H. Skei. *Reading Faulkner's Best Short Stories*. Columbia: University of South Carolina Press, 1999.　表紙。

ウィリアム・フォークナー　(p.259)『たのしく読めるアメリカ文学』ミネルヴァ 書房（1994）

第一章　二項対立の境界線上に立ちたい女クレア・アーチャー

――スーザン・グラスペルの『ヴァージ』を読む

山本　俊一

はじめに

今、アメリカ女性劇作家スーザン・グラスペル（一八七六―一九四八）はアメリカ演劇研究者の間で、最も注目を浴びている一人である。初演から五十年以上もの間、彼女の作品がすっかり無視され続けてきたことは、伝統的な男の側からのスタンダードによる評価が、いかにすぐれた才能を埋もれさせてきたかをよく物語っている。一九八二年に、ビグズビーが一〇ページほどのグラスペル論と八七年に彼女の主要な四作品を出版するに至って、ようやくこの作家が研究者の関心を引くようになっていった。九一年には、ショウォールターが『姉妹の選択』の中で、『些細なこと』をアメリカ・フェミ

スーザン・グラスペル

夫のジョージ・クラム・クック

ニズム文学の格好のテクストとして解説をしている。伝統的な考え方と闘いながら、結局は譲歩せざるをえなかったほぼ同時代のレイチェル・クロザーズ（一八七八―一九五八）のニューウーマンとは違い、グラスペルの描く女たちが伝統的なものと非伝統的なものとの関係を対等のそれにしようとしていた点に、その新しさは見えてくる。

カトウィンケルは、グラスペルが、因習的な一九世紀の子供時代から保守的なヴィクトリア時代のモラルを受け継いだが、このモラルはまず、モダニズムの運動のさまざまな考え方と衝突し、それからニューフェミニズムと衝突した（三七）と分析し、グラスペルの演劇観や演劇への想いを次のように解説する。

自分の劇に対してはっきりした結論を彼女が避けることは、終結してしまうことを避けたいという願望を示している。…まず、グラスペルは、演劇は葛藤を提示するもので、解決を提示するものではないと信じていた。…二つ目として、グラスペルは何らかの一つの社会的立場に対して忠誠を主張することや、何らかの立場から要求されることに強く抵抗した。…彼女の作品は、変化を生じさせ、明らかに正反対の見方を和解させる想像力とその力への信念を明らかに示している。…彼女の劇は討論のための場所を提供し続ける。（三八―三九）

グラスペルにとって劇は、葛藤を提示し、討論の場となるものであって、劇中で解決や結論を提示するものではない、というカトウィンケルの指摘は、グラスペルの作品、とりわけ『ヴァージ』（一九二一）を読む際には、留意すべきことのように思われる。グラスペルは劇中で、特定の立場に荷担したり、批判的であったりはしない。言うならば、複数ある立場の一つ一つが、作者から等距離にあるものとして設定され、劇中、それらは主導権を得ようとして、常に動き、闘い、変化しようとしている。そしてこうしたエネルギーこそが、グラスペル劇のダイナミズムを生み出している。

一　クレア・アーチャーの正体

価値の逆転／転換を試みる女

『ヴァージ』の主人公であるクレアは、助手のアンソニーと二人で新種の植物を創造すべく、交配実験に励んでいる既婚の女性である。「役に立つ美しい植物は作っていない」（七五）[1]、「それらの植物が、これまでのものよりも優れたものかどうかなんて、どうでもいいの」（七六）、それらの葉は、見る者にとっては「不快であると同時に、意義のあるもの」（五八）というクレアの台詞やト書から、この実験は多分、変人の趣味の範囲を越えないもので、素人が玄人にすら困難な実験に挑んでいる姿と見ていい。この世に存在したことのない、他とは異なる性質の植物をというのが、彼女の新種の重要な条件である。「不快だからこそ、意義のあるもの」という世界は、クレアの方から「植物に寄生虫をつけてまわっている」(七四)行為が示すように、伝統的な価値観の逆転した世界である。そして、「卵［を食べるの］に、塩が必要なんて考えは捨てること」(六八)というクレアの発言は、価値の転換を求める声である。それは、他者と同じ価値づけをしない、という考え方をクレアに生じさせた。一般大衆の認める価値——人生の「中心部にいて、大きな共通の体験に根ざしているという意識」(八二)が与えてくれる平穏——を盲目的に是認し、安心して受け入れている人たちをニーチェは非難したが、クレアの身内の者たちはそうした価値観の中に生きている。

ある原理や原則の下に秩序立てられた形式の全面的破壊をクレアは主張する。人間はそうした形式の中で窒息死しかけているから、形式を破壊・解体することで、生き返るのだと彼女は言う。「生命が幽閉されないために」(七〇)というのが彼女の理由づけである。客をもてなさない、ラテン語を読む習慣のある、愛人のいる女主人という彼女の特徴が端的に示すように、彼女がみずからの家庭にこうした反伝統的価値観を持ち込むのは、そのような理由からである。その彼女が夫ハリーから「ニューイングランドの花」(六四)と呼ばれる時、苦痛でいたたまれなくなるのも当然のことである。現在のアメリカの道徳や美徳の基礎を築き、また現在の「アメリカ人の精神を生みだした」(六四)土地、ニューイングランドこそ、クレアが破壊したいと思ってやまない所だからである。彼女の言う伝統的な価値の逆転や転換の発想、形式破壊の思想には、ニーチェの影響が色濃い。

クレアの原型的人物を求めて

クレアの原型的人物については、これまで二度、批評家たちによるごく短い言及がある。ネリガンは、「クレアのキャラクターは、異端者《ヘテロドキシー》クラブ[2]の会員の、極端な合成物として読める。…また、彼女の葛藤は、彼女たちの書いた物に見出される葛藤に著しく似ている」（九二）と述べ、フランスは、「『ヴァージ』の議論から奇妙にも抜けているのは、クレアと作者の夫クックの、目立った類似性で…不満足な現実に対するクレアの反応は、クック自身の気質を反映している」（二二〇）と指摘する。クレアはクックを原型としながら、偽装された人物であると筆者はかねてより考えていたから、フランスの考え方に全面的に賛成である。もう少し両者の類似関係を示す資料を加えて、フランスの説を補強したい。

クック研究の第一人者であるサルロスは、クックを「実験」家、「素人の愛好家」、「専制者」、「(自己)陶酔者」、「預言者」（a五一、五四）と呼び、「その個性、創造的な努力、発想上の衝撃が人を戸惑わせた」、「おしゃべり屋」、「大学でギリシャ語を教えた」、「三度も結婚した女たらし」で、「パターン化した偽りの芸術にうんざりし、…確立された価値に対する偶像破壊的な問いかけに専念し」（a三四―三五）、「自由なディオニソス的エクスタシーがなければ、崇高なアポロ的秩序は達成できない」とするニーチェに同意し（a三六）、「彼自身の、および他の人の達成／完成は、常に彼を満足させなかった」（b四九）と説明する。クックにとって成功は、精神的な失敗のしるしであった。クックの友人であるハプグッドは、「ジグ［クック］の想像力の創造的性質が、最もうっとりさせる形で明示されるのは、たぶん会話の中でだったろう」（b四九）と振り返る。またウオーターマンは、「素晴らしい失敗者…理想主義的なアプローチをたくさん試み、ことごとくそれらに失敗した…才能のあるアマチュア」（a四五―四六）、「彼はいわば、ケーキを食べたかったし、それを持ってもいたかった」（a四九）、「理想像を追求する孤独な放浪者」（a五〇―五一）と解説する。オジェブロは「クックの極端な気分の揺れ」（三六）、「彼の不機嫌な深い憂鬱」（五八）を指摘する。そして、ニーチェに傾倒していたことに加え、プラトニズムにも没頭していたことが、多くの批評家に指摘されている。性別の違いこそあれ、クックとクレアはかなり類似した精神構造の持ち主だと言える。ここではクックの精神構造を参考にしながら、クレアという人物の秘めた謎を解く手がかりとなるものをえることがとりあえずの目的である。

「失敗」を生きる孤独な夢想家

植物実験に励んでいない時のクレアは、みずからが名づけた「失敗の塔」（七九）に独りで閉じこもっている。この塔は価値の逆転や転換の発想によって、価値づけし直された塔であるから、伝統的な形式を欠いている――「塔は円いものと思われているが、円を完成し損ねている。後部は曲線を描き、やがてギザギザの線となる。正面は奇妙な出っ張り窓で、傾いた曲線を描いている。建物全体がまるで何らかのすごい力によって、一ひねり加えられたみたいである」（七八）。失敗の塔と命名しているのは重要な点である。成功はある物事の終着地であるから、そこからさらに先に向かっての動きは、もはや存在しない。成功は動きの停止であり、それゆえ「生命の構造が凍りつく」（八六）ことである。それが常に「流れ」（八六）続けているためには、動き続けること、つまり失敗を生きなければならない。成功を精神的失敗と見なしたクックと同様に、オニールもマルコに代表されるように、成功を「精神の喪失」と解釈した。クックとオニール、そしてクレアを結びつける共通項は、失敗が彼らを突き動かす力になっているという考え方である。クレアには失敗の塔がよく似合う。というのは、生きているものは成熟を迎える。成熟は個の歴史の上で完成であり、それは成功と同義語だから、植物を相手にした実験は、クレアにとって危険きわまりないものである。アンソニーが「成熟した」（七三）エリザベスを評して、「完成している」（七二）と言う時、生命のエネルギーを失って、虚ろな魂でさまようほかない彼女の人生を暗示する。その点、成長のないこの塔は、失敗を永遠に続けるがゆえに、彼女だけの理想的「別世界」である。しかし、ここに、伝統的な価値観の持ち主の夫ハリーと姉アデレードが無断で侵入する。二人は当然ながら、反伝統の塔に異様なものを感じる。新しい価値観で生きようとするクレアを、精神の病を患いつつある徴候と見る夫。母親は世界の「富を増やす」（七五）ことに貢献しているから、手伝いたいと訴える娘。塔の不規則さを非難するしか能のない姉。こうした人たちに取り囲まれたクレアは、「たとえ［あなたがたに私の望んでいることを］説明しようとしても、わかってもらえない」（八〇）と言うしかない。

「洞窟」から太陽を見た女

今、ここでプラトンの寓話、「洞窟の比喩」を持ち出すことは、決して恣意的なものではない。一幕冒頭のト書にプラトンの名は見られるし、二幕冒頭のト書には、「そこ［塔の中］は、天井からぶら下がっている古くさい夜警の手提げランプによって照らされている。その金属の数多くの小さな穴や隙間が、曲がった壁…に不思議な模様《パターン》を投げかけている」（七八）という記述が見られ、同幕でクレアがズバリ、「洞窟から、無限を見た」（八七）と言い、「痛みを経て現れてくる奇妙な光」（八二）に言及する。クレアの置かれている状況を「洞窟の比喩」を手がかりに少し考えてみたい。

プラトンの有名な「洞窟の比喩」をごく簡潔にまとめるとおよそ次のようになる。

私たち囚人は、縛りつけられた状態で洞窟の最奥部の壁を見つめて日々生きている。首をまわして、後方を見ることもできない。私たちの背後には燈火が燃えている。その火と囚人の間に衝立のようなものがあり、その上で動く人形の影を燈火の光が壁に映し出す。私たちは毎日その映し出される影を見て、それが物事の本当のありようだと信じて、疑わない。ところが、ある時、その中の一人が縛りを解かれて、後方を見ることを許されたとする。強い光と動く人形がそこに見えるが、目はくらみ苦痛を感じて、今まで見てきた影を現実と思いこみ、人形や光をにせものと見誤るかもしれない。やがて、その人は洞窟の入り口から外の世界の太陽を見る。そのまばゆさに圧倒され、大きな苦痛を経験するが、やがて、外の世界を本当に理解することになる。その人は再び、洞窟の中へと戻る。実物をみた彼は、洞窟の中の人々が影を実物と思いこんでいることを知る。しかし、彼の説明する本当の事物のありようを信じない彼らは、太陽を見たというその人物を危険視し、殺してしまうかも知れない。（納富の要約七二―七四）

この要約は、あくまで一解釈にすぎず、プラトンのテクストそのものが、決定的な解釈を拒んでいる点はつけ加えなければならない。この寓話で、縛りを解かれ、真実を見た人物がクレアであることは言うまでもない。太陽を見たことのないクレア以外の人たちは、自分たちが囚人であることにさえ気づかない。「洞窟から、無限を見た」というのは、太陽の光――「認識を迫る鋭い一刺し」（八六）――という新しい価値観によって、実像と虚像の関係を見抜いた者が言える台詞である。「他のどこにも行くエネルギーがないから、いつも同じ所にいるのよ」(八一)と言ってアデレードを非難するクレアの台詞は、洞窟の中で虚像を見続けている姉の姿に言及したものであり、「エリザベスを排水路あたりに転がしておいたら、…やがて衰弱するから」(八四)とクレアが言う時の「排水路」は、「洞窟」とほぼ同じ意味に使われている。クレアにとって聖域だったはずの「失敗の塔」ですら、不法闖入者に占領され、息の詰まるような洞窟と化してしまった。そこに他のすべての登場人物たちと一緒に閉じ込められて、今度はそこから脱出する戦略を彼女は立てざるをえない。『ヴァージ』はこのように、ニーチェの「価値の逆転」の哲学とプラトンの「洞窟の比喩」を基本構想に成り立っている。

クレアを取り巻く男たちに映し出された彼女の実像

クレアと最も多く接触を持ちながら、最も彼女を理解していない人物が飛行士ハリーである。空中を自由に飛ぶ彼なら、彼女の求める地上の形式からの解放、伝統的発想からの転換を理解してくれるだろうと期待して、彼と結婚する。しかし、飛び立った時と同じ人間として大地に戻って来たハリーに、前夫同様の幻滅的な面を見出すだけであった。彼女の場合、地上は洞窟であり、空は洞窟からの解放を意味していた。この劇で、ハリーほど地上/洞窟に縛りつけられ、また他者をそこに縛りつけようとしている人間はいない。堅固な父権性の持ち主――彼が三幕で、拳銃を手にディックを追いかけまわすのも、自分の所有物であるクレアが奪われそうになったことへの逆上に他ならない――であり、硬直した精神構造の象徴である実利性の視点しか持たないマルコ（『長者マルコ』の主人公）的人間で、他と異なることは幸福を破壊する最大の敵である、という固定観念を持つ彼は、ことごとくクレアとは対照的で、洞窟のボスに相応しい。彼の発言が、フェミニズム批評家たちの格好の餌食となるのはもっともなことである。

想像力の欠如したハリーと較べると、ディックは、すべてを線によって描こうとしている発想豊かな、しかし、創造性はゼロの画家である。「線は何も作らない」（六五）、従ってなんら確定された模様／形式も生み出さない。それゆえ、形式破壊主義者のクレアは、彼と心を通わすことのできる部分がある。ただ、危険な失敗者クレアと違って、「鉛筆」（七三）という無生物を相手にしている「安全な」（七三）失敗者ディックの違いは、きわめて大きいけれども。しかし、たとえ人間が模様／形式を作り出さなくとも、自然は私たちの周辺で無限にそれらを生みだしている。一幕冒頭のト書で、作者はそのことを私たちに何気なく伝える。「温室のガラスの上には、霜が模様《パターン》を作り出し、…そして、風が温室の周辺で音の模様《パターン》を作り出している」（五八）と。このト書は、今後のクレアの戦いが勝ち目のない、絶望的なものであることを暗示している。しかし、どうやらクレアは、自然が生み出すこの現象には気づいていないようだ。

トムは「瞑想する」(六六)ために、地の果てに行こうとしている。人生の内側にいる限りは、人生をよりよく理解できないから、「人生の外側から人生を見」(七二)たいと思い、そのために彼はクレアを愛していながら/いるからこそ、彼女から「永久に離れる」(七二)つもりでいる。彼の最終目標とそのために彼がとる行動とは、まったくその方向性が逆なのだ。彼の場合、永遠に実現されない目標だからこそ、永遠に失うこともない目標ゆえに、永遠に希望を持ち続けることができる。オニール風に言えば、「希望のないところに、希望を託す」この哲学が、クレアを魅了するのは、彼女の中にもこれに近い考え方(「失敗」の美学)があるからである。そして「本当に言う価値のあるものは、言葉で表現できないものです」(七〇)と彼が言う時、言葉では核心に触れられないもどかしさをクレアと共有している。

劇の端役と言うにしては、気になる部分の多い謎の男で、言葉に豊かな多義性があり、すぐには理解し難い台詞を述べるアンソニー。「正しいように見えていて、実は正しくないってことを見抜く目を彼女は持っているんです」(九三)とクレアの洞察力を的確に指摘するように、彼はクレアの精神構造をよく理解している。客観的な事実のみを淡々と語る端役のように見えて、それを逸脱していることが多々ある。踏みこんだ発言を時々するし、それは核心を突いていて、我々が信頼してもよい解説者的な役割も果たしている。その彼が我々を戸惑わせる点があるとすれば、彼がクレアを、ミセス・アーチャーではなく、常に「ミス・クレア」と呼ぶ点である。まったくの端役であるお手伝いのハッティが「ミセス・アーチャー」と呼ぶのとは対照的である。ハッティが彼をミスター・アンソニーと呼ばずに、呼び捨てにすることから、彼はハッティより地位の高い人物ではまずない。多分、彼はクレアの幼い頃から、彼女の家に住みついていた召使いのような人物で、当時からの呼びかけである「クレアお嬢さん」が、いまだに抜けきらずにいるのだろう。しかし、たとえそうだとしても、この「ミス」という呼びかけにはこだわりたい。クレアにとって決定的に重要な台詞のすぐ近くのト書に、突然、「不満足な子供のように」（八六）、「満足した子供の驚きに多少似て」（一〇〇）という説明が加えられている。「子供」という言葉に注目したい。人間の個人史で、最も夢が現実味を帯びて感じられる時期は、児童期から青年期にかけての子供時代である。この時代、現実と夢はとぎれのない連続体となって彼らの想像上に存在するから、空想の力は夢と現実をいとも容易に等号で結びつける。オニールの『地平の彼方』（一九一八）のロバートは、無垢な青年だからこそ、地平の彼方には空虚ではなく、楽園があると信じたのである。大人の目から見れば、明らかに実現不可能な夢も、子供の空想の中ではなんらの不都合も生じないで、可能性一色となる。クレアの願望をトムが代弁して言う「破壊に通じるドアの向こう側に希望を懐く」（七二）とか、「私たち、切り抜けられたら…光輝く所に出られるかも知れない」（八六）と言う彼女の夢の構造は、クレアがロバートと兄妹であることを示す。アンソニーが「ミス」という言葉に込めようとしたものは、その夢のイノセントな性質である。

クレアの空想の実体

ウォーターマンがクックを評して言った、「ケーキを食べたかったし、それを持ってもいたかった」という自己矛盾した、欲張りな、子供じみた夢は、クレアの空想の性質を考える上でとりわけ有効である。クレアはその夢を説明して、「そこには長い、流れているパターンがある」(九八傍点筆者)と言う。この台詞は劇中で最も重要なものだが、ここには、「動」と「静」とが対立したまま共存している。しかし、対立二項が共存できるのは、あくまで空想の世界に限られていて、現実の世界では起こり得ない。この劇の三幕後半は、彼女の空想の戦略を次々に提示する。実験植物「生命の息吹」は、クレアの望みどおりの生育を続けていて、まもなくその結果を出すところまできている。しかし、彼女は実験の成功だけを望んでいるのではない。かといって、失敗を望んでいるわけでもない。成功は固定化を、失敗は非創造という致命的な面をそれぞれ抱えているからである。やがてアンソニーが実験室から「生命の息吹」を運んでくる。その時のクレアのト書に、「クレアは半分だけ振り向くが、半分だけのところで止める」(九六傍点筆者)とある。彼女は成功を恐れる気持、失敗を恐れる気持のどちらにも苦しんでいる。その結果、どちらか一方に傾くようなことはしないで、両者から等距離に立っているというのが、ト書の意図である。どちらか一方を選択する行為は、絶対化することであり、確信を伴う行為であるから、確定／固定／硬直をそれは約束する。彼女の願望は、両者の境界線上《ヴァージ》にいることである。『ヴァージ』のクレアは、「確信」を悪と見なしたニーチェや「洞窟の比喩」の決定的な解釈に基づく、テクストの固定化を拒むプラトン同様に、動いている、生きているのだ。

　求心を志向するクレアと遠心を志向するトム。空想豊かな変人クレアと平凡な現実主義者ハリー。饒舌な反抗的情熱家で主役のディオニソス的クレアと寡黙で従順な端役のアポロ的アンソニー。危険な失敗者クレアと安全な失敗者ディック。エネルギーがないから、忙しく飛び回るアデレード（八二）と「心の内に火を持って」（五九）実験室と塔にこもるクレア。完成品となって可能性のゼロになった娘と未熟なまま、可能性を秘めて亡くなった息子。「ディックを撃つことが重要だと考えている」ハリーと「撃たれないことを重要だと思っている」（九五）ディック。昔、美しい植物だったディックと醜い植物だったトム（七三）。伝統的なタイプのお手伝いで噂話の好きなハッティと召使いのタイプを逸脱した噂話の嫌いなアンソニー。「ドアのあちら側に閉め出されている」トムと「こちら側に閉じ込められている」ハリー[3]（六八）。観察する側（植物を観察するクレア）と観察される側（すべての劇中人物によって、常に精神状態を観察されているクレア）など。この劇の登場人物は、なんらかの対立関係[4]の図に見事におさまる。対立の関係は、人間関係ばかりではない。無垢の夢を懐くミス・クレアとラテン語を読む成熟した知性的ミセス・アーチャー。エッジ・ヴァインの破壊と「生命の息吹」の創造。形式破壊主義者のクレアと無限に世界に模様／形式を生みだし続ける自然。空と地上。洞窟と光輝く所。「失敗の塔」を成立させている曲線とギザギザの線（七八）。その塔に「閉じこもる」クレアと「閉じ込められている」クレア。クレアの住む伝統の土地ニューイングランドとトムの行こうとしている伝統のない地の果て。「生命の息吹」の内側と外側。人間の手と銃。そして正気と狂気。クレアはこれら対立する二項が、それぞれの立場で自己主張をし、闘いながら生き生きと共存している姿を想像する。「失敗の塔」が視覚的観点からも理想郷であるのは、「曲線」と「ギザギザ」の線が共存にしているからでもある。いや、単に共存しているだけでは十分とは言えない。この劇の一幕冒頭のト書に、作者は「まるで抽象的な性質とあらゆる人生の背後にある固有の模様が、温室内部の創造的な熱によってばかりでなく、温室外部の創造的な冷たさによっても、現れたに違いないかのように見える」（五八）と書き込んでいる。クレアの求めている「流れているパターン」、つまり「固有の模様」は、「内部の熱」と「外部の冷たさ」という対立二項が出会う所、つまりその境界線上に存在することを、作者がすでに作品の始まりで示していたことを思い出す。ただし、作者は慎重に、「まるで…かのように見える」と付け加えている。あくまで、これは作者がクレアの心象風景を先取りして描いたものであって、作者の見解（と取るべき）ではない。同様な現象は、オニールの『毛猿』（一九二二）でも起こっている。鋼鉄でできた摩天楼や船が、日の出を浴びて輝いている情景に、無垢なヤンクがすっかり感動する場面（一六一）

がある。それは自然と文明、つまり牧歌的理想と進歩への理想が奇妙にも共存している風景である。これも実現不可能なことを可能に転じたいというロマンチシスト、ヤンクの目を通した心象風景である。[5]オニール風に言えば、クレアとヤンクは「詩人気質」の家に生まれた姉弟なのだ。

　真剣に、空想をもてあそぶ女

次の台詞は、運ばれてきた「生命の息吹」をクレアみずからが覗き込まないで、アンソニーに観察させ、彼女がその結果を質問するという一見、奇妙な場面を示している。

クレア　　うまくいった?
アンソニー　　予想以上に順調に行きました。
クレア　　これまでよりも強くなった?
アンソニー　　これまでよりも強くなりました。今までより確かに。
クレア　　それに、これまでよりもろくなった?
アンソニー　　これまでよりももろくなりました。
クレア　　内側深くまで見て。元に戻ろうとしていない?

アンソニー　（鋭い視線を向けて）形がこの状態で固まっています。　（九六）

なぜクレア自身が真っ先に中を覗き込まないのか。ふつうは、（同一の人間が）先ず見てから、知るという順序をとる。しかし、この場合、それは逆転していて、「見ることはできない。知るまでは」（九六）と彼女は言う。そうなると、見る方は他者で、知る方は彼女になるから、ここに他者（の目による）評価と自己（の認識による）評価という問題が生じてくる。その優先順位は彼女の重要な策略である。この劇を統べる原理からして、他者の評価と自己の評価は正反対の関係でなければならない。女主人クレアは彼女の望んでいる方向に召使いアンソニーを誘導していく。なにしろ、アンソニーは劇中、一度も彼女に逆らったことのない忠実な部下なのだ。だから、クレアの質問にアンソニーは、当然、肯定の反応を示す。彼はクレアに協力して、現実がクレアの空想（の戦略）に屈服するための迫真の演技をする。「強く」て、なおかつ「もろい」状態の「生命の息吹」は、その外観は「形が固まった」とはいえ、内部では対立する二項が闘い、生き生きした状態の「生命の息吹」を作り出している、という認識を二人は共有する。だから、実験の成功にもかかわらず、クレアは失望しない。この策略は、このあとクレアの、負を意味する評価を加えて完了である。少し前に、「生命の息吹」が運ばれてきて、クレアが半分だけ振り向いた時、植物の内部こそ見えなかったものの、外部の固まり具合はちゃんと確認済みなのである。念のために、彼女は実験の成功を、つまり外側の形の固まってしまった非「生命の息吹」を確認する。「見たいものしか見ない」[6]（六二）クレアの夢の構造は、イノセントそのものである。

　ところが、彼女に思わぬ厄介な問題が生じる。これまで、プラトニックな愛を懐いて、異国の地に出発する決心をしていたはずのトムが、クレアとは「離れられない」、そばにいてずっと保護をすると言い出す。クレアもすっかり引きずり込まれ、「（それを）望んでいたわ！」（九七）と情熱的にそれに応える。今や、対立二項の原理が崩れようとしている。危機に瀕したクレアの口から、「ようやく、あなたの正体がわかったわ。生命の息吹を消す人よ、あなたは。美の形象よ」[7]（九九）という台詞が絞り出され、激しい抱擁の中で、クレアは「ノー！あなたにはもう我慢できない！」（九九）と言って、トムの喉を締めつける。[8]トムとの激しい情熱的な抱擁に対立するものは、もはや単なる「憎しみ」（九八）では不十分だと判断したのである。「抱擁」と「窒息」との境界線上で、「殺人」という行為が行われる。トムの命を奪い取ろうとしている行為に対しては、「あなたへの贈り物」（九九）という返答で、対立二項の原理を維持しようとし、手で人間の首を絞めた行為に対しては、「換気のために、あいたままになっているガラス窓」（一〇〇）に銃を発砲して、窒息（死）に対する換気口という対立関係を作りだす。「流れるパターン」を確かなものにするために、さまざまな策略を立ててきたクレア。複数の愛人を持ち、実の子の養育を拒否し、トムを殺害するという反倫理的な行為を働いたエゴイスティックな──自らの窒息を逃れるために、他者を窒息死させる行為に言及して、「救ったわ、私自身を」（一〇〇）と言う台詞は、その証左である―ミセス・アーチャーは、今、その見たくない[9]自分の真実のみを直視している。見たいものだけを見てきたミス・クレアと見たくないものだけを見るミセス・アーチャー。そうした自己像をチェックすると、彼女は最後の仕上げに向かう。これだけの罪深い悪行を働いた自分に対抗／対立できるものは、もはや神をおいて他にはいない、とアーチャーは考える。神からすっかり遠ざかってしまった彼女にとって、「主よいよいよちかづかん」[10]（一〇〇）という正反対の台詞を述べることこそが、今の自分に残された唯一の方法だと知る。これら一連の行動は、正気の彼女が計算づくで行ったものであったが、とりわけトム殺害以後の彼女の行動は、アンソニーを除く他の登場人物たちには、なんとも不可解な、理解し難いものに映っている。彼らはクレアの一連の行動を彼女の狂気のなせる技だと結論づける。プラトンの「洞窟」の人々がそうしたかもしれないように、彼らは正気のクレアを「危険視し、殺して」しまったのだ。しかし皮肉なことに、クレア・アーチャーは、長い間念願だった正気と狂気の中間地帯に、二項対立の境界線上にようやく立つことができたのである。

喜劇と悲劇を同時に生きた女

生きていることは、動いていること、闘っていることである、という信念から二項対立の構図に夢の実現の可能性を見出したクレアは、自分が生きていることを実感するために、苦闘を続けた。しかし他方で、形式を破壊せんとする彼女の努力は、知らず知らずのうちに、二項対立の形式を創造し続けるという何とも滑稽な情景を、喜劇的な要素を生んできた。一方、到達不可能な目的地をめざした彼女の勝ち目のない闘いは、オニールが悲劇的と呼んだものである。こうしてグラスペルは、幕切れで、真剣に空想をもてあそんだクレア・アーチャーに、喜劇的な面と悲劇的な面をしっかりと定着させたのだ。

二　『ヴァージ』の持つさまざまなスペクトル

クックの真実の記録─文学的鎮魂歌

クックが亡くなる三年前に書かれた『ヴァージ』。失敗の連続で、すべてが中途半端、いつまでも子供のような面を残していたクックだったが、そればかりが強調され続け、本当のクック像は理解されぬまま、誤解を受けたまま、世を去ったとグラスペルは見なしたようだ。作家グラスペルにできることは、クックの実像を作品中に秘密裡に残すことであったのではないか。『ヴァージ』は、グラスペル夫婦をモデルにした、改版「キュリー夫妻の物語」であったのではないか。もしそういう設定が成立するとすれば、どの人物がグラスペルに近い人物ということになるのか。人物背景が意図的に削除された人間で、控え目な（マコウスキーa九二）グラスペルの性格を反映して、目立たないように造形された人物、クレアの最大の理解者アンソニーこそ、作者グラスペルであると言いたい。「ミス・クレア！　あなたはなんだってできます――やってみて下さい」（一〇〇傍点筆者）。このアンソニーの台詞は、正反対に解釈しなければならない。これまで「見たいものしか」見てこなかったクレアに残された道は、「見たくない」真実を直視するしかないことを助言したものである。それに反応して彼女は「思い出のこと？」《リミニスィンス》（一〇〇）とたずねる。そして全能の神の存在を意識せよ、という意図もこのアンソニーの台詞には暗示されている。それを聞いて、普段あまり微笑まないクレアが珍しく、「少しにっこり」（一〇〇）する。これをヒントに、クレアは神との対立二項を作りあげる。この二人のやりとりは、暴君的女主人と召使い的助手から想定される関係を越えているようだ。作者の思い入れが、アンソニーに働いた結果であろう。常に理性的で、冷静な目を備え、作家としてすでに成熟していたグラスペル。家庭でも、劇団でも専制君主だった夫に常に従順だった[11]妻グラスペル。一方、カーペンティアが「クックはグラスペルの詩神《ミューズ》であった」（三〇）と言うように、一つの枠組みに納まりきらない、豊かな彼の発想が、グラスペルの文学的資質に刺激を与え続けたクック。ディオニソス的クックとアポロ的グラスペル。彼ら夫婦の二項対立関係が、性別の逆転を経て、密かにこの劇には反映されている。クックの才能を誰よりも高く評価したグラスペルがたクック像を、文学性豊かに描き上げることも、彼女の隠された、私的ではあったにせよ、重要な目的であったし、それは一足早いクックへの鎮魂歌でもあった。

『ヴァージ』における「結びのつまづき」と『神殿への道』の創作

『ヴァージ』の上演評は、決して芳しいものではなかった。無条件でこの劇を讃える劇評家はいなかったからだ。ルイソンは、『ヴァージ』が、「理解のできない、超難解な劇として知られている。…彼女は狂気を避難所としてもてあそぶ」（七〇八）と評し、ウルコットは、クレアを「ノイローゼの、異常な女性」（ネリガン九七）と呼び、ヤングは、明らかに価値ある実験と述べる一方で、やがては常軌を逸している状態に追いやられて行くような、不吉な喜劇がそこにはある（二五四）とコメントし、ハプグッドは、「なかば狂気的フェミニズムの表現」（オジェブロ一八五）と主張した。「理解のできない、超難解な劇」というのはまだしも、クレアが真の狂人として扱われたことに、グラスペルはかなりのショックを受けたと思われる。しかし、正気と狂気は、クレアが求めている二項対立の一つにすぎない。『氷屋来る』（一九三九）の幕切れのヒッキーを真の狂人と評した批評家はいない。どちらの人間の場合も、空想の戦略の一部が破綻を来たして、やむなく持ち出された自己防御のための、さらなる戦略であったことを強調しておきたい。

グラスペルにとって、批評家たちから受けたこうした「結びのつまづき」は、クックに対する罪意識を伴うトラウマとして重くのしかかっていたのではないか。ただ、不幸中の幸いは、（狂人）クレアのモデルがクックではないか、と言った見方が彼女の生前に現れなかったことだ。グラスペルにはこのトラウマを軽減する必要のあったことが、『神殿への道』（一九二六）創作理由の一つでもあったと筆者は思っている。マコウスキーによれば、クックについての伝記である『神殿への道』は、「グラスペルの描いたクックの肖像画であって、クックその人が提示されているわけではなく」（a八五）、「クックを偉大な人間として武勇化する」（a九二）ための、「キリストとして強調するため」（a八七）のものだと言う。グラスペル自身の伝記的な話の方が、クックのそれよりもずっと劇的だし、不安に満ちていて、興味深いにもかかわらず（a八四）、なぜクックを舞台中央に置いて、「神格化」（a八七）しようとしたのか、批評家たちは明確な答えを出せないでいる。カーペンティアは、この伝記が「まだ残っていたプロヴィンスタウンの劇団メンバーから、創設者クックのヴィジョンが忘れられることを恐れた」（二六）ために書かれたと説明し、「グラスペルが彼女の夢の中にあるクックを再創造するために、自らを除外した奇妙で、ユニークなドキュメントである」（二七）と述べる。『神殿への道』の研究は、この二人の考察が最前線にあると思われるが、まだその殆どが解明されていない。

フェミニズム批評を越えて

圧倒的に多数の批評家がフェミニズムの観点からこの劇を追求してきたし、現在もし続けているという事実は、この劇の「読み」の多様性を阻んできた原因の一端を担っている。クレアの不満は、男の作りだしてきた政治・経済・社会・文化・歴史の変革によっても、満たされる類のものではない。「伝統的な言説を粉砕しなければ、女性芸術家・作家・批評家は…男のやり方にいぜんとして閉じ込められたままである」というフェミニズム（フェラール五四九）の主張は、クレアの「閉じ込められている」という主張の、ほんの一部分にしか適用できない。ただフェミニズム批評は、ハリーやアデレードのようなヴィクトリア朝的女性観に固着した人たちには有効である。男女間で女性が本来、分担するはずの役割領域を怠っているとして、母親クレアをアデレードは非難する。

アデレード　母親たるもの、興味がないというだけの理由で、自分の子供を見捨てるわけにはいかないの。
クレア　どうして見捨てちゃいけないの？
アデレード　それってとんでもないことだからよ。
クレア　とんでもないことがなぜいけないの。そうなりたければ、なってもいいじゃない。

アデレード　あなたはそうなってはいけないの。…こんな馬鹿げたことは止めて、そろそろあなたに求められている女性になる頃よ！（七九）

男女別々の「領域」を分担すべし、という固定観念を解体したいとするクレアの姿がここにはある。ただし、クレアのこの挑戦は、価値観の転換／逆転というもっと大きな挑戦の中に吸収されている。主役であるクレアの問題意識は、フェミニズム批評ではすくいきれない部分に、つまり『毛猿』のヤンクが提起した永遠に解決できない「問い」に近いものであった。また、クレアが将来の理想的なニューウーマンの姿を予見しているとも思えない。[12] 異端者クラブの女性たちは、この劇を「宗教的熱狂で迎入れた」（オジェブロ一八九）ようだが、彼女たちはこのテクストをどのように読み、クレアという人間をどう解釈したのだろうか。『毛猿』が、労働者階級の人間疎外を描いた劇という読み方から、人間としての存在証明を求めた劇へと見方が変化したように、『ヴァージ』もフェミニズム批評一辺倒から脱却する時期にきている。

『バーニース』から『ヴァージ』へ

『ヴァージ』には、読者が結末に読み至るまでに、多くの解釈上の分岐点があり、そのつど読み手は解釈の判断を迫られる。一つの判断の違いが、結末にたどり着くまでに大きな違いとなる。それだけのものが『ヴァージ』というテクストそのものに内包されている。人物の描き方に多面性が、台詞の一つ一つやト書に多義性があり、人物や場面情況に関する背景を作者が意図的にカットしていることで、さらにそうした特徴を強くしている。それは、この劇の二年前に書かれた『バーニース』での成果の多くを、『ヴァージ』が反映しているからでもある。一人の死んだ人物の人間像が、その関わった人の違いによって様々な受けとめ方、解釈にわかれ、議論の過程で、その人物のそれまで見えなかった面が表にでて、異なった視点からの異なった人物解釈を可能にしているのが、『バーニース』の世界である。『バーニース』の場合には、主人公の多面的人物像の造形に限られていたが、『ヴァージ』では主人公から端役にいたるまで、その作劇法が取り入れられている。四人の男たちとの異なる関係から見えてくる異なるクレア像、またクレアから見た男たち一人一人の人間像と、男たち同士の間での見方や評価などから造形される人物像の膨らみは、安易な人物定義を拒否している。例えば、トムという人間は、批評家たちによってクレアの「友人」、「愛人」、あるいは「恋人」とさまざまに定義されている。これらの定義はすべて正しくもあり、間違ってもいる。どのような情況での人間関係から判断した時の人物定義であるかによって、それは違いを見せる。ここで言う定義とは、生きているがゆえに、絶えず変化している過程にある人間の一こまを静止させた、瞬時の性質を表現しているにすぎない（ディックについても、「愛人」、「友人」、あるいは「求婚者」という定義がなされている。他方、彼らと違って「夫」ハリーは、つねに静止画像に近い状態を生きている）。グラスペルにとって重要なことは、不確定を示すことであって、一つの枠内に固定化することではないとするその創作原理は、人物定義をめぐるこうした考え方にもよく現われている。劇前半のトムは、クレアの代弁者的役割も部分的に担わされているから、信頼のおける「友人」といえる位置にいるが、劇の結末近くでは、プラトニックな「恋人」から性愛的なものを求めるごくありきたりの「愛人」志願の男に変貌する。また、ディックも三幕での台詞の極端な減少が示すように、脇役の独自性をすっかり失って、端役として劇の背景を構成するだけになり、クレアの生死を賭けた三幕後半では、観客から殆ど忘れられた存在になる。こうして、この三人の男の集団、「トム、ディック、そしてハリー」は、ありふれた人間の代表、イディオム本来の「平凡な人間」に最後は落ち着く。

後期オニール劇に映し出された『ヴァージ』的世界

『ヴァージ』の厳しい上演評にもかかわらず、オニールだけは、『ヴァージ』の世界を的確に捉え、クレアを狂人とは見なさなかったはずだ。『毛猿』と『ヴァージ』が似かよった問題意識や作劇法を示していることに加えて、オニールの後期劇に反映された『ヴァージ』の影響力が、そのことを証明してくれるからだ。劇中でのクレアの饒舌と繰り返しの多い台詞は、他者に自分の希求する世界を理解してもらい、肯定的な評価を下してほしいという気持と、いつの間にか、自分みずからがその世界に陶酔している姿を示しているが、オニールの『詩人気質』(一九四二)のナルシストもまた、メロディ少佐の自己像を鏡の前で確認しながらも、酒場の男たちの評価を求めざるを得ない。『さらに豪華な邸宅』(一九三八?)のデボラも、クレアの不自然な塔に似た、幾何学的な人工庭園の一角を避難所としている。両者ともに一時的な逃避の領域にすぎず、やがては彼女たちの嫌悪する人間関係と接触しないではおれなくなる点も類似している。窮地にあるクレアが、アンソニーの協力を得て急場を乗り越える場面は、『ヒューイ』(一九四一)でイーリーがフロント係りの助けをえて、元気を取り戻す場面を想起させる。彼らは、現実から隔離された二人だけの「別世界」を空想の領域でつくりだす人たちなのだ。「ミス・クレア、今日見ることができて、明日見ることのできないものってありますよ」(九五)と言うアンソニーの謎めいた台詞は、この「別世界」(当事者二人には、願望の満たされる世界であるが、それ以外の人間から見れば、『ヒューイ』のいかさまの世界である)のもろさを示している。自分の思い通りになる他者(カモ)を見つけだすのは、至難のことなのだ。お客に対して最小限度の対応で済ませたいフロント係りと親密な関係を築きたいイーリーとの「対立関係」が生み出す『ヒューイ』の悲喜劇の世界。クレアを遠くから眺めることに「意味」

を見つけていたにもかかわらず、愛の不可解な魅力に引きづられて、クレアとの一体感を求めるトムの姿は、傍観者を決め込んでいたにもかかわらず、パリットの揺さぶりにあって、抜き差しならない人間関係に巻き込まれるラリーを思い出す。その『氷屋来る』の舞台は、「洞窟」のような穴倉で、そこに縛りつけられたように生きている人たち。そこを称してラリーが、「ここじゃ最悪が最善で、東が西、明日が昨日なんだ」（五八九）と言うように、価値観の逆転が起こっている所である。自分の意思に反して、突然、狂人役を演じるはめになった正気の殺人者クレアとヒッキー。母親を密告して、博打場で「自由」を謳歌する一方、経済的に、精神的に、ラリーに「保護」を求める無垢な自己矛盾青年パリット。影響関係は、人物描写だけではない。相手に対する呼びかけの使い分けによって、台詞以上の効果を生み出す手法（『詩人気質』、『氷屋来る』、『ヒューイ』）。観察「する」側と「される」側の典型的関係は、『夜への長い旅路』[15]（一九四一）でのタイロン家の三人の男たちとメアリーのそれである。詳細なト書が、視覚化、音響化されて観客に訴える有効性。『ヴァージ』とオニールの後期劇に認められるこれらの共通点は、決して偶然に生じたものではなく、オニールは『ヴァージ』的要素を巧妙に修正し、発展させて提示しているというのが筆者の結論である。では、なぜオニールの、とりわけ後期の劇に、『ヴァージ』的な要素が多く見られるのだろうか。一九四五年に書き上げたとされる劇、『永遠にめぐりくる春』を除けば、劇作家グラスペルの活動は、三〇年の『アリソンの家』をもって実質上、終わりを告げ、以後、彼女は小説に専念することになる。つまり、オニール後期劇における『ヴァージ』的世界の展開は、グラスペルが劇作家活動をやめた時期以降とほぼ一致していると言える。グラスペルが劇に関わっていた間、オニールはあからさまに『ヴァージ』的世界を再創造することを思いとどまった。その背景には、オニールがまだ無名の頃、原稿を読んでくれて、演劇の世界に入るきっかけを与えてくれたグラスペルに対する気遣いがあったのかもしれない。グラスペルのオリジナルを偽装、つまり修正、発展させる目途がついたことで、オニールはその再創造に踏み切ったのではないか。オニール後期の傑作の創造に、表面上はそれほど明確にではないにせよ、実質上しっかりと貢献した『ヴァージ』。『ヴァージ』が内包している強烈な新しさは、多くの点でオニールの目的意識に合致し、それが彼の創作意欲に強い刺激を与えたはずだと筆者は思っている。それは言いかえると、グラスペルの作品の神髄を、作家としての卓越性をオニールは誰よりもよく認識していたと言うことである。

グラスペルとオニールの類似点を検討する場合に、もう一つ気になる点がある。それは両作家がそれぞれ複数の作品の中で、主人公や重要人物を「不在」（死んでいる場合と、なんらかの理由で、一度も舞台には登場しない場合とがある）として扱っていることである。グラスペルの場合、『些細なこと』（一九一六）、『女の名誉』（一九一八）、『バーニース』（一九一九）、『アリスンの家』（一九三〇）がそれにあたり、オニールの場合は、『命と引き替えにした妻』（一九一三）、『朝食前』（一九一六）、『奇妙な幕間狂言』（一九二七）、『氷屋来る』、『ヒューイ』などがそれである。グラスペルの「不在」

の人物は、すべて女であり、オニールのそれは性別に関係はないという違いはあるものの、「不在」の人物を劇中、観客に常に意識させるという作品は、それまでのアメリカ演劇にはなかったことである。このアイディアを取り入れているのは、オニールの方が少し早いが、それを理由にオニールの方が影響を与えた人ととるのは、早計であろう。というのは、『命と引き替えにした妻』は、「不在」の効果を作者がどの程度まで自覚して、ねらった結果だったかという点に疑問符がつくし、『朝食前』は、観客に顔が見えないだけで、台詞は聞こえている点、厳密な意味での「不在」とは言えないからである。劇中、「不在」の効果が生かされ、「不在」の人物への依存度が強いのは、オニールの場合、後期の劇においてである。一方、グラスペルの四作は、意識して「不在」の効果をねらっている。総じて、この影響関係は少し悩ましい、厄介な問題である。

グラスペルと向きあう時には、フェミニストの視座で読まなければ、致命的な誤読をするのではないか、という意識が、読み手の側にもしあるとすれば、オニールへの影響関係の実りある成果は期待できそうにない。例えば、フィスターは、「美しいと呼ばれるくらいなら、肥料から立ち上っている蒸気であった方がまだましよ」（九九傍点筆者）というクレアの台詞を、オニールの『個人差』（一九一五）のオルガ・ターノフ―彼女は、女が「美的」観点から、男の性的欲望の凝視対象と見られ、物（商品）として扱われることを拒否して、恋人トムに「あなたは、私が家や地所のように、あなたのものであることを示すための、署名入り証明書が欲しいの」（三一五）とたずねる――の台詞に結びつけようとする。しかし、クレアのこの台詞が、不快な／美しくない／醜いものは、「意義のあるもの」（五八）という考え方から来ていることは確認しておきたい。ちなみに、『ヴァージ』で、「美しい」という言葉は、女性の独占物ではない。トムがディックに向かって、「昔、君は美しい植物で、僕はとても醜い植物だった」（七三）と言う時、ディックに対してトムは、自分の存在価値を誇っているという読み方ができる。不快さ／美しさは、『ヴァージ』では、多義性を持ったキーワードではあるが、オルガのフェミニズム的観点と無条件で結びつけることには、危険性がある。オニールの作品を反フェミニストの創造物と決めつけることが危険であるように、グラスペルの作品をフェミニストのそれ、と頭から見なすことも同様に危険である。

グラスペルの及ぼしたオニールへの影響に劣らず重要なものは、クックの与えたそれであろう。クックの「失敗」の美学が、オニール創作歴の比較的早い段階（一九一九年頃）に形成された悲劇観の認識に、少なからず影響を及ぼしたと筆者は考えている。「批評家たちは、オニールに及ぼしたクックやグラスペルの影響を軽視している」（オジェブロ一五〇）という指摘は、他からの影響を受けやすかったオニールの、新たな一面を今後引き出すことにつながるであろう。

自分の才能を最もよく発揮できる領域をしっかり心得ていて、その世界で、完成度の高い緻密な劇を書いたアメリカで最初の成熟した劇作家グラスペル。一方、決して小さくまとまろうとはしないで、多種多様な問題意識がつぎつぎに拡大し、それらすべてを関係づけ、発展させたいとする欲求にとりつかれ、沢山の構想原稿が未完に終わる必然的帰結に甘んじなければならなかった（後期の）オニール。この二人もまた、対立した二項と言えるかも知れない。私たちは「不確定な」情況下に生きているという認識、確実と言えるものは何一つとしてないという考え方が、『ヴァージ』には浸透している。しかし、グラスペルの世界はそれ以上には深入りをしない。一方、オニールは不確定性、不確実性から、二十世紀の人間が依って立つ存立基盤を問い、我々にその帰属すべき基盤／根底がないという結論を認識させる。『氷屋来る』や『ヒューイ』では、存在論的なものへと進み、とりわけ『ヒューイ』では、ベケット的な世界が向こうの方に見え隠れする。そしてこうした点に、オニールがグラスペルから引き出し／受け継ぎ、発展させた面を認めたいと思う。

三　『ヴァージ』批評史――模索の半世紀（一九五五―二〇〇二年）

上演評を除けば、『ヴァージ』に関する最初のアカデミックな研究は、多分、五五年のシーバーズのそれであろう。躁鬱病の状態にあるクレアが、「恐ろしいくらいにリアルに」（七〇）描かれていること、一幕で、型を破り、脱出したいという強迫観念に悩み、二幕は鬱状態の中、塔に引きこもり、三幕では、理性的な状態に戻るが、まもなく強い躁状態の中で、トムに身を委ね、最後にはリアリティとの接触をなくすと分析する。精神分析の方法論的危険性がはっきり出た短い考察。

七九年にウォーターマンが、「劇の結末で、クレアは…文字通り、神にさらに近い存在になっている…作者は、クレアがコントロールを失い、あまりにも遠くに行ってしまったことに、我々が同意することを意図していた。…我々は彼女の殺人行為にぎょっとする。我々は彼女を…拒絶せねばならない」（b二二）と述べるが、これはクレアを外側から観察しただけの指摘。リアリズムで読んだ時の怖さを教えてくれる。

八一年のホリッジの『ヴァージ』解説は、クレアは「女性ファウストで、…正気と狂気の境界に生きるように促される」（二四七）、「最終的な精神錯乱は、女性の弱みではなく、人生を探究するクレアにとっての前進である」（二四九）と言う。劇の印象を素直に評したもの。

八二年のビグズビーの『ヴァージ』解説は、この劇が、「構造上の原理として、形式や言語によって封じ込められまいとする主題を持つ。…言葉を使っても、意味にまでは達しないこと…が、キャラクターの崩壊によって、反映されている…対をなす恐怖が、一方で、息の詰まりそうな、束縛するような静止状態の感覚であり、他方で、全くの形式のなさ、アナーキー的で、非道徳的で、限定化のないものである」（a二九—三〇）、クレアは「彼女の世界を支配し、男女の役割に由来する社会的に定義された役割を拒むニューウーマンである」（a三〇）と指摘する。八七年の解説では、クレアは「形式の必要性に（も）気づいている。狂気、一貫性のなさ、あらゆる構造の崩壊は、それ自体に危険を孕んでいる。グラスペルの中には、因習的なものが少なからずあった」（b二〇）と分析する。ビグズビーの読みは、この劇の解釈を一気に前進させた。ただ、「塔に後退するクレアに、グラスペルが批判的なのは明らかである」（a三二）といった指摘は、彼の勇み足ではある。

ベンーズヴィが八二年に作家論を、八六年に『ヴァージ』論を書いている。後者は、『毛猿』との関連性を取り上げた最初のものだが、基本的な読み方を重んずるあまり、平凡な分析・結論になっているのは否めない。グラスペルとオニールの類似点／相違点の分析に関しては、彼女の右に出る研究はまだない。

八八年のディムコウスキーの論文は、作家論で、「グラスペル劇の中心にあるのは、人生の可能性を遂行することへの関心であり、因習・安全・安心の限界を越えて、社会的・個人的な面での、新しい未知の可能性へ達することへの関心である」（九一）、「クレアにとって、端《エッジ》は古い、死んだ存在様式から解放されるための出発点である」（一〇〇）と分析し、「結局、狂気の中でクレアは、自由を成し遂げる…彼女の狂気は、個人的勝利であるが、それはリアリスティックにというよりも、むしろ象徴的に理解されるべきものである」（一〇二）と解説する。ビグズビーの解説とともに、八〇年代の成果を代表する論文。

九〇年のララビーの『ヴァージ』考察は、結末の解釈に独自性が認められる。タイタニック号沈没の事件を例に引きながら、「クレアは男の保護主義を受け入れるよりも、溺れる方を好ましい選択」（八二）とし、彼女の歌う「聖歌は、まるで彼女が一語一語に新しい複雑さを与えているかのように、暫定的で、探るようなもので、…感情のこもった自由の表現となる。…それは、厳格な社会的言語の継続や伝統的リズムを破るものである」（八二）と指摘する。自分の関心に強引に引きつけての解釈は、魅力と危険が隣り合わせである。

マコウスキーが、九三年と九九年に作家論を書いている。『ヴァージ』に関しては、独自の切口が認められず、両者ともに生彩を欠く。九〇年代に入ると、グラスペル研究もかなり本格化し、単なる解説めいたものでは通用しなくなっている。

九五年の、ベン＝ズヴィ編『スーザン・グラスペル』所収の、ネリガン、ノウ、バッハの各論文は、水準の高い『ヴァージ』論を展開している。まず、ネリガン論文。「とりわけ一六年から二二年にかけてのグラスペル劇は、…この時期のフェミニスト哲学のニュアンス・矛盾・可能性・危険を刺激的に再生した」（八六）と分析し、『ヴァージ』は、個人が古い観念の女らしさを拒む点を強調する形で、女性の新しい定義形成に努め（八六）、クレアの「個性を押し潰す因習的な、社会の限界を暴露し、破壊することに関わっている」（九一）が、作者はクレアを通じて、「過激な個人主義の結果についての、不快な質問をし」（九二）、「女性であることの、より価値ある性質のいくつかを失わないで、個人主義の健康な意味をいかに達成するか」（九二）の実験をおこない、「二〇年代初期の、変化しつつあるフェミニズムの定義を限界まで利用している」（九八）と解説する。深い読みとアメリカ女性史の豊富な知識に支えられた読み応えのある考察。ノウ論文は、クレアによって、スーパーウーマンを理想化したわけでも、狂信的フェミニストを茶化したわけでもなく、女性の経験を描こうとしたと捉え、エレーヌ・シクスーの批評理論でこの劇を見るなら、女性の経験を祝福していることが理解できる（一三二）と言う。劇の言説の基準を、論理や直線的進行を破ることで、エクリチュール・フェミニンの形式を創造している（一三七）とし、「クレアがどんなに古い形式の外側に出ようともがいても、彼女が得るものは、もう一つ別の形式でしかなく、それは一時は革命的なものに見えようとも、結局はその元の形式と同じように、制限されたものとなる」（一三九）と結論づける。シクスー理論の鋭い分析から、新しい読み方を引き出している刺激的な論文。バッハ論文は、「劇の最初で、「境界線」のコンテクストが、演技と対話が展開する前にイマジズム的に導入される。まず、それは二つの存在領域（対照的な要素、対立的な力、両極性）の間の分割線である。…最初の両極性が融合するが、それらは対照的というよりも、むしろ補足的なものとして示されている。…最初の両極性を融合する際に、この植物は境界線を存在の領域を分ける線としてではなく、むしろ約束、創造の接合点として表している。…劇中、一貫して、意味のパラメーターは、何らかの言葉のやりとりや説明が起こる以前に、寓意的に、視覚に訴える形で表されている。各々の幕で、寓意的な舞台設定は、主として／もともと言語を通しては明らかにアプローチできない／すべきでないある観念の表現を準備する。…言語の喪失についての劇であり、意思を疎通し、説明をする能力の喪失…最後は閉じ込められた口の利けない状態で終わる」（二五二―二五三）、「彼らは互いに話を交わす時、コミュニケーションに失敗する。話は人をだます罠である。」（二五四）と分析する。タイトルの「境界線」の意味／内容をどう捉えるか、という点をバッハ論文は凝視する。テクストを緻密に読み込んだ最も魅力的な考察である。なお、同書所収、カレン・マルピードの『ヴァージ』論は、言及するほどの価値はないと判断する。

九六年のバークの解説は、「クレア・アーチャーという名前に、ビジョンの明快さと、様々な形式に橋をかけて、混ぜ合わせることによって創造できる能力、この両方を作者は暗示している」（六〇）と指摘し、「もちろんグラスペルは殺人を是認してはいない。その行為は象徴的に読まなければならない。父権制の限界を大胆に破ることによって初めて、…女性は新しい存在のあり方を想像し、創造できるのだ」（六三）と結論づける。この書物が、女性劇の観点から魅力的な「アメリカ女性史」を描いているだけに、この解説にはかなり物足りない面が残る。

九七年のジヒャート論文「女性ニーチェ主義者」は、ニーチェの著作から、『ヴァージ』の台詞と関連したものを、七〇箇所近くにわたって取り出し、作品解釈を丁寧に試みた労作。ただ、グラスペルがニーチェに精通し、『ヴァージ』がニーチェ哲学に強く影響されたことは、緻密な分析からわかるものの、ほぼすべてをニーチェで切ろうとした所に問題点は残るが、一読する価値はある。

九九年のスミス論文は、批評史の中でも異色である。「フェミニストの視点をめざそうとしても、グラスペルにはそれが不足している。…クレアが男たちを去勢しているからである」（六一）、「クレアは絶えずトム、ディック、ハリーを比較し、彼らがクレアの承認を得ようと、競い合うように彼女はし向ける。…彼らの男らしさは、クレアの巧みな操縦に支配される。…（これまでの研究の欠点は）男たちに与えられる注意が欠如している点である」（六三―六四）というのが、彼女の論点である。また、アンソニーはこれまで見逃されてきた人物であるが、「この劇では重要な立場を占める」（六五）と主張するが、どういう点で重要なのかは具体的に示されていない。男性に力点を置くことで、クレアの見えなかった面を引き出している。

オジェブロは、「クレアの支離滅裂な発言」（一八六）、「クレアのしていることは、男たちには理解できないばかりか、男たちの言語では、明確に表現されえないものである」（一八三）、「トム殺しは、社会の息苦しい規範をまねている」（一八七）、「女は依然として社会・結婚・母性というものに捉えられていること、そしてそこから脱出する唯一の方法は、正気という一般的に受け入れられている概念を越えることである、とグラスペルは示している」（一三八）、クレアの苦境は「女性の苦境」（一八五）と解説するが、これらはクレアが真の狂人であり、フェミニズムの観点からのみグラスペルが作品を構築している、と考えている人の発言である。この論のいたる所で卓見が認められ、「伝記研究」の分野で、新しさを打ち出した二〇〇〇年刊行の本書の意義は大きいけれども。

ゲイナーによる二〇〇一年の考察では、「グラスペルは「ヴァージ」の多様な意味を利用しながら、変化と対照のまわりに劇を組み立てる」（一四三）、彼女の劇作法の形態は不確定性を持っているが、「結末は、実に深くアイロニックで、…プロテスタントの教会の象徴をクレアが最終的に喚起することは、家父長制から最終的に脱出できないことの方向に向かう」（一六三）と読む。このあたりはゲイナー分析の評価できる部分だが、クレアを「自立した女性」（一四九）と呼んだり、「この劇の最重要物として、ヒステリアを作者が創造したことは…」（一六〇）といった指摘は、そう言い切っていいものか。多くのことに言及しようとするあまり、一つの論点が深化する前に、次の論点に移る傾向が見られる。八九年論文をベースに、加筆、修正したもの。

クレアを神格化し、その行動を讃えることに批判的な二〇〇二年のネスター論文は、「クレアは、狂気が彼女を自由にして、可能性がいっぱいの空間に入って行くことを期待している。…しかし、狂気が彼女のために開放している空間は、破壊的要素で覆われている」（一九七）と解説し、「他と異なる性質（otherness）は、がんじがらめに同一性（sameness）に縛りつけられている。繰り返しと不変がなければ、他と異なる性質、つまり相違は存在しない…クレアは彼女の論理における裂け目に気づいていないようだ」（一九七）と指摘する。批判、指摘ともに鋭く、説得力ある論考。

[注]

1　*The Verge*. In *Plays by Susan Glaspell*. Ed. C.W. E. Bigsby. Cambridge: Cambridge Univ. Press, 1987. 以下、引用は本文

中に頁数のみで記す。

2 「伝統的な考え方をしない女たちのための、ヘテロドキシーと呼ばれるクラブが存在した…これは、大いに意見の異なる政治的考え方を持った女たちにとって避難所で…このクラブの女たちの個人的生活、性に関わる生活は、その政治的意見と同じように大きく異なっていた…表面上、このクラブは、中心的な信念や存在理由を欠いているように見える。事実、会員はその様々な個性と、とても広範囲な関心を誇りにしていた」（シュウォーツ一一二）。グラスペルもこのクラブの会員だったと記されている（シュウォーツ一二〇）が、「彼女はフェミニスト同盟にも、グリニッジ・ヴィレッジの他の運動のどれにも参加しなかった」（ソーチェン八二）と言うのが、実態であろう。

3 家から閉め出されているトムに気づいたハリーが家の中から、「クレアはこの家の中に閉じこもっている。…クレアがキーを持っているんだ。それに俺はクレアの所までは行けない。…トムには俺の言うことが聞こえないんだな」（六七）と言う。この台詞は、ハリーがクレアの心の中（の部屋）に入るためのキーを持っていないことを、トムですら持っていないことを暗示する。ハリーがトムにそのことを伝えられないのは、二人の間にある対立関係のためだが、ハリーとトムは「キーを持っていない」点で、対立関係の一部分だけが解消して、共通性を示す。この「共通性」のお蔭で、ハリーは外で難儀しているトムが見える。

4 プラトンとニーチェの関係も、この対立関係に加えたい。プラトンに対してニーチェは「敵対意識に満ちていた」。「ニーチェの目には、プラトンこそ…反ギリシャ的存在であり、…長い間ヨーロッパを悪夢に陥れた、大きな誤ちの原因であるのみか、反ギリシャ的禁欲主義を説いた、まことに嫌うべきキリスト教以前のキリスト」である」（戸塚・泉・上妻 訳『古典ギリシャの精神』の「解説」四九七—四九八頁、『ニーチェ全集1』所収　理想社　一九八〇年）。

5 拙稿「詩人気質とシレノスの知恵——『毛猿』における絶望の中の希望——」（『立命館文学』五〇八号、

6　一九八八年一〇月）九六五頁。

7　「見たいものしか見ない」という台詞は、ハリーがクレアを非難して言ったもの。それに対してクレアは、「それは真実じゃない。そうだったらいいのに。いや、そうじゃない。そちらも望まない」と応え、「クレアは、混乱している」（六二）と作者は説明する。このハリーのクレア評が、まさに図星だっただけに、クレアはすっかり慌てる。とりあえず否定はするものの、つい本音をだし、これはいけないと思い、対立語を用意しなければと思ううち、頭の中が「混乱」してくる（これとよく似た「混乱」ぶりは、『毛猿』八場（一六一）のヤンクにも認められるが、喜劇的場面の創造という点で、オニールはグラスペルの敵ではなかった）。ハリーのこの指摘は、やがてクレアにこのことの自己認識を迫る上で、重要なものとなる。

8　一幕で「醜い植物だった」（七三）トムが、現在では「美の表象」、つまり「美しい植物」に変化している。もはやクレアにとって、現在のトムは存在理由がない。なお、引用中の、生命の息吹（原文では、植物と区別して小文字表現になっている）とは、「醜い植物」であるクレアのことである。

9　トムが家から閉め出されている姿に、クレアが言及して、「あんな所で、拳銃を持って何してるのかしら。…彼にはもっと興味ある自殺の方法を考えてほしいものだわ」（六八傍点筆者）と言っていたことを思い出す。このように早い段階から、作者はトムに「拳銃による自殺」を、いや、それとは対立関係にある「手による他殺」をほのめかす。

「生命の息吹」に彼女がつけたいと思っている「思い出《リミニスィンス》」という香りは、クレアの「見たくないもの」のメタファーである。交配の際に、この植物は香りを失ってしまったから、彼女は香りをつけたいと思っている。その香りは、一定の制限や定義の伴わないもので、何らかの植物を思い出させるもの、そしてそれ自体は新しいもの（六三―六四）でなければならない。しかし、「思い出」という名が示すように、それは「過去」の名残りや属性を、香りの伝統をかすかに引きずっているし、香りをつけること自体、伝統にとらわれていることを示している。従って、この「思い出」の存在は、過去や伝統を憎悪している彼女にとって、思い出したくない、つまり「見たくない」ものである。それは、クレアのエゴイスティックな個人史を「思い出させる」ものでもある。

10 日本福音連盟聖歌編集委員会（訳）『聖歌』二六〇番（いのちのことば社　一九七〇年）二二一頁。

11 オジェブロの伝記的研究に従えば、グラスペルはクックに従順だった（一四〇）。しかし、「女を男の玩具」と見なしながらも、「最新のフェミニスト的なもので偽装した」（オジェブロ一七三）クックに、彼女はアンビバレントなものを抑圧していたのではないか（拙稿中の『ヴァージ』からの引用箇所、九六頁で、従順なアンソニーではあるが、クレアの台詞をそっくりそのまま返してはいない。"It has come through?" とたずねるクレアに対して、"It has gone on." とアンソニーは応える。クレアの "come" に対して、"gone" という対立語をアンソニーは意識的に使って、肯定の反応の中に自己主張を加えている）。一方、この劇の結末近くで、アンソニーが、トムを「殺したのは私です」（一〇〇）と言って、自己犠牲的姿を示す場面がある。なお、グラスペルがクックに「従属していたとか、犠牲になっていた、と描くのは誤りである」（カーペンティア三〇）という見方もある。

12 「ニューウーマンは、女性の伝統的な役割を捨てたくはなく、その役割を拡大したかっただけであった、とグラスペルは言った。この解釈は多くのフェミニストたちによって共有されていて、エマ・ゴールドマン、…クリスタル・イーストマンは、母性を尊び、女性の生活／人生にとって、母性の根本的重要性を信じた」（八二）とソーチェンは述べている。このことを念頭におくと、クレアが娘に向かって、「なぜお前なんかを産んだんだろう?…お前が私のお腹を動かし、私の胸に吸いついたことを考えると！」（七八）という台詞は、およそ彼女たちの共感を得られるものではない。なお、こと子供の養育に関して言うと、グラスペルはクレアとおよそ正反対の対応をした。グラスペルは「心臓障害のために、実の子を持たなかった」（ソーチェン八一）が、クックの先妻の、二人の子の義母として、厳格な親であろうとした。ある時、「グラスペルは一四才のニラに、若い男の人と浜辺を散歩しないようにと注意した。それに対して、グラスペルのヒロインはまさしくそのようなことをしているではないか、とニラが返すと、それは愛のためだ、とグラスペルは応えた」（ソーチェン八一）。

13 ベン―ズヴィは、「オニールは『ヴァージ』の上演を観なかったであろう。…『アナ・クリスティ』と『藁』のオープニングに関わっていたからである。その後、『毛猿』の仕事に取りかかった。『毛猿』がそれから二週間半して完成し、クック夫妻に読んでやった」（二四―二五）と書いている。このように、お互いに劇作上の意見交換があったと考えられる。だから、ウエインスコットが、『ヴァージ』解説で、「『ヴァージ』はたぶん『毛猿』に影響を与えた」（一一四）という指摘は、正しいように思える。ベン―ズヴィは、表現主義の舞台意匠・照明・視覚によるシンボル導入に加え、「クレアのように、ヤンクは言葉の制限ゆえに悩む」（二七）、劇行動を促す冒頭での、電話の音と笛の音は、両作品で人の動きを外側からコントロールする（二六）と類似関係を指摘する。

14 空想が生み出す「別世界」は、一人の場合（「失敗の塔」のクレア、「帆船」時代を懐かしがる『毛猿』のパディ、『夜への長い旅路』の「霧」のエドマンド、タイロン家「二階」の母親メアリー、『詩人気質』の「鏡」の前のメロディ、荒野の「小屋」で隠者生活をするサイモン、『邸宅』の「庭園」の東屋の中のデボラなど）が多く、二人でつくる場合は、『ヴァージ』と『ヒューイ』に限られる。

15 劇中の音響としては、「電話の音」、「蓄音機からの音楽」（九〇）、「銃の発砲」が挙げられるが、「電話の音」は、クレアがアンソニーに絶対的な権力を持って指図している姿を冒頭で我々に強く印象づける上で、「蓄音機から流れる音楽」は、クレアの嫌うセンチメンタルな愛（マコウスキーは、「大衆文化」と解釈するがb六三）を意識させる上で有効に機能し、「銃」は虚空に向けて発せられたり、逆上の象徴として登場するが、視覚に訴える効果の方が強い。

[引用文献]

Bach, Gerhard. “Susan Glaspell: Mapping the Domains of Critical Revision.” In *Susan Glaspell: Essays on Her Theater and Fiction*. Ed. Linda Ben–Zvi. Ann Arbor: Univ. of Michigan Press, 1995: 239–258.

Ben–Zvi, Linda. “Susan Glaspell and Eugene O’Neill: The Imagery of Gender.” *Eugene O’Neill Newsletter* 10, No.1 (Spring 1986): 22–27.

Bigsby, C.W. E. (a) “Susan Glaspell.” *A Critical Introduction to Twentieth–Century American Drama. Vol.1: 1900–1940*, Cambridge: Cambridge Univ. Press, 1982: 25–35.

————. (b) “Introduction.” Susan Glaspell. *Plays by Susan Glaspell*. Cambridge: Cambridge Univ. Press, 1987: 1–31.

Burke, Sally. *American Feminist Playwrights: A Critical History*. New York: Twayne, 1996: 59–63.

Carpentier, Martha. *The Major Novels of Susan Glaspell*. Gainesville, Florida: Univ. Press of Florida, 2001.

Dymkowski, Christine. “On the Edge: The Plays of Susan Glaspell.” *Modern Drama* 31(March 1988): 91–105.

France, Rachel. “Susan Glaspell.” In *Twentieth–Century American Dramatists*. Ed. John MacNicholas. Volume 7 of *Dictionary of Literary Biography*. Detroit: Gale Research Company, 1981: 215–223.

Féral, Josette. “Writing and Displacement: Women in Theatre,” trans. Barbara Kerslake. *Modern Drama* 27 (1984): 549–563.

Gainor, Ellen. *Susan Glaspell in Context: American Theater, Culture, and Politics 1915–48*. Ann Arbor: Univ. of Michigan Press, 2001: 143–169.

Glaspell, Susan. *The Verge*. In *Plays by Susan Glaspell*. Ed. C.W. E. Bigsby. Cambridge: Cambridge Univ. Press, 1987: 57–101.

Holledge, Julie. *Innocent Flowers: Women in the Edwardian Theatre*. London: Virago, 1981: 146–151.

Kattwinkel, Susan. "Absence as a Site for Debate: Modern Feminism and Victorianism in the Plays of Susan Glaspell." *New England Theatre Journal* 7(1996): 37–55.

Larabee, Ann. "'Meeting the Outside Face to Face' : Susan Glaspell, Djuna Barnes, and O'Neill's *The Emperor Jones*." In *Modern American Drama: The Female Canon*. Ed. June Schlueter. Rutherford: Fairleigh Dickinson Univ. Press, 1990: 77–85.

Lewisohn, Ludwig. "Drama: *The Verge.*" *The Nation* 113. No. 2945 (Dec. 14, 1921): 708–709.

Makowsky, Veronica. (a) *Susan Glaspell's Century of American Women: A Critical Interpretation of Her Work*. New York: Oxford Univ. Press,1993.

————. (b) "Susan Glaspell and Modernism." In *The Cambridge Companion to American Women Playwrights*. Ed. Brenda Murphy. Cambridge: Cambridge Univ. Press,1999: 49–65.

Nelligan, Liza Maeve. "'The Haunting Beauty from the Life We've Left' : A Contextual Reading of *Trifles* and *The Verge*." In *Susan Glaspell: Essays on Her Theater and Fiction*. Ed. Linda Ben–Zvi. Ann Arbor: Univ. of Michigan Press, 1995: 85–104.

Nester, Nancy. "The Agoraphobic Imagination: The Protagonist Who Murders and the Critics Who Praise Her." In *New Readings in American Drama*. Ed. Norma Jenckes. New York: Peter Lang, 2002: 195–211.

Noe, Marcia. "*The Verge: L'Ecriture Feminine* at the Provincetown." In *Susan Glaspell: Essays on Her Theater and Fiction*. Ed. Linda Ben–Zvi. Ann Arbor: Univ. of Michigan Press, 1995: 129–142.

O'Neill, Eugene. *The Personal Equation.* In *Complete Plays: 1913–1920*. Ed. Travis Bogard. New York: The Library of America, 1988: 309–387.

———. *The Hairy Ape*. In *Complete Plays: 1920–1931*. Ed. Travis Bogard. New York: The Library of America, 1988: 119–163.

———. *The Iceman Cometh.* In *Complete Plays: 1932–1943*. Ed. Travis Bogard. New York: The Library of America, 1988: 561–711.

Ozieblo, Barbara. *Susan Glaspell: A Critical Biography*. Chapel Hill: Univ. of North Carolina Press, 2000.

Pfister, Joel. *Staging Depth: Eugene O'Neill and the Politics of Psychological Discourse*. Chapel Hill: Univ. of North Carolina Press, 1995: 198–202.

Sarlós, Robert Károly. (a) *Jig Cook and the Provincetown Players: Theatre in Ferment*. Amherst: Univ. of Massachusetts Press, 1982.

———. (b) "George Cram ("Jig") Cook: An American Devotee of Dionysos." *Journal of American Culture* 8.iii (1985): 47–52.

Schwarz, Judith. *Radical Feminists of Heterodoxy*. Revised ed. Norwich, VT: New Victoria Publishers, 1986.

Sievers, W. David. *Freud on Broadway: A History of Psychoanalysis and the American Drama*. New York: Hermitage House,1955: 70–71.

Smith, Cynthia D. "'Emasculating Tom, Dick, and Harry': Representations of Masculinity in Susan Glaspell's *The Verge.*" *Journal of American Drama and Theatre* 11(spring 1999): 60–77.

Sochen, June. *Movers and Shakers: American Women Thinkers and Activists, 1900–1970*. New York: Quadrangle/New York Times Book Co., 1973.

Wainscott, Ronald. *The Emergence of the Modern American Theater, 1914–1929*. New Haven: Yale Univ. Press, 1997: 114–115.

Young, Stark. "Susan Glaspell's *The Verge*." In *The American Theatre As Seen by Its Critics, 1752–1934*. Eds. M. J. Moses and

L.M. Brown. New York: W. W. Norton & Company, Inc., 1934: 252–255.
Waterman, Arthur. (a) *Susan Glaspell*. New York: Twayne, 1966.
———. (b) "Susan Glaspell's *The Verge*: An Experiment in Feminism." *Great Lakes Review* 6 (1979): 17–23.
日本福音連盟聖歌編集委員会（訳）『聖歌』（いのちのことば社、一九七〇年）。
納富信留『プラトン――哲学者とは何か』（ＮＨＫ出版、二〇〇二年）。
拙稿「詩人気質とシレノスの知恵――『毛猿』における絶望の中の希望――」（『立命館文学』五〇八号一九八八年一〇月）九五八－九七六頁。
戸塚・泉・上妻（訳）『古典ギリシャの精神』（『ニーチェ全集二』、理想社、一九八〇年）。

［参考文献］

Gainor, Ellen. "A Stage of Her Own: Susan Glaspell's *The Verge* and Women's Dramaturgy." *Journal of American Drama and Theatre* 1.1 (spring 1989): 79–99.
Glaspell, Susan. *Bernice*. In *Plays*. Boston: Small, Maynard, 1920: 157–230.
———. *The Road to the Temple*. London: Ernest Benn, Limited, 1926.
Kobernick, Mark. *Semiotics of the Drama and the Style of Eugene O'Neill*. Amsterdam: John Benjamins Publishing Company, 1989.
Malpede, Karen. "Reflections on *The Verge*." In *Susan Glaspell: Essays on Her Theater and Fiction*. Ed. Linda Ben–Zvi. Ann Arbor: Univ. of Michigan Press, 1995: 123–127.
O'Neill, Eugene. *A Touch of the Poet*. In *Complete Plays: 1932–1943*. Ed. Travis Bogard. New York: The Library of America,

1988: 181–281.

———. *More Stately Mansions*. In *Complete Plays: 1932–1943*. Ed. Travis Bogard. New York: The Library of America, 1988:283–559.

———. *Long Day's Journey into Night*. In *Complete Plays: 1932–1943*. Ed. Travis Bogard. New York: The Library of America, 1988: 713–828.

———. *Hughie*. In *Complete Plays: 1932–1943*. Ed. Travis Bogard. New York: The Library of America, 1988: 829–851.

Papke, Mary E. *Susan Glaspell: A Research and Production Sourcebook*. Westport, Conn. Greenwood Press, 1993: 56–69.

Showalter, Elaine, "Common Threads." *Sister's Choice: Tradition and Change in American Women's Writing*. Oxford: Clarendon Press, 1991.（E・ショウォールター、佐藤宏子（訳）『姉妹の選択』みすず書房、一九九六年）

Sichert, Margit. "Claire Archer—a Nietzscheana in Susan Glaspell's *The Verge*." *REAL* 13 (1997): 271–297.

なお、今回の拙論執筆にあたっては、立命館大学びわこ草津キャンパス・メディアセンターの職員、保理江はるさんに数回にわたって入手困難なグラスペル文献の所在をつきとめて頂いた。深く感謝したい。

第二章　ラッカーの『ホワイト・ライト』
——論理的でグネグネで

柎山美知子

ルーディ・ラッカー

一　SF、サイバーパンク、ルーディ・ラッカー

ルーディ・ラッカー（一九四六—）は、カリフォルニア州立サンホゼ大学のコンピュータ・サイエンスの教授である。当然、専門分野の著作やソフトウェア・プログラムも多いが、『ソフトウェア』（一九八二）、『ウェットウェア』（一九八八）という二つのフィリップ・K・ディック記念賞受賞作品を含む、サイバーパンクの先駆的SFの作家としてよく知られている。これらの受賞作品と、それに続く『フリーウェア』（一九九七）、『リアルウェア』（二〇〇〇）の〈ウェア四部作〉は、〈ウェア＝製品〉となった人間の精神のゆくえを問う意味でも興味深い。とどまるところを知らない想像力が描き出す、あっと驚くような世界が、ラッカーの本領であるが、基盤をなすのは最先端の物理学

である。ラトガーズ大学大学院で、彼の専攻が数理論理学であったことを思い起こせば、作品が科学から哲学にわたり、「人間とは何か」「世界とは何か」を問いかけているのも納得できる。

作品は、長短編、ノンフィクションから、ブリューゲルを描く歴史小説まであるが、『時空ドーナツ』（一九八一）に続いて書かれた『ホワイト・ライト』（一九八〇）は、SF作家としての事実上のデビュー作で、ラッカーが〈トランスリアル〉と名づける作品群に属している。現実の世界や経験をSFの手法で描いたもので、自伝SFとでもいうべきであろうか。〈トランスリアル〉の『ホワイト・ライト』と、〈ウェア四部作〉の先頭を切る『ソフトウェア』は、人間と世界の根本問題を問うラッカーの原点を示すといえるだろう。

サイバネティクスは情報の制御機構という意味において人間と機械を近づけたが、特にサイバーパンクは生物と機械の接続と融合という今日的なテーマを提供している。それは文化的規範から逸脱して、人間と機械のみならず、あらゆる境界、あらゆる区別を定めた、権威に対する挑戦となった。サミュエル・ディレイニーは、SFの特性を「何にでも接続可能」であることだといっているが（巽 二四八）、接続と融合はSFのキーワードといってもよい。

この接続と融合はラッカーの世界の特質でもある。〈ウェア四部作〉の中心には文字通り、機械と生物体との接合があるし、〈トランスリアル〉においても現実世界における区別や境界はあいまいになり消えていく。ラッカーは、『フロントホイールドライブ』のインタビューで、数学の新しい研究分野ではどのようなものに興味をひかれるかと聞かれて、「カオス、フラクタル、セル・オートマトン、ＡＩ、多次元空間など、グネグネのもの」と答えている。「グネグネ」(gnarly)とは、予測不可能で、複雑に変転し続け、常にあっと驚かせてくれるもの、とでもいえばよいのだろうか。学者としても、コンピュータ・プログラマーとしても、作家としても「グネグネを求める」が彼のモットーであるようだ。それは人間であれ世界であれ、たえず混沌に向かって開かれ変化し続ける生命である。

ロシアの言語心理学者レフ・セミョーノビッチ・ヴィゴツキーは、一九三〇年代すでに、人間の主体というものを、超越的存在としてではなく、生体と有形無形の人工物との関係においてとらえようとしていた。ダナ・ハラウェイにおいては、生体と機械の区別はもはやあいまいである。彼女のサイボーグ・フェミニズム概念を、サミュエル・ディレイニーは「主体と客体の境界線がいつも問題視されるような場としての主体」としてとらえ、それがサイバーパンクの根底にあるという(巽 二四〇)。人間の経験する現実は不確かなものであり、たえず威嚇侵犯され、変形し消滅する危機にさらされている。人間とは何かという問いに対する答えもたえずゆれ動いている。SFは、人間以外の意識を想像／創造することによって、人間存在を考えさせる実験場となってきた。地球外生命やロボット、ミュータントやアンドロイド、そして彼らが置かれたミクロやマクロの見慣れない環境が、人間はいかに変容することができるか、あるいは、いかに人間でありつづけることができるか、を問う手段を与えてきたのである。それは古来、魂の問題であった。人間存在が、さまざまな関係によって定義されるものだとすると、関係の変化はすなわち人間の変化であり、その変化は無限である。今、地球環境の急激な変化のなかにあって、人間とは何かが問いなおされるのも当然であろう。ルーディ・ラッカーも、そのような思考実験を提供する作家の一人である。

二 〈ウェア四部作〉と〈トランスリアル〉

〈ウェア四部作〉は、人間と人間が作り出した機械との融合、あるいは対立を軸に、地球外生命と人間やロボットが織りなすドラマをあつかう作品群である。その根本には、知的組織体として、人間とＡＩの間には本質的な違いはないという考えがある。ラッカーは『求めよ！』（一九九九）において、その発想のもととなったのは数学者クルト・ゲーデルだと述べているが（二九）、この際、ゲーデルの考えをあえて単純化するならば、論理的思考は不完全で、すべてを証明することはできない、ということであろうか。不確実性をもつ存在は、人間もロボットも論理的思考を超えうる、とラッカーは考える。人間存在は論理のみではないから、科学は人間を創造することはできない。しかし〈ウェア四部作〉において、人間は自己複製しながら遺伝的アルゴリズムによって進化する知的ロボットを生み出し、その肉体と合体したり、意識をアップロードしたりする一方で、能力において人間をはるかに超えるようになった彼らとの抗争や協調に巻き込まれてゆく。さらに異星の知的生命体との出会いは、時間と空間、あるいは物質の限界を超える体験をもたらす。

人間は、肉体の中に閉じこめられて解放を求める魂と考えられてきた。しかし、もし魂が複雑な情報の集積のなかに宿るデータであるなら、それはとり出し保存することができるし、エクスポートもインポートも自在である。すなわち、それを書きこめる新しいハードウェアがあれば、ハードウェアのバージョンアップをくり返してより優れた肉体に乗りかえ、不死を手にいれることもできる。「人間は不滅の魂ではなく、有限の情報処理システムであるという考えは、今ではごく普通である」と、『思考の道具箱』（一九八七）のラッカーはいっている（三五）。そして二〇〇四年の『バニティ・フェア』イタリア版のインタビューでは、百年もたてば、新しい服を着るように、培養されたクローン体に意識をコピーすることになると予測している。人間は、この肉体ではなくより自由な肉体へ、そして肉体を超える存在へと向かうだろう。そして、地球上のみならず、宇宙のさまざまな存在と交歓しながら、存在するすべてのものの喜怒哀楽を味わうだろう。人間と自然、主体と客体、心と身体の関係は、互いに交差しあうことによって、対立を超えた新しいものに変化する。人間であって、しかも人間を超えたものは、いつもSFのテーマであった。その意味で、〈ウェア四部作〉はSFらしいSFである。

〈トランスリアル〉に属する作品は、『時空ドーナツ』『ホワイト・ライト』以下、『セックス・

スフィア』(一九八三)『空を飛んだ少年』(一九八五)『ハッカーと蟻』(一九九四)『UFOで未来へ』(一九九九)などがあるが、舞台背景はぐっと現実に近づく。『ホワイト・ライト』の時は一九七三年十月。ニューヨーク州北部の小さな町の日常には、異星人もやって来ないし、タイムマシンも登場しない。この作品が描くのは、科学文明の利器がずらりと並ぶSFらしい世界ではない。ここには、生体と機械の融合も、宇宙へ飛び立つロケットもない。主人公フィーリクス・レイマンは霊体となって肉体の限界を超えていくが、それはサイバースペースにジャックインするわけでも、精神を離脱させる化学物質を実験しているわけでもない。実験室も配線もワイヤレス伝達装置も必要とせずに時空の限界を超えていくというのは、SFとしてはいかがわしく感じられるかもしれない。

一見物語は、欲求不満を麻薬でまぎらす、若い新任数学教師のトリップの軌跡とでも呼べそうな筋でできている。麻薬や夢によって日常世界の枠を超えるのは、幻想小説の常套手段であるが、ラッカーは彼独自の〈トランスリアル〉の世界に踏み込んでゆく。田舎町にある州立大学の数学講師となったフィーリクスは、知的停滞の雰囲気にうんざりして麻薬にふけり、妻のエイプリルは、ソファに横になってテレビを見るだけの生活にイライラするばかり。すべての根底には、大学院で研究に精を出した結果、片田舎で無気力な学生たちに算数を教えるだけなのかという挫折感がある。大学時代の先輩でたまたまこの州立大学に赴任していたレヴィンは、業績が認められず一年後には解雇されることになっている。田舎に埋もれて学界から遠ざかり、心にそわない職ですら失うことになるレヴィンは、あるいはフィーリクスの未来かもしれない。この挫折感は夫婦関係にも影を落とし、妻は夫が酒と麻薬にうつつをぬかしてやる気がないと思って、二人の間には口論がたえない。彼自身、自分が狂い始めているのかと心配になる。ゲオルグ・カントルの連続体仮説を解くことは、世に認められて、この閉塞状況から脱出できる鍵だった。物語はその解明をめざす軌跡である。最終的にフィーリクスはその鍵を手に入れ、ロス・アラモスの原子力研究所に職を得て、この町を後にする。危機を乗りこえ、よりよい仕事も見つかり、妻も未来への希望に胸をふくらませる。と読むこともできるが、そう読むと、小市民的なドラマらしくもある。しかし、ロス・アラモスを手放しで喜べるのだろうか？　フィーリクスはロス・アラモスを選択したというより、大学をくびになったのである。それにこの取引には国防問題がからんでいる。冒頭に悪魔が登場するのは単なる夢にすぎなかったのだろうか。

この作品の主人公フィーリクス・レイマンは、大学院を修了して田舎町で幾何を教える新任数学教師であるが、一九六七年から一九七二年にかけての作者をモデルにしている。麻薬中毒ヒッピーで、体制に順応できないフィーリクスの姿は、ビートに共鳴し一九九六年ごろまでマリファナを吸っていたラッカー自身である。また、一九七二年、彼は三度にわたりゲーデルを訪れ話し合う機会をもった。その体験は『無限と心』（一九八二）に詳しいが、この一般解説書で扱われている問題が『ホワイト・ライト』のテーマとなっている。希望とはほど遠い職場、ギクシャクする夫婦生活、学者としての行き詰まり、未来に対する不安といった、日常的で等身大の問題は、キャリアを始めたばかりのアメリカ人共通の悩みであろう。このレベルでは『ホワイト・ライト』は一般市民の物語であり、十分に「リアル」である。

三　白い光への道

他方、『ホワイト・ライト』は、ある意味では〈ウェア四部作〉よりも挑戦的で、テクノロジーの粋を凝らしたSFより「科学的」ともいえる。発表当時の副題は「カントルの連続体問題とは何か」というものだった。これはクルト・ゲーデルの論文のタイトルでもあり、その論文は〈ウェア四部作〉において自己複製する人工生命体を考え出すヒントになったものである、数学者鈴木治郎がハヤカワ文庫の邦訳版の「解説」で述べるところによれば、この問題がわかると、作品は「整った構造の中を進んでいくという数学をベースにもつハードSF」(三五七)になるらしい。すなわち、物語はカントルの連続体問題解明プロセスのドラマというわけである。無限の概念に挑むフィーリクスは、加算無限を超え、連続無限のかなたの「白い光」をめざした。そして結末部では、質量物質とは異なる物質が存在する証拠を手に入れる。自然数の無限集合の濃度をアレフ・ゼロとすると、アレフ・ワンはアレフ・ゼロよりも大きい無限である。通常の物質はアレフ・ゼロ個の粒子からなり、物理法則にしたがうが、アレフ・ワン個の粒子をもつエーテル物質は、重力にも電気抵抗にも縛られず、アインシュタインの相対性理論も適用できない超物質である。アレフ・ゼロの次の無限がアレフ・ワンで、アレフ・ワン個の粒子をもつ物質が連続無限Cの空間に存在しているとすると、Cはアレフ・ワンより大きいことになる。言いかえれば、フィーリクスはアレフ・ワン＝Cであろうという連続体仮説を否定したのである。するとこのレベルにおいては『ホワイト・ライト』は数学の方程式を小説にしたようなものといえる。

一方で小市民の物語、他方で数学ベースのハードSFであるこの作品は、また、伝統的な文学の枠組みをもっている。知の探究は古いテーマである。そしてラッカーは、悪魔との契約という、ファウスト物語を部分的に踏襲している。フィーリクスは麻薬と白昼夢にふけるうち、悪魔に出会い、カントルの連続体仮説の解明と魂を交換するという契約をもち出される。しかし祈りにこたえて現れたイエスは悪魔を退け、フィーリクスを、無限に高い「オン山」に送り出す。フィーリクスはさまざまな障害をこえて、天国に向かう巡礼となるわけである。するとこれは『天路歴程』ともなる。

しかし彼の道はまっすぐ上にのびているわけではない。雨の墓地、メメント・モリを刻んだ墓石、身をくねらせる灰色の蛇のようなブナの木の下で物語は幕を開け、フィーリクスの意識は、迷路となった地下埋葬所に入りこむ。エドガー・ポーのテンプレートを使っているような冒頭は、SFの源流がゴシックにあったことを思い出させるが、この数理論の知的アクロバットのような物語は、ゴシックのパロディでもある。無限への道は下へ、死へむかって続く道でもあり、フィーリクスの体験は、起源をたどれば、ポーのみならず、神話にさかのぼる半神の英雄たちの冥界降りに求められる。無限に向かって旅立つ前に、彼がボストン美術館で出会った幽霊は「上か下か」と何度も問う。フィーリクスは断固として「上へ行きます」と答えているが（六三）、ヘラクレイトスがいうように、上への道も下への道も同じなのであろう。

ベアトリーチェはダンテを天国に導くが、フィーリクスはお産で死んだ若い女キャシーを、天国に連れて行くようイエスにたのまれる。ダンテに案内人ウェルギリウスがいたように、フィーリクスには、数学者ヒルベルト、アインシュタイン、カントルといった、錚々たる先達が現れる。このように見てくると『ホワイト・ライト』にはゲーテあり、バニヤンあり、ポーあり、ダンテありであるが、わけてもフィーリクスのめざす絶対無限の白い光は、ポーの『アーサー・ゴードン・ピムの物語』において、海の果てに立ちあがる「白」であり、遍在するモービー・ディックの「白」である。ラッカー自身『求めよ！』に再録されたジョン・シャーリーとのインタビューで、要するにテーマは神を求めることであり、存在の意義を探ることだと述べている。

無限の探求というのは……けっきょくは魂が神を求めることさ。平たく言えば、ぼくたちが存

在している意味を見つけたいということだね。（二四）

数多くの先達に続いて、フィーリクスは存在の極限に挑み、存在が無と、物質が魂と、生が死と出あう境界を探ろうとしているのである。

すると『ホワイト・ライト』は、ある若い男の人生や家庭の危機を描く物語であり、数理論理学の問題を具現化したＳＦであり、真理や神を探究する神話以来のテーマをとりあげた作品である、ということになるが、このように要約すると、まるで別の作品になってしまうのがラッカーである。作品の翻訳者大森望は『ウェットウェア』の解説で、ラッカーのことを「ギブスンよりポップ、スターリングよりラディカル、ベイリーよりマッド、ディックよりいきあたりばったりでエフィンジャーよりいいかげん」と表現している（三二九）。そして「セックス、ドラッグ、ロックンロールの三種の神器に、ハイテク、宗教、哲学をふりかけ、ぐっちゃんぐっちゃんに」しているという（三三三）。まじめに説明しようとすると遠のいてしまう作家といえそうである。実際の『ホワイト・ライト』の世界もかなりマッドである。〈トランスリアル〉のトランス（trans）は、現実を超え、形而上世界、無限の世界、虚構の世界へ越境していくことをさしているが、それは恍惚（trance）にも通じる。

冒頭でフィーリクスは「また吸いはじめた」といっているし、スナックの「ドロップ・イン」

では一晩中ビールを飲んで酔いつぶれている。夢みる人と死んだ人の行く「シメン」では、標高絶対無限のオン山に登ろうとして、蝶を酔わせるような香りを放つ「無限に枝分かれした草の葉」の、燃える白い煙を吸いこんでしまう。草はマリファナの俗称であるが、この「草」の背景には、ホイットマンからジャック・ケルアックにつながる、物質文明批判の流れがあるのだろう。煙はくるくるとからまった蔓のように肺に入りこんでくる。

気管支や肺胞に枝分かれしていき、一面オフホワイトのしみが広がって、胸の中でまぶしい点の集合になっていく。幻想的な光景がどっと押し寄せて、ぼくはその中にのみこまれた。（一〇八）

何もかもがまっ白になり、フィーリクスは「光の玉になって、夢の国を旅する」のである（一二〇）。そして白と灰色からなる部屋で、無限にありうる自分の生涯をすべて書きあげる。そのような本を書くにはあの草が必要なのだ。ただ夢を見るだけではなく、「白く」ならなければならない。

白い雪はなめると酔いを誘う。ウイスキーを飲むのも、同様であるが、死者の町「トラッキー」でも、白い光をめざして突き進む車のなかでも、フィーリクスはウイスキーの力を借りる。白くなるためには、アルコールかドラッグが必要らしい。白くなることとは、単なる妄想ではないはずである。しかし、トラッキーの町はどこも見慣れた風景であり、この世を超えた世界らしいところはまるでない。「ここが地球じゃないなんて信じられなかった。クリーブランドってこともありうるし、デトロイトかもしれない」（一八一）。フィーリクスは不安になり、酔って夢を見ているのだということを否定したいために、酒屋に飛びこむ。さらに酔うことによって、夢が実体になるとでもいうかのようだ。しらふの目から見れば、ドロップ・インで酔っ払い、たまたまバスに乗ってクリーブランドに来てしまったということも、ありえないわけではない。シメンへの旅を夢で終わらせないためには、もっと深い酩酊が必要だ。

赤い光は夢見る人で、緑の光は死んだ人であるが、白い光は、フランクスの説明によると、「精神の修練か、ごまかしを使って、肉体を消滅させ、どこか別のところで再び実体化する人」（一三八）である。グレゴール・ザムザの変身後の姿をもつフランクスは、異世界人であるが、やはり白い光の探求者である。「精神の修練」（inner discipline）はさておき「ごまかし」（trickery）とは？ あの草の煙を吸う人間にはたやすくできるようになるらしい、とフランクスはいっている。「白くなる」とは理性を完全にだましきることかもしれない。それは酩酊のきわみであり、フィーリクスにとっては、夢を超え、死を超えることである。白い光に向かって疾走する車は赤い。夢が疾走させているのだろう。そこにウイスキーの力を加えることによって、疾走は加速する。フィーリクスは徹底的に酔い続ける。万華鏡のような世界、すべてのものが形を失ってまざり合う陶酔は、ラッカーの

「グネグネ」の世界であり、『リアルウェア』でも、「すべてを作り出す偉大な白い光」（九三）と呼ばれている、究極の白い光への道である。

四　コミックスあるいは悪夢

グネグネの世界に入りこんだフィーリクス・レイマンは、一方でカモメやエビやゴキブリと、他方でアインシュタインやヒルベルトと、同じ目の高さでつきあって何の不思議もおぼえない。彼は現実と非現実の世界を横断して、日常の区別がないところへわけ入るが、天命に導かれて、あるいは深い思索や沈思によって、神や悪魔の世界に踏み入る半神の英雄でも、ダンテでもファウストでもない。彼の超越の秘密は、あきらかに麻薬や酒による酩酊であり、その創造的エネルギーの源泉は、『ディズニーのコミックとおはなし』にあるらしい（二五七）。とすると、フィーリクスの正体はパット・サリヴァンの猫フィーリクスかもしれない。夢の世界にすべりこむとドナルド・ダックになって、アズテカの神殿でいけにえにされてしまうし、最初の旅の連れは、かもめのジョナサンならぬキャシーの変身したカモメだし、シメンでは巨大なゴキブリのフランクスと一緒になる。このゴキブリとフィーリクスは、フランクスとフィーリクスという語呂合わせコンビとなって、でこぼこ巡礼道中をくり広げるのである。

その道中の舞台シメンは日常の区別が溶解した、何でもありの空間である。ヒルベルト・ホテルの食堂では、ゴムのようなニンジンがウサギのシチューを食べていたり、二匹のヒキガエルが交替におたがいを呑みこみあったりしている。羽毛の塊や、バケツに入った液体、ネバネバの巻きひげ、色のついたガスなどが、お客としてテーブルについている。光でできているらしいものもいれば、紙でできているらしいものもいる（九二）。銀河を越え、星雲をわたり、山は無限に高く、草原は無限に広く、ホテルの部屋は無限数ある、無限次元を視覚化した世界は、覚醒剤の幻覚か、安っぽい漫画本の一コマかというように、たがの外れた空間でもある。

また、フィーリクスは白い光探求の成果として、アレフ・ワン個の粒子をもつ物質を大きな塊にすることに成功するが、この物質「ブルーグ」は、人気絵本作家ドクター・スースの絵本からぬけ出してきたものらしい。フィーリクスは、分野もジャンルも法則も横断＝トランスして、あたかも夢のなかのように、すべてが自在に現れたりつながったりする世界の気ままな放浪者とでもいえるだろう。

彼は、苦難を乗りこえてまっしぐらに栄光をめざす主人公というより、荒唐無稽な展開に振りまわされるアンチヒーローである。『ホワイト・ライト』は求道の物語であるが、同時に求道のカリカチュアであり、コミックスの読者の視線で描く『天路歴程』といったところかもしれない。そしてこのコミック版『天路歴程』がＳＦであるのは、フィーリクスの求めるものが、信仰ではなく、理性によって証明されるべき真理であり、数学上の概念だからである。伝統のテーマを科学の言語に読みかえ、ギャグをはさんで大衆文化の味つけをしたこの作品は、宗教と科学、心と物質、高尚と低俗、まじめとふざけ、象牙の塔と場末のドタバタ、文字と映像、伝統とポップカルチャーといった境界を縦横に越えていく混血児なのである。

空間と反空間の境界に横たわる広大な光の帯シメンのA面にあるトラッキーの町は、その雑種的辺土ないしは煉獄にあたる。それはサイバーパンク風でもあり、西部劇風でもあり、フィルム・ノワール風でもあり、ジョージ・オーウェルの『一九八四年』を髣髴させ、T・S・エリオットの『荒地』を連想させるが、どたばたアニメに出てくるどこともいえない町といったほうがよい。さまざまなジャンルの、さまざまな町を掛け合わせた接点のようなこの町は、また、地上と天国の中間点であり、夢と死の世界シメンにあって、地上の都会と見分けもつかない現実的な様相をみせる。

フィーリクスとフランクスはカントルのところで出会ったエリーとともにこの町にくり出す。エリーは臍から空気を入れるとしわしわからセクシーに変身する風船夫人マダム・エリザベス・ルフトバロンである。彼女が、魅惑する女と嫌悪をひきおこす老婆の間を自由に行き来するように、町もヤヌスのように二面を見せる。橙色の街灯がともり、街路樹が暖かい微風にそよぐ、心なつかしい静かな住宅街のたそがれ時かと思えば、すぐにごみ箱や食べかけのサンドイッチが落ちている溝があらわれ、荒廃した都会の風景に変化する。

　そこでくり広げられるのは逮捕されたり逃亡したりの活劇であるが、恐怖あり残酷ありのこの活劇は決定的な迫力を欠いている。というのも、この地上と天上の中間にある辺土は死者の世界であり、それゆえにだれもほんとうに死ぬことがないのである。異端審問官か、ゲシュタポか、紅衛兵か、赤狩り特捜班かと思わせる、「神聖隊」と名乗る男たちがやってきて、身分証を見せろと要求する。のっぽとずんぐりの神聖隊の二人組カールとヴィンスは、バラエティ・ショーの凸凹コンビというところであるが、あっという間にフランクスを射ち殺し、その頭を警棒で「グシャリ」とたたき潰してしまう。フィーリクスがカールのことを「高校のいじめっ子タイプ」（一六五）といっているのは、ことの深刻さとちぐはぐである。異端審問が中世の悪夢なら、ゲシュタポは二十世紀のトラウマであろう。神聖隊はそれをアメリカのどこにでもありそうな都会のなかで再現し、法権力の非情さを見せるのであるが、この男たちは有能さに欠けているうえに、ここはだれも死なない世界である。とり返しのつかない決定的な悲劇は起こりえないとすると、すべては漫画になってしまう。

「ポークチョップから押し出される蛆虫」（一六八）のように、町の中心を占める「ごみ捨て山」から死んだばかりの人間が這いでてくる。ヴィンスはよろよろと出てきた男をためらいもなく車で轢いて、先週もその男を轢いたという。シメンでは死ぬといってもごみ捨て山に行ってまた出てくるだけのことなのだ。フィーリクスは、留置され脅迫的な尋問にあって、逃げるためにカールの眉間を撃ちぬくが、頭がスパゲッティのようになっても、しばらくたてば彼はすっかりもとどおりになって追いかけてくる。死者たちはすでに死んでいて死なないし、フィーリクス自身はもともと死んでもいないただの霊体だし、次から次に危機におそわれても、恐怖も苦痛もどこか遊びのようで切迫感がない。ドナルド・ダックやミッキー・マウスが崖から落ちても死なないようなものである。漫画と悪夢のバーレスク風接合とでもいおうか。

転生のからくりのようなごみ捨て山を中心とするトラッキーの町であるが、決してとどまっていたいような快適な場所には見えない。輪廻する煩悩と業の世界コンパクト版というところである。すべてのものがごみ捨て山をとおして循環しているが、暴力も、拳銃も、ゲシュタポ風取り締まりも、酒場も、無法地帯の風景も、地上で味わった苦い現実のコピーである。それをただくり返しているこの町から白い光にいたるには、実はごみ捨て山と砂漠を越えればよいだけだった。にもかかわらず、人々はくり返すことを選び、窮屈な生活を捨てようとはしない。このポスト・ホロコースト時代の辺土は、絶対無限の白い光を目前にして、だれもが地上に執着し、現世を離れることができないでいる所といえる。

五　神か悪魔か

ヴィンスに殺されたフランクスはカフカの風貌になってよみがえり、フィーリクスと再会するが、彼も白い光に跳びこむことができない。

「白い光が恐ろしいんだ。自我が大切だからそんなふうに消滅することなんてできない。オン山に登っていた連中だって、だれも山頂にたどりつきたいなんて思ってないよ。だから山に行くんだ。本当に神を望むなら簡単な道がある。このごみ捨て山を越えていけばいい。果てまで行って跳ぶのさ」(二〇一)

フランクスは「詩人、幻視者、哲人王」(八七)と名乗り、一二〇〇年の間シメンで白い光をめざしてきたのだという(一三五)。そして彼とフィーリクスは、詩と数学、すなわちイマジネーションと理性としてあいたずさえあい、ガイドなしでオン山に登って、それぞれ加算無限のアレフ・ゼロより大きいアレフ・ワンと連続無限Cを体験した。そのフランクスでさえ、ごみ捨て山をこえて「果て」に突進していく車にとどまることができず、自分の喉を切り裂いてもう一度ごみ捨て山へ戻ろうとする。しかし辺土のくり返しもいつまでも続くわけではなかったようである。白い光を拒んだ代償は地獄の炎だった。それを見ていたにもかかわらず、キャシーもいざという時がくると「まだいや」と叫ぶ。いずれは行かなければ悪魔につかまってしまうことになるよ、とフィーリクスがいっても、彼女はごみ捨て山でもう一度体を手にいれる可能性にかける。

神聖隊隊長のボブ・ティーターも、町の人々にはおれが必要だ、おれがみんなを悪から守るのだ、という口実をかまえて、二十五年もトラッキーにとどまりつづけている。フィーリクスにいわせると、むしろ人々の天国行きを妨げてきたわけであるが、カールも、ヴィンスもその他の人々も、住みよいわけではないトラッキーの町に執着しつづけている。ここにとどまって何のいいことがあるんだ？とフィーリクスはティーターにたずねる。ティーターは、みんなこわいからだ、と答える（一七六）。トラッキーの人々は、白い光を恐れて現実もどきの町にしがみついているのである。理解不可能な白い光とは異なり、神聖隊の与えるものは明快である。すなわち「神はイエスを選ばれた。イエスはボブ・ティーターを選ばれた。ボブ・ティーターはあなたを選んだ」（一六九）。不安な人間は、安心するために目の前の明快さにとびつく。ボブ・ティーターについて行きさえすればよい。すべての専制は強制的であればあるほど、人々をひきつけるのである．それは存在の深淵を覆って、恐怖を忘れさせてくれる。「おれは何か信じられるものをくれてやったんだ」（一七五）とティーターはいっている。

ポーはメエルストロームの大渦にのみこまれていく人間の畏怖の念を語り、メルヴィルは、モービー・ディックの不可知の白について思索した。無辺の宇宙の果てを思うとき、人間は恐れずにはいられない。存在の大渦の底を究めようとし、遍在する白い怪物に挑もうとするには、狂気の目とエイハブの執念が必要なのだ。すると、「ぼくはただあの白い光のところまでのぼりたいだけだ」(二〇六)と、白い光をめざす決意を変えないフィーリクスは、ポーの狂気の語り手であり、エイハブであろう。ティーターにとっては、すべての者が通る道を通らず、いいかえれば死なずに、シメンにやってきたというフィーリクスはいかがわしい存在である。ひと目でわかる、神聖隊のスローガンとは対照的に、フィーリクスの書いた本には無限ページ、無限行ある。これは悪魔が介入しているに違いないのだ。読者としては、ティーター側の言い分にも一理あると思わずにはいられない。

フィーリクスは、連続体問題が解ければ魂を売る、という取引に応じなかったのだろうか。想像してみただけさと彼は言う。しかし「本気じゃなかった。署名なんかしてないぞ」と、だれもいない墓場に向かっていってみても、返事はなかった(四四)。取引は成立しなかったのだろうか。イエスが悪魔を追い払い、キャシーを連れてオン山へ向かえといったのだ、とフィーリクスは主張する。彼にとって、それはイエスの言葉にしたがって「究極の悟りにいたる」(一三七)道なのである。しかし、自己を捨てて自己ならぬものに変貌するという意味では、闇であろうと、光であろうと同じだ、とフランクスはいう(一三八)。ポーの語り手たちは、神の無限の恩寵も届かぬところに踏みこんだと告白し、エイハブは神に挑むと豪語した。しかしフィーリクスはイエスにしたがったという。

無限は神の領域であり、それを望むことは神に挑むことであったが、フィーリクスには罪悪感はない。むしろ彼の行為は神に嘉されているかのようである。片やフランクスは土壇場で無限を拒んで、地獄の炎と思われるオレンジ色の炎にとらわれてしまう。それは近代自我の意識を捨てることに抵抗した報いであろうか。フランクスはその自我のためには、逆説的に自殺もいとわなかった。地獄に落ちることになっても、自我を手放すことを拒んだ。自我を奪うものは、神であれ悪魔であれ同じだというフランクスは、白鯨をしとめようとしたエイハブの攻撃性はないまでも、その自我の強さにおいては等しいだろう。

白い光に対するフィーリクスとフランクスの姿勢は左右に分かれるが、無限を求めようと、個にこだわろうと、そこにあるのは神と向かいあう人間というより、自分が存在することを、世界に、あるいは自己内部に向かって、確かめようとする意識としての人間存在である。フィーリクスにもフランクスにも、支配する絶対者としての神という意識はむしろ薄い。フィーリクスを無の果てに運ぶ車は「悪魔か、天使か、それともぼくらと同じチェスのコマ」(二〇二)なのかわからない。無も無限も同じであるが、それが絶対でありすべてである神ならば、悪魔とは何か。絶対は唯一のものであって対極をもたない。オレンジの炎につかまったフランクスがどうなったかも、実際だれも知っているわけではないのである。

六　まぁいいか

ラッカーは、二〇〇一年版の『ホワイト・ライト』のあとがきで、「神は、私たちひとりひとりが心の悩みを乗りこえられるよう、喜んで手をさしのべてくれるのです。だれでも頼みさえすればよいのです」（二六九）と書いているが、フィーリクスの神は畏れるものではなく、彼が無限を望もうが、トラッキーでカールを殺そうが、キャシーを天国に連れて行くというイエスとの約束を破ろうが、強い罪の意識でさいなむことはない。アルコールであれ、マリファナであれ、狂気であれ、彼の無限の探求は、人間としての願望であり、数学者としての知的好奇心であり、キャリアをめざす若い男の野心であって、神はそれに関する悩みを理解してくれこそすれ、罰するはずがない。という楽天的で、権威を恐れない気質が、根底にあるようだ。

もちろん、忘却と無よりは「どんなものでも」（二六一）ましだと考えるキャシーの霊に、肉体をのっとられた事件が、フィーリクスのうけた報いと解釈できないこともない。その肉体は交通事故にあい、彼はあやういところで一命をとりとめた。悪魔が、キャシーのかわりにフィーリクスを連れていってもよいといったとき、フィーリクスが犠牲的精神をみせなかったとしても、この一件でふたりは五分五分になったのかもしれない。もともと死者であるフランクスとキャシーは死者のいく場所に行き、フィーリクスは、自分の望んでいるのは白い光ではなく、「家族とのこの世での生活」（二六〇）だと悟る。妻エイプリルと小さなアイリスが、フィーリクスのベアトリーチェということであろうが、彼は天国ではなく現世に戻る。

霊となってさまよったフィーリクスが、愛する者たちのところに戻ることができたのは、彼が悪魔の誘惑を退けたからではあるまい。最後まで悪魔は追ってきていた。フィーリクスの肉体にあて逃げした車は、だれが運転していたのだろうか。死ぬことなく死者の世界を歩き、白い光を瞥見して、カントルの連続体問題への答えを盗みとってきたフィーリクスは、豆の木にのぼって巨人の宝をとってきたジャックかもしれない。しかし、彼の手に入れたものが、やがて兵器問題につながり、彼をロス・アラモスに導くことになるのは、ブラック・ユーモアだろうか。生死の境をさまようフィーリクスは、宇宙も神も彼自身も、ワイヤで真っ暗なマンホールにつながっているのを見る。その暗い穴の中に何があったのか語ろうとした彼は、話をさえぎられてそのままになってしまった。最後の章のタイトルは「これでおしまい（ではない）」という。

しかし、妻のエイプリルは新しくやりなおせるのを喜んでいるように見えるし、フィーリクスがエイプリルを喜ばせたいのは確かである。神にしたがったのか、悪魔と取引したのかという、微妙な疑問を黙らせるわけにはいかないし、悪魔があきらめたのかどうかも定かではない。まぁ、とりあえずいいじゃないか、と宙ぶらりのまま物語は終わる。

二〇〇一年再版につけた「まえがき」でジョン・シャーリーがいうように、フィーリクスはサイバーパンク・ヒーローであろう。しかし、根は妻を愛し娘を愛する家庭人であり、孤独な一匹狼などではない。現実逃避して無限を求め、肉体から離脱してさまよう一方で、妻への思いがあるため飛び去ってしまうことはない。肉体を離れて霊体となった彼は、妻のエイプリルが赤ちゃんのアイリスの部屋で掃除機をかけている姿に家庭の安らぎを見る。

こども部屋は、何もかもがちゃんとしていて、とても健全で、とてもいい感じだ。これがぼくの場所だ。ぼくが心から望んでいる世界だ。(四五)

途方もない夢を紡ぎ、悪がきのように暴れまくって、やがてはこのヴィクトリア朝的ともいえる家庭に戻って憩うのは男の願望であろうか。この点では、ラッカーは保守的で、大森望も『セックス・スフィア』のあとがきで、同書や『時空の支配者』(一九八四)に共通する「女は港、男は船」的な発想を指摘している(三二四)。

フィーリクスとシメンに向かうとき、キャシーはかもめの姿になるが、フィーリクスは白いドレスの美しい姫君のような幽霊とか、乳房の上に長い髪がたれかかる裸身とかいった、三文小説好みの姿を提案して、「死んでまでセックスの対象になるのはたくさんよ」と一蹴されている(五八)。著者はそのような女性像が意味するものを十分に承知しているが、フィーリクスはそういう偏見にとらわれた普通の男である。霊体となった彼は、自分が素っ裸だったのに気づいて、あわててペニスをひっこめた姿になってみたり、次には一フィートの大きさのペニスになってみたり、禁忌と欲望の間をうろうろするが、キャシーに相手にされない。このお人よしのアンチヒーローは、女性に対してナイトであろうとするために、キャシーを託され、彼女に翻弄されることになるのであるが、結局は妻のもとに戻る。

見てきたように、ラッカーのトランスリアルの世界はかなり過激にはめをはずす。しかし、〈超＝トランス〉になればなるほど〈現実＝リアル〉は確固として根底を支えているようである。その現実は拍子抜けするほど保守的なところがある。ビートからサイバーパンクへというラッカーの道は、本質的には反体制であるが、ドクター・スースやディズニーで育った、アメリカの大衆文化の雰囲気を楽しんでいるようである。そして、大衆は体制的なものでもある。しかしいつのまにか変化していく。根本的な不安をひき起こすことなく変容する、ラッカーの現実の底には、生きている世界に対する大きな信頼のようなものがある。安全な家庭が待っていることを知っている子どもが、夢中になって遊びに没頭しているような、どこか楽天的な混沌がラッカーの持ち味であろう。確かに物語りは宙ぶらりで終わる。フィーリクスの未来は凶と出る可能性も高い。フィーリクス・レイマンが幸せな未来に値するかどうかも定かではない。しかし、何とかなるさという、絶望を拒む姿勢がここにはある。その根拠があるわけではない。悪魔がいないわけではないし、ゲシュタポも全体主義も現実だった。フランクスやキャシーがどうなったのかもわからない。しかし、大丈夫。宇宙は邪悪ではない。そうかしら、と読者は思う。まぁ、いいか、と。

[引用文献]

Rucker, Rudy. Afterword. *White Light*. By Rucker. 267–69.

———. Interview. Milano, 11/8/2004. From: <ebrocardo@condenast.it> Enrica Brocardo. For: Italian edition of *Vanity Fair* magazine.（『バニティ・フェア』）http://www.mathcs.sjsu.edu/faculty/rucker/interviewsposted.pdf (11/15/2004).

———. "*Keeping it Transreal*," Interview. 2004 Frontwheeldrive.com.（『フロントホイールドライブ』）http://www.frontwheeldrive.com/rudy_rucker.html（08/02/1999）

———. *Mind Tools: The Five Levels of Mathematical Reality*. Boston: Houghton Mifflin, 1987.（『思考の道具箱』）

———. *Realware*. New York: Harper Collins, 2000.（『リアルウェア』）

———. *Seek! : Selected Nonfiction*. New York: Four Walls Eight Windows, 1999.（『求めよ!』）

———. "37 Questions." Edited Email Interviews. *Seek!* By Rucker. 8–30.

———. *White Light*. 1980. New York: Four Walls Eight Windows, 2001.（『ホワイト・ライト』）

Shirley, John. Foreword. *White Light*. By Rudy Rucker.

大森望　解説　『ウェットウェア』ルーディ・ラッカー著、黒丸尚訳、ハヤカワ文庫、一九八九年、三二九―三三五頁。

———　訳者あとがき　『セックス・スフィア』ルーディ・ラッカー著、大森望訳、ハヤカワ文庫、一九九二年、三三一―三四頁。

鈴木治郎　解説　『ホワイト・ライト』ルーディ・ラッカー著、黒丸尚訳、ハヤカワ文庫、一九九二年、三五七—六四頁。
巽孝之「サイボーグフェミニズム宣言——サミュエル・ディレイニー」『サイバーパンク・アメリカ』勁草書房、一九八八年、二二六—四八頁。

［参考文献］
Davis, Erik. "Speaking with the Dead Philip K. Dick." http://frontwheeldrive.com/philip_k_dick.html (1/9/2005)
Members of English 111, Cyberspace, VR, and Critical Theory, Brown University, Spring 1998. "Rudy Rucker's Ware Trilogy: An Overview." http://www.scholars.nus.edu.sg/landow/cpace/scifi/rucker/ruckerov.html
Landow, George P. "Cyberspace, Hypertext, & Critical Theory." http://www.scholars.nus.edu.sg/landow/cpace/cspaceov.html (6/27/2004)
Rucker, Rudy. *Rudy Rucker's Homepage*. http://www.mathcs.sjsu.edu/faculty/rucker/ (12/9/2004)
森下一仁『思考する物語——ＳＦの原理・歴史・主題』東京創元社、二〇〇〇年。
大森望「すべてはひとつ——Rudy Rucker ファンサイト」http://www.ltokyo.com/ohmori/rucker/index.html (1/9/2005)
——「ラッカー、ＴＶゲームを語る——ＲＲインタビュー」《ＥＤ》バージョン（1993）http://www.ltokyo.com/ohmori/rucker/rr_int02.html
大森望、志村弘之、菊池誠「ヒルベルト空間便り——ラッカーの数学ＳＦをめぐる座談会」一九九三年十一月七日（京都大学ＳＦ研究会主催・京都ＳＦフェスティバル九三より）http://www.ltokyo.com/ohmori/rucker/rr_panel.html『ＳＦマガジン』（一九九四年五月）ラッカー特集掲載。
巽孝之『サイバーパンク・アメリカ』勁草書房、一九八八年。

ラッカー主要作品

【フィクション】

White Light. 1980.『ホワイト・ライト』黒丸尚訳。
Spacetime Donuts. 1981.『時空ドーナツ』大森望訳。
Software. 1982.『ソフトウェア』黒丸尚訳。
The Sex Sphere. 1983.『セックス・スフィア』大森望訳。
The Fifty–Seventh Franz Kafka. 1983.『五十七番目のフランツ・カフカ』
Master of Space and Time. 1984.『時空の支配者』黒丸尚訳。
The Secret of Life. 1985.『空を飛んだ少年』黒丸尚訳。
Wetware. 1988.『ウェットウェア』黒丸尚訳。
The Hollow Earth. 1990.『空洞地球』黒丸尚訳。
The Hacker and the Ants. 1994.『ハッカーと蟻』大森望訳。
Freeware. 1997.『フリーウェア』大森望訳。
Saucer Wisdom. 1998.『ＵＦＯで未来へ』
Realware. 2000.『リアルウェア』
Gnarl! 2000.『グネグネしよう』
As Above, So Below: A Novel of Peter Bruegel. 2002.『天上と地上――ピーター・ブリューゲル』

Spaceland. 2003.『スペースランド』

Frek and the Elixir. 2004.『フレックと不老不死薬』

『ラッカー奇想博覧会』1995. 短編集　黒丸尚他訳。

【その他】

Geometry, Relativity, and the Fourth Dimension. 1977.『かくれた世界——幾何学・4次元・相対性』金子務訳。

Infinity and the Mind: The Science and Philosophy of the Infinite. 1982.『無限と心』好田順治訳。

The Fourth Dimension. 1984.『四次元の冒険——幾何学・宇宙・想像力』竹沢攻一訳。

Mind Tools. 1987.『思考の道具箱——数学的リアリティの五つのレベル』大槻有紀子他訳。

All the Visions. 1991.『走馬灯のように』

Transreal! 1991.『トランスリアル』

Seek! 1999.『求めよ!』

第三章　メアリ・シェリーの『ヴァルパーガ』
――ふたりの「ベアトリーチェ」聖女とファム・ファタール

阿部　美春

メアリ・シェリー

ベアトリーチェの原型――至高の女性と運命の女性

「ベアトリーチェ」という名前を聞いて、どのような女性を連想するだろうか。ダンテ（一二六五―一三二一）の理想の恋人ポルディナーリ（一二六六―一二九〇）、チェンチ家の父親殺しの天使（一五七七―一五九九）、ルネサンスのプリマドンナと言われたイザベッラ・デステの妹（一四七五―一四九七）。エステ家のベアトリーチェは、後の芸術家に与えたインスピレーションにおいて、前者、ふたりのベアトリーチェに遠く及ばない。ベアトリーチェ・ポルディナーリは、二四歳で産褥熱のため亡くなり、ベアトリーチェ・チェンチは、二二歳で断頭台の露と消えたが、芸術家の想像をかきたて、その作品に姿をとどめて「永遠の女性」として生きている。

ふたりのベアトリーチェ、ベアトリーチェ・ポルディナーリとベアトリーチェ・チェンチをモチーフとした作品は数多い。ポルディナーリは、ダンテのベアトリーチェすなわち「永遠の恋人」の代名詞として、また聖母マリアに比肩される至高の聖女として、さまざまな形でヒロインに投影されている。かたや、ベアトリーチェ・チェンチをモチーフとした作品は、パーシー・ビッシュ・シェリー（一七九二―一八二二）やスタンダール（一七八三―一八四二）などヨーロッパの作家のみならず、アメリカの作家ホーソン（一八〇四―一八六四）など多岐にわたる。その影響は文学にとどまらず絵画にもおよび、芸術家の「永遠の女性」「運命の女性」（野島　五八、六六）の感がある。本稿でとりあげるメアリ・シェリー（一七九七―一八五一）の歴史ロマンス『ヴァルパーガ』（一八二三）は、ふたりの「ベアトリーチェ」をモチーフにした作品である。メアリ（以下本稿では、ふたりのシェリーをそれぞれパーシーおよびメアリとして区別する）は、ヒロインのひとりユーサネイジアを、「ダンテにとってのベアトリーチェ」（四三一）として、もうひとりを、チェンチ家のベアトリーチェを想起させるベアトリーチェとして描いた。

ユーサネイジアは、聖母マリアのような理想の女性であると同時に、暴君に抵抗する女プロメテウスを思わせる女性である。一方ベアトリーチェは、神に仕える聖女と異端の魔女という両義的姿をもつ女性である。西洋キリスト教文化は、一方の極に聖母マリアを理想の女性として、その対極にイヴ・魔女を置いているのだが、ベアトリーチェに重ねて描かれるふたりのヒロインにもその投影を見ることができる。だがその一方で彼女たちは、単純な二分法におさまらない人物でもある。メアリの『フランケンシュタイン』（一八一八）では、西洋キリスト教社会の二極分化した女性が、怪物と、聖母マリアのような理想的な女性として描かれるだけでなく、イヴになぞらえて描かれる怪物が聖母マリアのような理想の女性殺しをする。これは、二極分化した女性像に対する作者の批判的まなざしを示すものと見ることができる。文化に根深く浸透した神話を問い直すという視点は、メアリの作品の通奏低音となっているのだが、『ヴァルパーガ』は、西洋キリスト教文化の背景のもとで神話化した女性、ふたりのベアトリーチェをモチーフにしている。そこではヒロインたちはどのように描かれているのだろうか。本稿では、『ヴァルパーガ』のふたりのヒロインを、二極分化した女性像を縦軸に、神話化されたベアトリーチェを横軸に考察し、西洋キリスト教社会が女性に対して抱く憧憬と恐怖がヒロインにどのように投影されているのか、また神話の問い直しという点で、ふたりのヒロインはどのような意味を持つ存在なのかを検討したい。

女性をめぐる二分法

西洋キリスト教文化で二極分化した女性像の起原と歴史について述べられた「マリアと魔女」（上山安敏『魔女とキリスト教　ヨーロッパ学再考』）は、マリア像には異教の要素が流れ込んでいると言う。その系譜は、本論のベアトリーチェ像とも関わることなので、ここでまとめておきたい。

それによると、マリア像は、キリスト教本来の教義には含まれていないのだが、キリスト教が広まっていくなかで異教的太母神信仰とぶつかりあい、習合していく過程で生みだされたものであった。各地の異教の土俗信仰は、キリスト教と出会い、両者は相互の信仰を取り入れていった。たとえば、太母神イシスがマリア像に、太陽神の生誕日がキリスト降誕日として取り込まれた。やがてキリスト教が、ローマ帝国の下で国家の宗教となると、ヘレニズムの太母神から発した異教の女性像が排除されたり、魔女として忌避されていった。マリア像から、女性特有の豊穣儀礼的要素、エロス的要素が除かれ、処女としてのマリア像が生みだされて、聖なる女性像としての一途をたどる一方で、対極に女性の原型像としてのイヴが配置され、女性全般に対する蔑視はイヴ像に投影されることになった。やがてマリア崇拝は聖母崇拝へと変化するが、太母神に由来し母性の神格化の名残りをとどめる「神の母」マリアから、愛と救済の女性、マドンナへという変化だった。マドンナ崇拝の背景には、男性の憧憬と、経済活動に携わるがゆえにいっそう彼岸の救いを求める都市市民の不安が投影されていた。

マリア信仰は、進展していく途上で、南仏の吟遊詩人トルバドゥールの宮廷恋愛、その女性崇拝の影響を受けながら、やがて教会によって、偶像崇拝とされ神に対する冒涜として抑圧された。キリスト教は、異教の太母神崇拝、宮廷恋愛の女性崇拝、異端の女性観などと対立をくり返し、最終的に、理想の女性を聖母マリアとし、聖別された清純な女性像の対極に、悪魔に仕える背徳の魔女を設定した。「マリアと魔女」の最後は次のように結ばれる。「いまや、女性は処女と魔女に分裂した。それは霊肉二元論に対応して、肉体は常に悪く、此岸的＝自然的原理を、魂は常に善く、彼岸的＝精神的原理を体現」（上山 一二二―一四五）することになったのである、と。

キリスト教文化が作りだした罪深い女性の原型としてのイヴは、ギリシア神話のパンドラに重なる。歴史学者ラーナーは、女性のもつ生殖力とセクシュアリティをコントロールする父権社会の文化の根幹には、『聖書』とギリシア哲学・科学があり、それらが女性をめぐる定義を提供し、わけても「創世記」は、性をめぐる重要なシンボルを示すものだと述べている（一九九、二一一―二一三）。西洋文化のふたつの起原神話、旧約聖書の「創世記」とギリシア神話は、イヴとパンドラという女性の原型像を提示し、そのセクシュアリティと好奇心ゆえに、この世に禍や不幸をもたらした、いわば人類にとっての「運命の女」とする点で共通する（アイスラー 一七四―一七九）。イヴやパンドラは、その身体の魅力と生殖力を恐れられ、さらに男性のものとされた知恵を求めたことでいっそう恐怖をかきたて嫌悪される存在となった。イヴの生みの力は罰と位置づけられ、パンドラの瓶は、あらゆる悪を内包する女性生殖器として禍の象徴となった。

台頭するブルジョア階級が、新たな社会を形成していった時代に、女性をめぐる二分法はますます鮮明なものとなっていった。近代の父権社会は、宗教にかわって解剖学や生理学を根拠に、男女はお互いに補完しあうべき存在とみなし、公的領域を担う男性に対して、女性には家庭という場で、「母親」としての役割を担うことを求めた。近代は、医学、法律、宗教が一体となって、女性を家庭へ、母親役割へと囲いこんだのだった。ルソー（一七一二―一七七八）の描いた理想的母親から、ヴィクトリア朝の「家庭の天使」にいたるまで、女性はセクシュアリティを削ぎ落として、自己犠牲的で献身的な母親、すなわち家庭の聖母マリアとなることが理想とされたのである。この規範から逸脱した女性は抹殺され、メアリの母親ウルストンクラフト（一七五九―一七九七）のように、社会的汚名を浴びることになった。

ウルストンクラフトが、「ペチコートをはいたハイエナ」や「娼婦」という悪評を被ったのは、ラディカルな思想の持ち主というだけでなく、妻子ある男性と恋愛し、未婚の母となったがゆえだった。こうした聖母マリアと娼婦を投影する女性に仕立て上げることは、現実にもみられ、文学作品にも枚挙にいとまがない。父権社会の理想とする女性像を内面化した女性は、その規範を逸脱することに罪の意識を抱くことになった。当時の女性作家が描く怪物や狂女は、じつは逸脱のエネルギーを秘めた自己の分身であった（グーバー、ギルバート 三三九、三六〇）[1]。メアリの描いた怪物がそのひとりであることは、言うまでもない。だが女性作家は、父権社会の求める理想に異議を申し立てる女性像も提示した。『フランケンシュタイン』に登場するサフィもそのひとりである。彼女は、女性も知性を高め、精神の自由と社会での地位を求めよ、という母親の教えにしたがい家を出る。知的好奇心にあふれたサフィは、イヴやパンドラの系譜につらなる女性なのだが、家を出て向かった先が、キリスト教社会であったことは、皮肉めいている。ともあれ、二極分化した女性像をかかげる社会は、女性作家にとって行く手に立ちはだかる亡霊だった。[2] メアリは、妻子ある男性との恋愛によって婚外子を生み、周囲の非難をかうという点で、母親と同じ道をたどった。メアリ母娘にとって、二極分化した女性像が観念にとどまるものではなく、その作品に、二極分化した女性像に対する批判が映しだされていることは、想像に難くない。

一　ベアトリーチェ

ダンテの「ベアトリーチェ」

まずはじめに、ふたりのベアトリーチェはどのような人物なのかを見ておこう。ダンテと永遠の恋人ベアトリーチェ・ポルディナーリの出会いは、一二七四年五月一日花祭の日だった。九歳のダンテは、ファルコ・ポルディナーリの邸で、同じ年のベアトリーチェを見初め、それから九年後、アルノ川にかかるサンタ・トリニタ橋で再会する。ベアトリーチェは、シモーネ・バルディと結婚するが、二〇代半ばでこの世を去り、ダンテの作品に永遠の生命を得て名を残すことになった。その名は、『新生』（一二九二?）や『神曲』（一三〇九?—一三二〇?）に歌われ伝説と化している。

ダンテはこの夭折の人妻ベアトリーチェを「真理と知性の間の光となる方」（a一四七）と讃え、爾来彼女は、人間を越えた真理へ導く者、魂を救済する女性の象徴となった。「人生の道の半ばで正道を踏みはずした」（a六）ダンテを助けるために、ベアトリーチェは、ウェルギリウスに先導役を頼み、みずからも地獄のダンテのもとまでくだり、天上へと導いていく。ダンテにとって、ベアトリーチェは、地上と天上をむすぶ人。天上での彼女は、最高の段から三番目（a三六三）、マリアと神をまぢかに仰ぐ場所に位置する、神に愛される女性（b三七九）であり、「人智と、それを絶した真理である天啓との間の仲立ちとも言うべき」（c二四八）女性である。

興味深いことに、マリアの近くに座し、神の姿を拝するベアトリーチェは、キリスト教的愛のみならず、宮廷風恋愛をも体現する女性である。ベアトリーチェは、宮廷風恋愛の貴婦人崇拝と、マリア信仰を一身ににになう存在、騎士が愛をささげる貴婦人であると同時に、魂を救済へ導く女性であり、その両者を合わせ持った姿は、「赤い薔薇」と「白い薔薇」にたとえられる。[3]

この聖なる女性ベアトリーチェの名は、理想の恋人の象徴、人間の存在を越えて永遠の世界にいたる道案内人として、文学にも絵画にも生きつづけている。ダンテから五百年を経た十九世紀半ば、ラファエル前派の画家ダンテ・ガブリエル・ロセッティ（一八二八―一八八二）が、亡き妻を、ベアトリーチェになぞらえて描いた「祝福されたベアトリーチェ」（一八六三）は、その好例である。ロッセティの父親は、イタリアからイギリスへ政治的亡命をしたダンテ研究家で、息子に、敬愛するダ

図版1　ベアトリーチェ・ボルディナーリ

ンテにちなんだ名をつけた。この息子は、ダンテを翻訳し、ベアトリーチェをテーマにした絵をいくつも描いたが、そのひとつが「祝福されたベアトリーチェ」である。絵の背景にはベアトリーチェゆかりのフィレンツェのアルノ川とポンテ・ベッキオ、左右にダンテと、ベアトリーチェの心臓を手にした愛の精霊を配し、彼女の亡くなった時刻九時をさした日時計、死の使いの鳥と芥子の花が描かれ、額縁には、ベアトリーチェの死を嘆く『新生』の一節が刻まれている。この「恍惚のベアトリーチェ」として知られる絵では、瞼を閉じて天を仰ぎみるベアトリーチェの手に、鳩が芥子の花を落としている。つまり彼女の身は地上に、けれども閉じた眼はすでに天上を見ており、魂がいましも地上を離れようとする瞬間が描かれている（図版1）。ダンテの名に因んだ同名の画家は、生死の境を越え、地上と天上をむすぶベアトリーチェに、妻への哀悼と、画家として芸術の永遠への願望を託して描いたと言う（ローズ一〇八）。

父親殺しの天使

もうひとり、ローマの名家チェンチ家のベアトリーチェは、暴虐非道のかぎりをつくす父親から虐待され、義母や兄弟と謀って、家庭の暴君を殺害し処刑された。この事件は、「チェンチ家の悲劇」として知られる。美しい乙女のこうむった虐待と断頭台での刑死は、事件の悲劇性を高め、後の芸術家たちにインスピレーションを与えた。とりわけロマン派作家の心をとらえ、あまたの作品の源泉となった。芸術家に与えた影響という点では、グイド・レニ（一五七五―一六四二）による肖像画の力も大きい（図版２）。レニが描いたとされるベアトリーチェ

図版２　ベアトリーチェ・チェンチ

は、白布をターバン風に巻き、白衣をまとい、後ろを振り返った顔にはまだあどけなさを残している。画家が、処刑前のベアトリーチェを描いたと言われるが、真偽のほどは定かではない。[4]「その姿には飾り気のなさと、気高さが類なき美しさと調和し、深い悲しみが哀れを誘う」（シェリー b 七三）とパーシーは、詩劇『チェンチ家』（一八一九）の序文に記している。一方、メアリが英訳したチェンチ家の悲劇の記録によれば、ベアトリーチェは次のように記されている。

背は高い方で、色白だった。両頬にえくぼがあり、とりわけ微笑んだ時に、美しい顔に優美さを添えた。それを見た人は誰もが我を忘れた。髪は金糸のように思われた。とても長かったので、上にあげていた。髪を解くと輝く巻き毛が、見る人の目を奪った。目は感じのよい深い青をしており、きらめきを放っていた。（メアリ d 一六五－一六六）

記録を見ると、義母や兄弟と、ベアトリーチェの描写に違いがあることに気づく。彼女以外の人物の容貌の描写は簡潔で、なおかつ見る人に与える印象は記されていない。見た人を魅了するというベアトリーチェの描写は、彼女の美しさゆえに、イヴやパンドラの運命を潜めていることを暗に語っているようだ。ベアトリーチェが芸術家の「運命の女」たりえたのは、父殺しと近親姦という二重の罪ゆえだと言われる（野島 五八）のだが、確かに、女性が美しさゆえに罪の源があるとする起原神話の見方にたつならば、近親姦も父親殺しも、彼女の美しさが招いた罪と見ることができる。父親殺しの結果、自分も周囲の人間も、破滅に導いたベアトリーチェは、その美しさでもって人を魅了し破滅に導く「運命の女」であり、イヴやパンドラの系譜につながる女性といえる。

ベアトリーチェ・チェンチにはもうひとつの面がある。それは、パーシーが『チェンチ家』で描いたように、父権に反逆するという面である。パーシーは、チェンチの口を通して、ベアトリーチェがどのような存在なのかを語らせている。それは「父親と神に対する反逆者」（b一二〇）の姿であり、「意志をおとしめる肉体と同様、あの不屈の意志をへし曲げてひれ伏させてやる」（b一一七）と、父親の憎悪をかきたてる存在ということである。『チェンチ家』で描かれる近親姦は、「運命の女」ベアトリーチェが誘発したものというよりは、父親が自分に反逆する娘を肉体的精神的に傷つけて、相手に屈服を強いるための手段、反逆する娘を支配するための手段であった。パーシーが、同時期に『縛めを解かれたプロメテウス』（一八二二）を書いていることを考えるならば、暴君への反逆というテーマで、ふたつの作品は共通し、ベアトリーチェはプロメテウスに通底する存在と言える。[5] チェンチ家の悲劇の資料では、ベアトリーチェの刑死と埋葬までが記されているが、パーシーの『チェンチ家』は、ベアトリーチェの処刑前で終る。そこには、父権によって斬首され力をそがれたベアトリーチェの姿はない。

斬首といえば、メデューサの連想を呼び覚ます。神話の女怪物メデューサは、父権社会のなかで斬首され無害なものとされた、女性の内に潜む怪物性のメタファーとなっているのだが、[6] ベアトリーチェは、父親殺しの女怪物としての斬首によって、その恐怖が払拭された女性と見ることができる。

それにしても不思議なのは、レニの描いたとされるベアトリーチェ像である。あどけなさを残した天使のような姿には、父親殺しという怪物とは、相容れないものがある。天使のような乙女のこうむった虐待、その果ての父親殺しと刑死。チェンチ家の悲劇には、汚れなき乙女と、悪魔のような虐待者というゴシック小説の展開する世界が広がっている。天使のような乙女を描いたレニの絵はそれを完璧に描ききっているという点で、多くの芸術家を魅了する。いみじくも近親姦という最大の禁忌事項に、ロマン派の芸術家たちを魅了する「新しき戦慄」（野島 五七）といえる要素がある。

レニの肖像画が、ベアトリーチェ像として多くの芸術家を魅了してきた理由は、もうひとつある。レニの絵には、父親殺しの怪物を天使として再創造し、二重に無害なものとする効果を見ることができるからである。『女のエピソード』は、ベアトリーチェを「父にはずかしめられた十四歳の少女は天使のように愛らしかった」と語り、レニの肖像画を添えている（澁澤 一九、二三）。レニの肖像画は、父親殺しの怪物を、天使として永遠化した感がある。チェンチ家のベアトリーチェとは、魅惑する乙女・父親殺しの怪物であり、それゆえに、父権社会によって二重に無害化された女性像を提示するものと言える。

ベアトリーチェ・チェンチは、イヴ・パンドラから、女プロメテウス、メデューサ、天使まで多様な姿を見せる。彼女は、父権社会の憧憬から恐怖まで多義的な要素をはらむ女性と言える。その点で、貴婦人崇拝と聖母マリア崇拝を投影し、父権社会の憧憬を一身に集める、ダンテのベアトリーチェとは大いに異なっている。

メアリと「ベアトリーチェ」との出会い

『ヴァルパーガ』は、メアリが一八一七年英国にいたころ着想され、実際に書きはじめられたのは、イタリアだった。シスモンディの『中世イタリア共和国の歴史』（一八〇九―一八一八）やマキャヴェッリの『カストルッチオ伝』をはじめ、メアリが「五十冊におよぶ本を手にいれて書いた物語」（パーシー a 二四五）である。メアリ自身「夥しい本を読み調べた、かなり労力を注いだ作品」（メアリ a 二〇三）だと述べている。ダンテに関しては、メアリが着想から執筆にいたる間、とりわけ一八一八年から一八二〇年にかけて、しばしば『神曲』や『新生』を読んでいたことが、日記や読書リストから伺える（メアリ b 二六七、三〇三、三四六）。

ベアトリーチェ・チェンチについては、『ヴァルパーガ』の資料集めをしている頃、シェリー夫妻はイタリアで知人からチェンチ家の悲劇の原稿の写しを入手し、メアリがそれを英訳した。ふたりは一八一九年四月コロンナ宮でベアトリーチェの肖像画を目にしたり（メアリ b二五九）、五月にはチェンチの館を訪れてもいる（メアリ b二六二）。このあたりの事情は、日記やパーシーの『チェンチ家』に、メアリがつけた注に詳しく書かれている（メアリ c五六―一五八）。それによると、当初パーシーは、悲劇の才においてメアリが自分に勝ると考え、チェンチ家の悲劇を題材にして、彼女に悲劇を書くように勧めた。だがパーシーの才をよく知るメアリは、逆に彼を説得し、結局パーシーが書くことになった。こうした事情から、『チェンチ家』は、パーシーの作品のなかでもとりわけ、夫婦が意見を交わしながら書かれることになった（メアリ c一五六）と言う。パーシーの描いたベアトリーチェは、「父と神の権威に反抗した」（パーシー b八九―九〇）娘であり、その女プロメテウスを思わせる姿は、メアリの『ヴァルパーガ』のヒロインたちと共鳴しあっているようだ。

二　『ヴァルパーガ』

アンチ・ヒーローの物語

メアリの『ヴァルパーガ』は、副題を『ルッカの君主カストルッチオ・カストラカーニの生涯と冒険』という。実在するルネサンスの君主カストルッチオ（一二八一―一三二八）の生涯に、実在しない婚約者ユーサネイジアと愛人ベアトリーチェの生涯をからませて綴った作品である。

三巻からなる物語の舞台は一四世紀のイタリア、都市国家が覇権抗争を繰り広げながら、経済の繁栄を謳歌し、「画家や詩人のかたわらで、剣客や毒殺者が活躍する」（デイヴィス一八六）と言われた時代である。物語は、カストルッチオが少年時代に、皇帝派と教皇派の派閥争いによって、皇帝派として一家追放されるところから始まり、その後辛酸をなめながら、戦功によって頭角を現わし、ルッカの君主の地位にのぼりつめ、栄光のきわみで突然の死を迎えるまでが語られる。第一巻は、カストルッチオと婚約者ユーサネイジアの生い立ち、ふたりの至福の婚約時代の物語。第二巻は、カストルッチオとユーサネイジアの対立と離反、カストルッチオと愛人ベアトリーチェの出会いの物語である。暴君カストルッチオは、自由と共和制を擁護する領主ユーサネイジアと対立。ユーサネイジアが母から受け継いだ居城ヴァルパーガは、カストルッチオの手に落ちる。一方でカストルッチオは、カソリックの司教の館で「神の乙女」ベアトリーチェと出会い、その不思議な美に魅了される。女性救世主を母に、カソリックの司教を養父にもつベアトリーチェの数奇な身の上が語られる。第三巻では、ベアトリーチェとユーサネイジアの出会いと交流、彼女たちの破滅と死、カストルッチオの死の顛末が語られる。

歴史上のカストルッチオは、ダンテの同時代人である。皇帝派対教皇派の派閥闘争、イタリア諸都市の抗争の時代に、傭兵から身を起し、武将として権力の階段を登った人物である。[7] ダンテがフィレンツェを追放され流浪の生涯をおくったことはよく知られているが、派閥は異なるものの、ダンテもカストルッチオも国外追放の身の上と、故郷への鬱屈した思いは共通する。

　ユーサネイジアのモデルは、マキャヴェッリの伝記に登場する、対フィレンツェ戦の前夜に暗殺された領主マンフレディである。マキャヴェッリの伝記によれば、カストルッチオは、対フィレンツェ戦の前夜、中立派の城主を暗殺して戦闘に有利な地形に建つ城塞を奪う（二八〇）。メアリの物語では、ユーサネイジアの居城ヴァルパーガは、戦闘に有利な地形ゆえに、カストルッチオの狙うところとなり、対フィレンツェ戦前夜カストルッチオの手に落ちる。ユーサネイジアの城は「チェスの駒」（二七三）さながら奪われ、彼女自身は後に追放の途上で亡くなる。メアリは、カストルッチオの栄光に満ちた姿にひそむ征服欲、野心、自由と共和制の破壊者という姿を、英雄物語の枠組みの中で、アンチ・ヒーローとして描く。彼の偶像を壊すのは、ふたりのヒロインである。英雄を批判的な視点から描くという手法は、『フランケンシュタイン――現代のプロメテウス』以来、メアリの作品の大きな特徴であり、『ヴァルパーガ』の場合、英雄批判にはふたつの含意がある。ひとつは時代の英雄批判、圧制からの解放者として人々の期待を担いながら、やがて征服者と化したナポレオン批判が重ねられている。パーシーは、メアリのカストルッチオを「小ナポレオン」（パーシー a三五三）と呼び、カストルッチオにナポレオンの投影を見ている。もうひとつは、英雄神話の再創造すなわち、神話・歴史上の英雄を、周辺的人物から逆照射し再検討するという視点である。

メアリは、「一八世紀イングランドのもっとも有名でラディカルな文学的結婚から生まれた子ども」(メラー 二)と呼ばれる。近代無政府主義の元祖ウィリアム・ゴドウィン(一七五六―一八三六)を父に、近代フェミニズムのパイオニア、メアリ・ウルストンクラフトを母にもつ女性である。人生も作品もラディカルとして名を馳せる両親や夫と比べれば、メアリは、かつては『フランケンシュタイン』の作者として言及されるにすぎなかった。だが、キャノンが見直されジェンダーという視点から、作品の新たな読みが進む中で、メアリの「穏やかなラディカル」(コンジャー 一二)ぶりが明らかになってきた。かつて『フランケンシュタイン』の創造物といえば、名もなく声をもたない恐ろしい怪物を意味した。だが、創造主フランケンシュタインの両義的姿が浮かびあがる中で、彼の創造物もまた読者の前に異なった姿を現わしはじめた。怪物は、フランケンシュタインの冷酷さや身勝手さを浮かびあがらせる深層の物語の語り手(ショウワルター 二六六)として、また作者の分身として読み解かれるようになった。フランケンシュタインの影に隠されてきた怪物は、時代を先駆ける両親や夫の影に隠れていたメアリの似姿を思わせる。現代では、怪物も作者も再生羊皮紙パリムプセストの文字さながら、その本来の姿を現わしつつある(ギルバート、グーバー 五九)。こうした視点でメアリの作品を読むとき、ヒロインやヒーローの新たな姿が見えてくる。

ユーサネイジア——カストルッチオのベアトリーチェ

『ヴァルパーガ』は、ダンテ『神曲』への言及から始まる。

十四世紀初頭、ダンテは、この革命の所産である言語に永遠の姿を与えていたのである。彼自身それらの政争に関わっていた。政争は、その後、より永続的な形態をとることになった善悪の要素が争うものだった。ダンテは、失意のうちに亡命して、沈思黙考し『神曲』を生み出した。（七）

物語冒頭における、この文章は、カストルッチオとダンテの故郷追放と流浪という運命を暗示したものである。ダンテは、皇帝派と教皇派との派閥争いの時代、白派＝皇帝派として、フィレンツェから「追放」され、一生故郷にもどることはなかった。カストルッチオも、皇帝派として追放と放浪の辛酸をなめるという運命ではダンテと似る。メアリは、カストルッチオとダンテの運命を重ね、カストルッチオの幼馴染みユーサネイジアを「ダンテにとってのベアトリーチェ」（四三一）と重ねる。

メアリは、ユーサネイジアとベアトリーチェの共通性を強調するかのように、冒頭でさらに『神曲』のエピソードをあげる。ユーサネイジアとカストルッチオの出会いは、ふたりがまだ十代のある五月一日、ダンテがベアトリーチェと再会したと言われる記念すべき日のことだった。物語最初のエピソード「フィレンツェで起こった悲劇」も、地獄でのダンテとベアトリーチェの出会い思わせる。カストルッチオは、フィレンツェのアルノ川の橋上で行なわれる地獄のページェント見物に出かける。橋の上に組まれたやぐらで、地獄のドラマが再現されている最中、大勢の見物人が群がったために、突然橋が崩れ、まさに地獄絵さながらの光景が展開される（一八―一九）。その場を逃れたカストルッチオは、偶然にもユーサネイジアの家の使用人と出会い、館に迎えられる。ダンテが地獄でベアトリーチェに助けられたように、カストルッチオは、この世の地獄の体験を経た後、ユーサネイジアに助けられるのである。

ユーサネイジアとの再会後、カストルッチオは、以前にもまして向上心に燃え高貴な行為を求めるようになる（二五）。ユーサネイジアのまなざしと言葉は、カストルッチオを慰め、支え、「高い志にもとづく行動へと導く」「魂の至宝」（二五）と語られる。それは、ベアトリーチェに導かれ、天国への階梯を昇るダンテを思わせる。ただしダンテは、ベアトリーチェとウェルギリウスによって、地獄から煉獄を経て、天上界へと昇っていったのだが、カストルッチオは、ユーサネイジアの影響を離れ、彼女との距離を広げていく。カストルッチオの追放以来、ふたりが再会するまでの歳月を、ユーサネイジアは父親のもとで、ダンテに象徴される自由の精神を学び（一〇九―一一〇）、かたやカストルッチオは、英仏の宮廷で征服者、支配者としての資質に磨きをかける（七五）。ひとりは、自由を尊ぶ領主に、もうひとりは策謀家に、ふたりの距離は、限りなく広がっていく。ユーサネイジアのベアトリーチェぶりが強調されるのとは対照的に、カストルッチオとの隔たりは広がり、その様子は、悲劇的であると同時に皮肉にも見える。

導きの人ウェルギリウス

導者をめぐるエピソードは、カストルッチオのアンチ・ヒーローぶりを語るものである。ダンテの導者は、詩人ウェルギリウスとベアトリーチェだったが（ダンテ a 一〇―一一、三六三）、メアリは、カストルッチオの導者を、ユーサネイジアと、彼の亡き父親の親友グヴィニーギとした。グヴィニーギは、ウェルギリウス（前七〇―前一九）の『農耕詩』（前三六執筆開始、前二九完成）に描かれた生活を理想とする人物である。彼は、騎士としての名声や栄光を望むカストルッチオに、英雄の人生ではなく、平和と農耕生活の価値を教える（三一、三六）。『神曲』では、ウェルギリウスが、『アエネーイス』の詩人として登場することを思い起すならば、グヴィニーギの座右の書が、同じ詩人の『農耕詩』であることは、意味深い。『アエネーイス』は、ローマ建国の祖とされるアエネーイスの生涯と活躍を語る英雄叙事詩であり、「わたしは歌う、戦いと、そしてひとりの英雄を」（ウェルギリウスa一〇）と語りはじめられる。一方『農耕詩』は、農村生活の魅力を語る教訓詩。「何が実りを豊かにするのか、いかなる星のもとに地を掘り起こし、／葡萄の蔓を楡の支柱に結えるべきか、マエケーナスよ、／牛を飼い、子を育てるにはどうすべきか、／勤勉な蜜蜂を養うには、どれほどの技術が必要か、／かかることについて、わたしはうたおう」（ウェルギリウスb一七七―一七八）という一節からはじまる。グゥィニーギは、大地を戦の血で染めるよりも、耕して糧を生みだすことに喜びを見い出す人物であり、こうした人物をカストルッチオの導き手として配置するところに、作者メアリが戦の英雄に対して抱く批判のまなざしを見ることができる。また、女性に対するアネネーイスの背信行為も、カストルッチオとの重なりをみせている。とりわけ、メアリが実際に、大陸旅行中に戦禍のもたらす荒廃を目にしていることを考えるならば、グゥィニーギの言葉には、作者の実感がこもっている。

軍人としての野心を抱くカストルッチオにとって、グゥィニーギの『農耕詩』に根ざした生活は、理解もできなければ共感もできないものだった。彼が共感を寄せるのは、グゥィニーギではなく、将軍スコトの騎士教育や、ペピによる君主教育と謀略の教えであった。平和な生活に幸福を見い出すのか、軍人としての名声や栄光を幸福とみるのか。カストルッチオが選んだのは、軍人として戦功をたて名誉を得る道だった。スコトやペピたちの影響力が増すにつれ、ユーサネイジアと愛を育んだ心に、冷酷、裏切り、狡猾が力を増し、ユーサネイジア＝ベアトリーチェの美徳や愛の導きは、現世の栄達と権力追求の野心の前に力を失っていく。ダンテにおいては、ベアトリーチェの「徳によって燃えたたせられた愛は、他の愛を次々と燃えたたせ」(c三六〇)たことを考えるならば、カストルッチオにとってのベアトリーチェであるユーサネイジアの無力さは、『神曲』の皮肉なパロディと読むことができる。

ユーサネイジア——二分法を異化するマリア

ダンテ同様カストルッチオも、歳月を経てユーサネイジアと再会する。だがユーサネイジアの居城ヴァルパーガを訪ねるカストルッチオは、そこを「軍人のまなざし」(二〇二)で見る人物へと変貌している。その一方でかたわらにグウィニーギの息子を伴ったカストルッチオの姿は、彼がグウィニーギの価値観と無縁となってしまった訳ではないことを語っているようだ。彼は、再会したユーサネイジアが、穏やかに、それでいて雄弁に自由と共和制の理想を語る姿に魅了されるのだが、共感を覚えることはない。彼がユーサネイジアの言葉に耳を傾けるのは、ただ彼女を愛するがゆえである。立場が異なり価値観を別にしても、ユーサネイジアへの愛は変ることがない。カストルッチオを魅了してやまないユーサネイジアの姿は、次のように描かれる。

彼女の姿は、軽やかで、両の手足は、見事な古代彫刻と同じ法則によって形作られていた。豊かな金髪がうなじにかかり、頭にヴェールを巻いていなければ、地面に届きかねないほどだった。目は青かった。イタリアの空の深みを飲み込んだような青さだった。眼球は、澄みきって底知れず、周囲が闇に思われるほどのローマの輝きを映しているようだった。だがうっとりするほど美しい眼を、長く尖った睫毛が縁取り、きらめきを和らげ、なお美しさを増していた。寛大な慈愛が額に宿り、口元は穏やかな感受性をたたえ、彼女の顔には、あらゆるやさしさと善良さをしのぐ表情があり、それを読み理解するには、歳月を要するように思われた。情熱に高められた英知と自制にやわらげられた奔放さが、たえまなく表情をかえるまなざしと身のこなしに宿っていた。彼女は、時代の習慣にしたがった服をまとっていたが、その衣は凝ったものではなく、金や宝石の装飾はほどこされていなかった。首から足もとまで届く青絹の衣に、刺繍をほどこした細い帯をしめていた。(一〇三)

「首から足もとまで届く青絹の衣」と、ヴェールをまとうユーサネイジアの姿は、聖母マリアの姿を彷彿させる。[8] その一方で、ヴィーナスの愛の花を象徴するてんにんかの生け垣が城を囲み(一〇二)、壁と長椅子を緋色の布が被い、ヴィーナスとキューピッドが天井を飾る城の謁見の間は(一〇二)、ヴィーナスの連想をさそう。何よりも「地面に届きかねないほどの」「ゆたかな金髪」は、ヴィーナスだけでなく、『失楽園』（一六六七）でセイタンが初めて目にする、次のようなイヴの姿を想起させる。「彼女の飾りもつけず梳ることもしない金髪は、たおやかな腰のあたりまでヴェイルのように垂れ下がり、葡萄の蔦のように豊かな捲毛となってゆるやかに波うっていた」（ミルトン二八二）。[9] 興味深いことに、謁見の間の中央には三脚台（かつてデルフィの巫女が神託をのべた青銅の祭壇を想起させる）が置かれ、吊り香炉で香が焚かれ、異教の宗教儀式を思わせる。聖母マリア、イヴ、ヴィーナス、キリスト教と異教のイメージがひとりの女性の中に混在する姿は、何を語っているのだろうか。

西洋キリスト教文化の女性をめぐる二分法は根深く、『神曲』でも、イヴは罪深い人間の祖（a二三二）として、聖母マリアは、「神の言葉が肉と化した薔薇の花」「天の夫人」（a三三二）として描かれている。とはいえ先にも述べたように、聖母マリア崇拝には、実は宮廷風恋愛の貴婦人崇拝の伝統（ルージュモン二〇五）や、キリスト教以前の豊穣の女神崇拝の伝統が流れており、キリスト教文化の女性像の系譜は、単純ではない。キリスト教文化のミソジニーのファサードの背後に、女性崇拝の伝統が混在している。こうした視点からみると聖母マリアとは、キリスト教文化の境界線を生き続けてきた存在であり、単純な二分法にはおさまらない存在と言える。

聖母マリア、イヴ、ヴィーナスとキリスト教と異教の要素を混在させるユーサネイジアの姿は、境界線上の聖母マリアと重なり、その意味で女性を二分法で見る西洋キリスト教文化を異化するものと言える。また「情熱に高められた英知と自制にやわらげられた奔放さ」という撞着語法による描写も、二元論的思考を異化する効果をもっているようだ。

ユーサネイジア——女プロメテウス

ユーサネイジアは、ベアトリーチェになぞらえられるだけでなく、ダンテを崇拝する女性として描かれる。彼女は、カストルッチオに生い立ちを明かし、ダンテについて次のように語る。かつて、父親とロンバルディの宮廷で、吟遊詩人がダンテの『神曲』をうたうのを聞き、ダンテと同時代人であることに激しいよろこびを覚えたこと、ダンテの詩を繰り返し読み、国の自由とイタリアの繁栄に目覚めたこと、ダンテは輝かしい種族の証であり、彼の才能を生み出したフィレンツェの自由を守り通せば、今は潰えた希望を人々の胸に目覚めさせることができるかもしれない（一〇九―一一〇）と述べる。

ユーサネイジアにとってダンテは、「自由の精神」の象徴であり、「自由の精神」こそは、カストルッチオへの愛情よりも尊ぶべきものであった。それゆえカストルッチオが、「自由の精神」を破壊する暴君と化した時、ユーサネイジアは苦渋の選択の末、婚約解消を提案する。「私は倒れるかもしれない（中略）けれども屈服はしない。私は彼（カストルッチオ）の犠牲者となるかもしれない。けれども彼の奴隷には決してなりません」（二八一）。「これまで彼が野心的な企みをやめない時には、彼を愛していたけれども、彼に降服することは拒んできました。愛、それは私の精神の支配的傾向、その力をいま神経の隅々に、心臓の鼓動のひとつひとつに感じています。私は愛に支配されて、良心を捨てるつもりはありません」（二八一）と。これらの言葉は、恋人を愛する女性というよりも、暴君への屈服を拒む女プロメテウスの姿を彷彿させる。

一方、カストルッチオは、ユーサネイジアを「もっとも奥深い社に祭った女性」（九九）と言いながら、武将としての成功のためならば、ユーサネイジアを裏切り、ヴァルパーガを乗っ取ることさえ辞さない。暴君、破壊者、征服者の道をひた走るカストルッチオと、ユーサネイジアとの亀裂は深まるばかりだ。

カストルッチオがヴァルパーガを訪れる時、嵐が接近し、雷鳴が轟き、南西風が吹き荒れる（二七五、二七八）。その姿は、ユーサネイジアにとって彼がどのような存在かを暗示している。それらが喚起するのは、破壊者と暴君。雷は暴君ゼウスのアトリビュート、西風はパーシーの「西風に寄せるオード」にあるように破壊者の謂い、木の葉を散らす嵐も西風同様、破壊力を意味する。

メアリは、自然界の破壊と再生のダイナミズムに託して、世界の再生への希望を歌う「西風に寄せるオード」の一節を引用し、カストルッチオという暴君がもたらすものは、再生の希望なき破壊でしかないことを、逆説的に際立たせる。

カストルッチオが「フィレンツェの敵」、自由の敵へと変貌する過程で、ユーサネイジアとの関係は、ダンテとベアトリーチェのそれではなくなり、ゼウスとプロメテウスの関係に変わったと言ってもよいだろう。メアリは、ユーサネイジアを「地上の思いを天に結ぶ絆」であると同時に、「自由の精神」の擁護者としたのだが、暴君カストルッチオへの屈服を拒むユーサネイジアの姿に、メアリと同時代の男性詩人たちの描いたプロメテウスに通底する要素を見ることができる。プロメテウスは、アイスキュロスからロマン派の時代を経て、現代にいたるまで、専制と暴君に対する反逆のシンボルであり、作者自身の自由の精神を体現する存在である。[10]メアリの描いたユーサネイジアもまた、このプロメテウスの系譜に属する存在と言えよう。

ユーサネイジア——神へのとりなしの女性

メアリは、ユーサネイジアを、フィレンツェの青年にとっても、ベアトリーチェのような存在として描く。「ダンテがベアトリーチェに憧れたように、フィレンツェの名のある青年のなかには、この神聖な乙女の優美な身のこなしと、甘美なことばを糧とする者もいた。彼女は、落ち着いていながら情熱にあふれ、青年たちの地上の思いを天に結ぶ絆のように思われた」（九四）。カストルッチオの側近にとっても、ユーサネイジアは、「魂を浄化する」（四一九）女性であり、敵対する党派のなかにさえ、ユーサネイジアの崇拝者は存在する。

　ユーサネイジアを裏切り破滅に追いやる張本人であるカストルッチオ自身も、最後の最後まで、ユーサネイジアに「ダンテのベアトリーチェ」という理想像を期待する。カストルッチオは、自分を殺害しようとする陰謀にユーサネイジアが加担していたと誤解し、裏切られた思いで次のように言う。


　私は、堕落と過誤にはまりこんでいた時でも、彼女の汚れなき美しさを見分けて、崇拝できた。ああ、何ということだろう！私は、信じていた。もし彼女が亡くなったら、ダンテのベアトリーチェのように、永遠の神の玉座のまえで、私のために弁護してくれる、と。そして私は彼女をとおして救われるだろう、と。(四二三)

暴君カストルッチオにとって、彼の失脚を画策するグループの一員となったユーサネイジアは、容赦の余地なき敵である。それでも、彼はユーサネイジアのいる牢獄を訪れ、彼のために生き延び、神へのとりなしをしてくれることを乞い願う。ユーサネイジアの前に跪き、涙を流して懇願する姿は、聖母マリアにとりなしの祈りを捧げる人を彷彿させる。

　聖母マリアは、一面では父権社会の理想の女性として、ミソジニーを潜めた女性の二分法の一極をになう存在である。だが、もう一面では、神へのとりなしの期待をになう存在である。シュライナーは、その著書『マリア　処女・母親・女主人』で、マリアを「救済され守られた状態をもとめる欲求の擬人化」(五七九)と呼んでいる。ユーサネイジアの居城ヴァルパーガが、巡礼の休息の場(二五〇)、暴君に苦しめられた人々の癒しの場(二三五)として、またベアトリーチェにとってユーサネイジアが「避難場所」(三六五)、唯一希望と信頼を託すことのできる人(三六六)として描写されるところは、人々が癒しを求めた聖母マリアを連想させる。カストルッチオとユーサネイジアの関係が暴君／反抗者、暴君／犠牲者となった時でさえ、ユーサネイジアが取りなしと癒しの女性であることに変わりはない。牢獄を訪れたカストルッチオは、眠るユーサネイジアに、言葉に尽し難い美を感じるのだが、『新生』の「彼女がかすかに微笑む時、それを描くことも心に刻むこともあたわず、それは新たなる完璧な創造」(四二九)という一節を引用して描かれる時、彼女がベアトリーチェであることを端的に語っている。

ユーサネイジアから見るならば、カストルッチオは自由の破壊者であり、「異質な声」(三〇二)と越え難い壁(三〇三)を感じさせる存在である。彼女を「最愛の女性」と呼び、「この世で愛したのは、あなただけでした」(三〇三)というカストルッチオに対して、彼女は「私たちには距離があります。私たちの間には永遠の壁があります。それは私のために倒れた不幸な人々の血によって封印されているのです」(三〇三)と答える。それでいてなおユーサネイジアの愛は、カストルッチオが暴君と化した後でさえ、その更正を願うほど深く、ダンテに救済の手をさしのべるベアトリーチェを思わせる。ユーサネイジアをめぐる恋敵の策謀で、カストルッチオが捕縛された時、彼の命を救うためにユーサネイジアが自分にできるかぎりの力を行使しようとする（一二七）エピソードが、それを物語っている。

ヴァルパーガ——女神のメタモルフォーゼ

ユーサネイジアの居城ヴァルパーガは、イタリア北西部、トリノの北に実在する都市の名である。物語の他の都市や町は、実在するものを取り入れている中で、ヴァルパーガのみ、イタリア中部のルッカとフィレンツェの中間の町という虚構の位置を与えられているのはなぜだろうか。あるいは、ヴァルパーガをヒロイン、ユーサネイジアの居城に選んだのはなぜだろうか。これまでその理由については、メアリが民間伝承に関心を抱いていたという指摘がある。『ヴァルパーガ』というタイトルをめぐって、「もっとも蓋然性のある説明としては、彼女（メアリ）がヴァルプルガと関連づけようとしたというものである。ヴァルプルガは、布教のためにイングランドからドイツに赴いた聖女であり、その遺体からにじみ出る聖なる液体は、魔術に対する防御として作用すると考えられた。この魔術は、後にヴァルプルギスの夜と結びつけられるようになった。メアリは、サン・ギュリアノでの数カ月の間、迷信的な習俗に魅了され、土地の信仰を入念に記録したり、精霊が出没したと言われる山の洞窟を訪れたりした」（セイモア 一二五三）、と述べられている。

確かに、ヴァルパーガは、聖女ヴァルプルガの連想を誘う名前だ。聖女ヴァルプルガは、民間伝承にある八世紀の修道女である。確かな生没年は不明だが、ふたりの兄とともにイングランドからドイツに渡って修道女となり、後にドイツ南部の大修道院長となった人物である。このキリスト教の聖女ヴァルプルガと、異教の穀物の女神が融合したと言われる（バージャー 六一―六四）。上山安敏氏によれば、本来穀物の守護女神であったヴァルプルガが、後にドイツ民間伝承にあるヴァルプルギスの魔女のサバトにその名をとどめることになったと言う。そもそもヴァルプルギスの夜は、ハルツ山脈ブロッケン山で四月三〇日から五月一日にかけて行なわれた、豊穣祈願の春の祭典に由来する。しかしキリスト教の支配下になり、春を迎える儀式が、ヴァルプルギスの魔女のサバトに変容した。異教の女神は格下げされ、もともと産婦を悪魔から守るとされた守護聖人ヴァルプルガが、魔女や悪魔のサバトに集まる魔物を退治する尖兵となった（七八―七九、八七）。その背景にはキリスト教が、農民の間に根強く残る異教の神々、とりわけ豊穣の女神信仰、穀物の女神信仰と衝突しながら、時に異教の神々をキリスト教の聖人やマリア崇拝に取り込み、時に悪魔や魔女として貶めてきたという状況がある。豊穣の女神や穀物の女神は、麦穂を手にした聖母や、麦穂の模様の衣をまとった聖母に痕跡をとどめることになったと言われる（若桑 七四―七六）。[11]

　キリスト教の中には、本来豊穣の女神崇拝や穀物の女神信仰が潜在しているとするならば、ユーサネイジアの居城ヴァルパーガには、キリスト教と、異教の要素が混在していることになる。それは、城主ユーサネイジアが聖母マリアからイヴ、ヴィーナスまで多様な要素を持つことに通底する。断定はできないが、先に見てきたように、ユーサネイジアがさまざまな面をもつ女性であることを考えるならば、ヴァルパーガとは、異教とキリスト教の混在を象徴的に語る名前と見るのも、あながち穿ちすぎとは言えないように思われる。[12]

ベアトリーチェ――「神の乙女」

『ヴァルパーガ』のもうひとりのヒロイン、チェンチ家のベアトリーチェに喩えて描かれるベアトリーチェは、カストルッチオの愛人である。カストルッチオは、フェラーラの司教の養女ベアトリーチェに出会う。彼の目に映ったベアトリーチェは、「神々しいほどの美人」(一六九)、グイド・レニの描いたベアトリーチェ・チェンチを思わせる(一六九―一七〇)。まぶたに半ば隠れた黒々とした目、うねるように首や肩にながれ、腰のあたりまで届く豊かな漆黒の髪、額に結んだ白いリボンに「神の乙女」と記した銀のプレートがつけられている。イヴやヴィーナスのような金髪とは異なるものの、豊かにうねり腰まで届く髪が魅力的な女性である。

だが司教館のベアトリーチェは、さらに別の顔をもっている。司教の妹、子爵夫人がベアトリーチェを、「苦しむ人類に教え例を示すために、地上に送られた」(一七一)神の乙女であると紹介する時、その豊かな黒髪と美しい顔は頭巾に隠れて見えない。ベアトリーチェは、カストルッチォや養父にとっては、魅惑的な乙女である。だが子爵夫人にとっては、ベアトリーチェは、「女性の英知を越える英知」の持ち主、「不信仰者や異教徒にさえ」「神聖な聖母の恵みと愛によって霊感を与えられていることを示す」(一七二)神の乙女である。ベアトリーチェを語る時、子爵夫人が、喜々として誇らしげな表情を浮かべるのとは対照的に、養父は預言者としてのベアトリーチェのことを語る時、謎めいた微笑を浮かべる。彼はベアトリーチェの預言を信じてはいないからだ。

養父の口を通して語られるベアトリーチェの生い立ちは、変化に富んでいる。母親は女性救世主を名のるウィルヘルミナ、彼女は弟子で友人のマグフリーダに娘を委ね、ベアトリーチェを大切に育てるマグフリーダは、異端として捕縛される危険を前にして、後見役をハンセン病患者に頼み、さらに処刑される前に、告解のために牢獄を訪れた司教に、ベアトリーチェを託す。その後ベアトリーチェは、司教を養父に、司教の妹を養母として育つ。ベアトリーチェには、母親譲りの奔放な想像力に、養父によるカソリックの教えが加わる。

女性救世主ウィルヘルミナについては、メアリが収集した資料のひとつ、ムラトリの歴史書(一八二三)に記述があると言われる。カランによれば、一三世紀ミラノでウィルヘルミナという女性が、みずからを精霊の顕現、女性の救済者、ボヘミアの女王の娘だと信じ、女性がリーダーシップを取る世界が来るという福音を広め、一二八二年に亡くなったと言う（一七三）。メアリの物語のウィルヘルミナは、自分が精霊の顕現であると信じ、女性の救済を説く。ミラノでマグフリーダとともに、表向きはカソリックの熱心な信徒として、だが秘かに異端派を形成し、信奉者を集めた。死後ミラノの聖ペテロ教会に埋葬され、高位聖職者が、彼女の敬虔さ、禁欲、謙遜な態度を誉め讃えたと語られる（一七四）。

メアリのウィルヘルミナには、もうひとりモデルとなる女性がいた。それは、メアリの同時代人ジョアンナ・サウスコット（一七五〇—一八一四）である。浜林正夫氏の「産業革命と神秘主義——ジョアンナ・サウスコット」によれば、彼女は女性を救済する女性救世主を名のり、処女のままでイエスの生まれかわりを身籠ったという神のお告げを受けたとして信者を集めた。サウスコット派と呼ばれる信者の数は、最高時には二万あるいは十万に達したと言う。彼女は、救世主の再来という予言を信じる人々をひきつける一方で、「魔女、ペテン師、詐欺師」と非難され、子どもを生むことなく亡くなり、解剖しても妊娠の兆候は見られなかったと言われる。彼女のような女性説教者は、ピューリタン革命の時期の異端派にはじまり、その後クエーカーが女性の説教をはじめて公認し、一八世紀にメソディスト派が生まれ、多くの女性説教師があらわれ、サウスコットもそのひとりだったが、単なる説教師にとどまらず、はじめての女性教祖となったと言われる（一六八—一七二）。

メアリの母親ウルストンクラフトは、女性の権利の擁護者としてつとに知られる。メアリは、同時代と歴史上のふたりの女性救済者をモデルに、女性の復権を主張する女性が、異端視され迫害される姿を描き、母ウルストンクラフトとは異なった形で社会批判をしているようだ。メアリの声高ではないが、「穏やかなラディカル」ぶりを示すエピソードと言えよう。[13]

ベアトリーチェ――「精霊の器」から「悪魔の器」へ

ベアトリーチェは、司教のもとで養育されるのだが、内には「奔放な想像力」(一八一)や迷信の知識をあわせもつ(一八二)。ベアトリーチェが信じている聖木や聖泉にまつわる迷信は、キリスト教と衝突した太古の神々や異教の樹木崇拝を思わせる(上山 八六―八九)。ベアトリーチェは、後に母親譲りの想像力によって啓示的体験をし、女性預言者として新しい至福の時代の到来を語り(一八二)、神の乙女、「精霊の器」として信奉者を集める。カソリックの聖女と社会的異端者の要素をその身にあわせもつ彼女は、後に「詐欺師、異端者、狂女」(一八五)として異端審問官によって捕縛され、神明裁判の試練をうける。彼女は、裁判で、火の上を歩いて無実を証明し、「聖女ベアトリーチェ」、「聖なる乙女」(一九三)としてさらに名声を高める。ところでこの神明裁判は、かつて火の上をとぶことが豊穣の儀式の一環であったことを想起させ、そこに異教のイメージが重なってみえるようだ。

　こうしたベアトリーチェの境遇の変化は、中世の女性預言者たちが、「精霊の器」から「悪魔の器」へと変容を被ったことを想起させる。デュビィとペローによれば、中世では女性は、男性のように神学を学んだり、公衆の前で説教したり、司祭になることを許されなかった。けれども自らを世界を救済するために召された「精霊の器」と信じた女性たちは、ビンゲンのヒルデガルト（一〇九八―一一七九）のように、「神に遣わされた女性」として語ったと言われる。教会批判をする彼女たちは、聖女にしてかつ異端者だった。彼女たちは時代の進展につれて、偽預言者として告発されることになる。というのも時の流れは、事実と論証、聖書に関する確かな知識や神学の素養を、女性の霊感より重視する方に向ったからである。女性は「悪魔の啓示の器」とみなされ、祭壇から異端審問の拷問部屋へ、最後に火刑台へと身を移されることになったと言う（五一三―九）。

　『ヴァルパーガ』では、ベアトリーチェの預言も神明裁判も、すべてはいかさまであったことが語られる。ベアトリーチェの身を案じた養父の策略で、火の上を歩くという試練を問う裁判を乗り越えることができた。ベアトリーチェをめぐるにせの預言やにせの神明裁判というエピソードは、聖女も異端者もともに社会がつくり出した存在であることを、皮肉に描いているようだ。聖女と異端者と両極の人生を生きるベアトリーチェは、女性を二分法で解釈する定説を揺るがせる存在と言える。

にせ魔女マンドラゴラ

西洋キリスト教社会の女性をめぐる神話にゆさぶりをかける人物は、ベアトリーチェだけではない。にせ魔女マンドラゴラもそのひとりである。彼女は、社会から虐待され迫害されたことに憎しみを募らせ、ベアトリーチェを利用して復讐を企む。マンドラゴラが、世間の魔女をめぐる迷信を逆手にとり、魔女を演じるエピソードは、巷に流布する魔女神話を嘲り皮肉っているようだ。皮肉は、よぼよぼで白髪、ぼろをまとった老女という設定の仕方や、奔放な想像力と、迷信に通じているベアトリーチェが、魔女の言葉に、きわめて冷静に対応し、「証拠」を求めるエピソード（三七一）にも見ることができる。にせ魔女を用いて、魔女神話崩しをするところに、ジェイン・オースティン（一七七五―一八一七）のゴシック・パロディに通じるまなざしがある。オースティンの『ノーサンガー寺院』（一八一八）は、ゴシック小説仕立てのもとで、ゴシック小説を痛烈に揶揄する作品である。ヒロインの疑似ゴシック体験を通して、ゴシックの恐怖の世界を痛烈に皮肉る。ゴシック風の館で、ヒロインが遭遇する謎と恐怖すべてに、合理的な説明が加えられ、ゴシックの恐怖が解体される。

なす科の有毒植物マンドラゴラは、根っこが人間に似ているので魔力をもつと考えられ、睡眠薬、媚薬、下剤、懐妊促進の薬草として知られていた。それは近代医学に対する自然治療、つまり女性の知識や魔力を象徴し、医学・法学・神学といった男性の知的伝統によって、周縁と異端の地位におしやられてきた産婆や薬草を扱う女性たちの伝統を象徴するものである（上山 二〇一―二〇三）。この点でマンドラゴラは、ベアトリーチェの母親やその女弟子に通じる存在とみることができる。彼女は、ベアトリーチェには、自分自身も気づいていない「別の自分」（三七一）があると言う。魔女はベアトリーチェを「眠れる力の子ども」（三七〇）と呼び、すべてのものがベアトリーチェの命ずるのを待つ僕であると、眠れる力を呼び覚まそうとするのだが、そこには父権社会の周縁に生きる女性の声がエコーしているようだ。ともあれ魔女の名にマンドラゴラをあてたところに、作者の民間伝承や迷信に対する関心だけでなく、周縁や異端に位置づけられてきた女性の知の伝統への関心を見ることができるのではないだろうか。[14]

ベアトリーチェ――父権の犠牲者・反逆者

シェリー夫妻がそれぞれ描いたベアトリーチェ像は、ふたつの点で共通する。ひとつは、男性による虐待の犠牲者という点、もうひとつは、父権に対する舌鋒鋭い批判者という点である。ベアトリーチェは、カストルッチオに裏切られた後、悪魔の館に囚われ、虐待される。彼女がこうむった虐待は、チェンチ家のベアトリーチェ同様、性的虐待がほのめかされる。彼女は虐待者への服従を拒み、悪罵と呪詛を口にしたため、おぞましい情熱の受け口となって身を苛まれる。ベアトリーチェは、異性を魅了するが、その結果、背信と虐待の犠牲者になり果てる。ここには、かつて聖女として周囲の男性や聴衆を魅了した面影をみることはできない。後に彼女は、この悪夢のような体験を、ユーサネイジアに語り、「それでも私は、こうして生きて、それを記憶にとどめ呪うのです」（三四九）と言う。メアリの人物では、犠牲者となっても自分の口で境遇を語り、声を出さない沈黙のなかに生きることはない。『フランケンシュタイン』の怪物の語りはその典型である。ベアトリーチェも、ウィルヘルミナの女弟子マグフリーダやにせ魔女マンドラゴラも、迫害の生涯を語り、その語りは、父権社会と女性の関係を明かすという点で共通する。[15]

悪魔の館での幽閉を逃れた後も、ベアトリーチェの境遇はめまぐるしく変化する。彼女は、人の住まない山でギリシアの聖人を思わせる老人に保護され、その教えによって、正気をとりもどす。やがてこの保護者が異端者として処刑された後、彼女自身も異端者として牢獄に捕らえられたところをユーサネイジアに助けられる。その後は、ユーサネイジアの館でつかの間穏やかな生活をおくる。悲惨な体験は、ベアトリーチェの容貌をすっかり変えてしまうのだが、「激しい雄弁」（三二八）を奪うことはなかった。その雄弁は、悪魔の館に幽閉されていた時でさえ、失われることはなかったものである。彼女は、虐待者に反逆し、いっそうの虐待をこうむることになったのだが、その姿は、暴君ゼウスに屈服することを拒んで、禿鷲に身を苛まれる罰を受けたプロメテウスを思い起させる。ユーサネイジアを聴き手にして、ベアトリーチェが、わけても熱をこめて語るのは、神に対する非難であった。非難の対象は、人間社会の不幸の創造者としての神、争いや憎しみや無慈悲がまかりとおる人間社会、病、疫病、ハンセン病、熱に苦しむ人間社会、これらすべての創造者としての神に対するものである。神を呪うベアトリーチェの言葉は、辛らつをきわめる。彼女は神を「神という衣をまとった悪魔」（三二八）と呼び、「ああ！きっと神の手というのは、子どもを痛めつける父親の手です。子どもですって？永遠の敵です！（中略）神は人間を創造しました――奴隷の中でももっとも惨めな者を」（三二九）と言う。彼女は、神が鍵をもつ館にかかげられたモットーは、「希望を捨てろ」であると言う。これは、よく知られたダンテの描く地獄の入口に刻まれたモットーである。ベアトリーチェは、人間社会が地獄に等しい所だと言う。呪詛の激しさにおいて、ベアトリーチェは、チェンチ家のベアトリーチェに重なる。ただし、パーシーの描いたベアトリーチェが呪詛するのは、神ではなく父親である。チェンチ家のベアトリーチェにとって、神は「慈悲深く公正」（パーシー b一二四）であるはずの存在であり、父親とは「父親の白髪をかぶった、暴虐と神をも怖れぬ憎悪」（パーシー b八七）の化身、つまり父親という姿をした悪魔である。チェンチ家のベアトリーチェが口にする神への非難は、彼女と家族に対して、神が公正さを示さないことに対するものだった（パーシー b一四七）。とすれば、神そのものの存在を非難する『ヴァルパーガ』のベアトリーチェは、キリスト教社会にとっていっそう危険な反逆者と言える。ベアトリーチェとは対照的に、ユーサネイジアは神を賞讃し、ベアトリーチェの反逆精神をふたたび信仰へ導こうとする（三三三）。その行為は、ダンテを導くベアトリーチェを思わる。

「雑草の庭園」

興味深いことに、聖女から異端者へ振幅の激しい境遇を生きるベアトリーチェは、「雑草が共存する庭」が理想の状態だと言う（三五五）。雑草と共存しながら穏やかな調和をたもつ庭にくらべて、自分の心の庭では、あらゆるものが衝突状態にあると言う。数奇な運命を生きるベアトリーチェは、「ウィルヘルミナの娘、マグフリーダに大事に育てられた娘、ハンセン病患者に保護された娘、フェラーラの有徳な司教の娘」（三二三）である。彼女の目には、さまざまな雑草が群がる庭は、庭として否定されるものではなく、むしろ肯定的に認められるものである。ベアトリーチェは、自分の本性となっているさまざまな性向ゆえに、賞讃されると同時に迫害を経験することになったが、それは、正統／異端、聖女／魔女といった二分法観念のもたらす結果だった。「雑草が共存」する庭とは、二分法にかわり得る別のあり方を暗示するイメージといえる。また庭園という存在は、楽園を祖型にした理想の空間であるとするならば、雑草が共存する庭は、新たな理想の空間のあり方を示しているようだ。

雑草の庭園とは、ベアトリーチェをとりまく世界を暗示するものである。彼女の周囲の人間を見るならば、一方の極に女性救世主を名のる異端の母親、その女弟子マグフリーダ、ハンセン病患者、異端の老人、にせ魔女マンドラゴラと、いずれも社会の周縁を生きる者たちがいる。もう一方の極には、養父となるカソリックの司教、修道院長、異端審問官が存在する。前者、ハンセン病患者、異端者、魔女は、奇しくも、ヨーロッパ社会で周縁に追いやられた人々、脅威を与える存在として迫害の対象とされた人々という点で共通する。メアリが、彼らの歴史の現実を、どの程度意識していたかは不明だ。だが、マグフリーダ、異端の老人、にせ魔女マンドラゴラが異端として処刑されるというエピソードは、彼らの対極に位置づけられる人物がカソリックの司教と修道院長や異端審問官であることを考えるならば、キリスト教社会における異端の犠牲者として、ベアトリーチェを描いていることは確かだ。また女性救世主を名のるベアトリーチェの母親とその信奉者、さらにはいかさまとはいえマンドラゴラの名をもつ魔女の存在は、女性の力が異端や周縁的なものとして位置づけられてきた歴史を想起させるものとなっているのも確かだ。

カルロス・ギンズブルグによれば、ハンセン病患者や魔女が迫害された地域は、歴史的に重なると言う。「サバトの出現は、一四世紀のヨーロッパ社会の危機と、飢餓、ペスト、そしてそれに伴う外縁者集団の隔離、追放を前提としている。（中略）サバト裁判が初めて行なわれた地域は、一三四八年にユダヤ人の陰謀の証拠が作りだされた地域であり、それは一三二一年のハンセン病患者の陰謀を模範にしていたのだった」(一三二―一三三)。その背景には、経済、政治、社会、宗教さまざまな分野での危機が生み出した不安、キリスト教社会に属さない集団への敵意、贖罪の羊をもとめる動きがあったと言われる。当初は、ハンセン病患者やユダヤ人への迫害、それが後になると悪魔的サバトの裁判に変わっていった。それからハンセン病患者に代わって、狂人、貧者、犯罪者、ユダヤ人が迫害の対象となっていく。すなわちキリスト教世界の圏外にある、未知の脅威に満ちた世界に対する恐怖ゆえに、人々は、不安をかきたてる理解しがたい出来事を、キリスト教社会の外の人々の陰謀のせいにしたというのである(デイヴィス 二一〇―二一一)。ヨーロッパ社会がキリスト教化されていく過程で、呪術や占いを信じ、豊穣の神を信仰する農民との衝突があり、ペストの流行や農民戦争、宗教界の分裂という社会不安が、スケープゴートを求め、その標的にされたのが、ユダヤ人や魔女であり(一八四)、時代の変化に応じて迫害の変種が生みだされていったと言われる(上山 二一二)。ベアトリーチェに関わりをもつ人々が、こうした捏造された迫害の犠牲者と重なるのは興味深い。そこには、西洋キリスト教文化の二分法、正統/異端、聖女/魔女といった見方に対する、作者の批判的視点を見ることができる。

ベアトリーチェの敗北と死

ユーサネイジアとベアトリーチェの生涯は、敗北と死で閉じられる。ユーサネイジアは、暴君カストルッチ暗殺の陰謀に巻き込まれ、他国への追放の身となる。彼女を破滅させるのは、「不信心な聖職者」（四〇六）トリパルダである。彼は、ベアトリーチェを虐待し、狂気に追い込んだ人物でもある。その名は、死に際にベアトリーチェが怖れをこめて繰り返したものだった（四一〇）。ベアトリーチェとユーサネイジアを恐れさせるトリパルダは、女性に対する不信感と嫌悪感をあらわにする人物である。ユーサネイジアと論争して、彼は軽蔑をこめて言う。「女！　女！（中略）女は、男の英知がせっかく考えだした計画を次々とだめにしてしまう」（四一一）という。西洋文化には、ヘシオドス（前七五〇―前六八〇）の『仕事と日』（前八世紀）からミルトン（一六〇八―一六七四）の『失楽園』にいたるまで、イヴやパンドラを祖型とする女性の悪しき性が、人間社会の不幸と禍の原因となったと語る神話があるのだが、この父権社会のミソジニーは、トリパルダの言葉にもエコーしている。彼は女性を恐怖させる父権社会のミソジニーを体現する存在と言える。

ユーサネイジアが母親から受け継いだヴァルパーガの城（二八二）は、暴君カストルッチオの手に落ち、父親から受け継いだ「自由の精神」は、彼女の追放と死によって潰える。ダンテのベアトリーチェは、死後、「高い空へ／天使たちの安らかに住む王国に」いき、「恩寵にみちみちた高貴な霊魂は／その美しいからだから離れさって、／ふさわしいところで栄光に輝いている」（ダンテ b）と語られる。かたや「地上と天上を結ぶ女性」「ダンテのベアトリーチェ」と讃えられたユーサネイジアは、カストルッチオを天上界へ導くことはない。カストルッチオは、ユーサネイジアが神へのとりなしとなってくれることを願ったが（四二三）、自らユーサネイジアを追放する。彼女を乗せた「船は、めざす港に着くことはなく」（四三六）、彼女は「海の洞窟の泥土に眠って」（四三六―四三七）、その存在を忘れられる。ユーサネイジアの死は、追放途上の船の難破が原因であるとはいえ、カストルッチオ自身が、自分のベアトリーチェを葬りさったに等しい。ユーサネイジアの最後を語るエピソードに、聖母マリアを理想の女性として崇拝する父権社会が、その一方で女性を貶め、破滅に至らせる矛盾を内在している。

ユーサネイジアの破滅は、もうひとつ女性の系譜の断絶という意味を帯びている。彼女の居城ヴァルパーガの名は穀物の女神、聖女、魔女と、異教からキリスト教にいたる女性の系譜を思わせるものであった。この城は暴君の手に落ちて廃墟となり、城主ユーサネイジアは亡くなり、女性の系譜を語るものは途絶える。それは、女性救世主ウィルヘルミナとベアトリーチェ母娘の死と同様、父権社会における女性の存在を象徴的に語るものと言える。いみじくもラジャンは、『ヴァルパーガ』に「失われた女性の系譜の創造」（九〇）を見るのだが、ふたりのヒロインの生涯は、父権社会で断ち切られた女性の系譜を体現する。バーバラ・ジェインは、ふたりのヒロインと女性救世主ウィルヘルミナを、「一四世紀イタリアのジュディス・シェイクスピア」（一五六）と「カサンドラ」（一五五）と見る。ジェインはさらにベアトリーチェに、女性、とりわけ女性作家の置かれた困難な状況と、女性の潜在的な創造力、女性の抑圧された力の象徴（一五六）を見る。カサンドラとジュディス・シェイクスピアとは、社会に受けいれられない才能をもつことの困難と不幸を語るメタファーである。『ヴァルパーガ』は、「西洋文化の下に生き埋めにされてきた」（ジェイン　一四一）女性の精神と想像力の困難な状況を語る物語として読まれる。

ベアトリーチェの場合、父権社会の異端と正統の間で翻弄され、最後は狂気のうちに亡くなる。生前激しいキリスト教批判をしたベアトリーチェが、臨終の床で終油の秘跡を施され（三八六―七）、盛大な葬儀で最後を飾られるエピソードは、痛ましく、また皮肉に満ちている。ユーサネイジアの反対にもかかわらず、カストルッチオは、ベアトリーチェを捨てた良心の呵責から、彼女のために盛大な葬儀を催す。舌鋒鋭く神を批判したベアトリーチェが、無力な姿を棺台に横たえる中、「ああ！　彼女はいまや死して棺台の上に横たわる」（三八八）という葬送歌が繰り返される。その歌は、神を呪い非難した者が、死して無力な姿をさらすことへの讃美を潜めているようだ。香が焚かれ、聖水がまかれ、「主よ　わたしは深い淵からあなたに呼ばわる」で始まる歌が流れるなか、花に被われた棺は、参列者と騎兵隊に付き添われ、壮麗な隊列を組み教会へ向う。チェンチ家のベアトリーチェは、この詩篇からの歌の第二節を唱えながら首をはねられた、とメアリの英訳資料に記されている（メアリ　d 一六五）。とするならば、ベアトリーチェの葬儀に流れる歌は、斬首のイメージを喚起し、無害なものとされたベアトリーチェのイメージを強調するものと言える。ベアトリーチェ・チェンチは、父親殺しの罪人とはいえ、処刑後、花に飾られ煌々と照らしだす松明と、多くの聖職者にともなわれて、教会に運ばれ埋葬された（メアリd一六五）と記録にある。ベアトリーチェも彼女の平和な墓地に埋葬され、彼女の魂の安息のためにミサが読まれ、儀式は終わるが（三八九）、この葬儀にユーサネイジアは参列しなかった。

父権を中心とする権力構造への雄弁な批判者であったベアトリーチェが、死の沈黙のなかで穏やかに眠る姿に、ベアトリーチェ・チェンチと、斬首され力を削がれたメデューサの姿が二重映しになる。ベアトリーチェ・チェンチは、断頭台で処刑され、父親と教会に対する反抗を罰せられた。彼女は、レニの肖像画にみられるあどけない顔の乙女という姿、つまり父親殺しという危険な力を削がれた姿が伝説化した。天使のような乙女が、父親殺しという恐ろしい罪を犯し、斬首されて恐ろしい力を削がれ、やがてレニの肖像画によって、ふたたび天使となった。興味深いことに、メアリが描いたベアトリーチェは、レニの肖像画を思わせる美しい容貌が失せ、「白髪でやつれはてた姿、若々しい果実がすっかり枯れ」（三八四）、同じ人物とは思われないほどの変貌した姿を見せる。この描写は、レニの肖像画によって伝説化したベアトリーチェ像を無効にする。レニのベアトリーチェは、一九世紀の、とりわけ男性芸術家を魅了した「運命の女」であったが、同時代を生きたメアリの描いたベアトリーチェは、そのイメージを覆す。カストルッチオや義父を魅了したのが、レニの肖像画を思わせるベアトリーチェ（一七〇）であったことは、偶然ではないだろう。興味深いことに、メアリのベアトリーチェは、彼女の周囲の男性たちも魅了したのだが、その魅力は、ユーサネイジアにも勝るものだったようだ。パーシーは、出版者に次のような手紙を送っている。

このロマンスでもっぱら関心をひくのは、カストルッチオの婚約者ユーサネイジアである。彼女が自分の国とも言える共和国フィレンツェとイタリアの自由を愛する気持ちは、彼への愛におとらない。皇帝派に属する彼は、フィレンツェの呪わしい敵である。この人物（ユーサネイジア）は、傑作である。彼らの情熱と信念の葛藤が、このドラマの中心となっており、見事な技量で描かれている。（中略）作者の言語は、女預言者ベアトリーチェという人物を巧みに描いている。ウォルター・スコットの小説では、美と崇高を描くこのような人物にお目にかかれないと言ってもいいだろう。なぜなら、それはまったく独創的だからです。（パーシー a 二五三）

パーシー同様ゴドウィンも、共和制を擁護するユーサネイジアをすばらしい女性と評価したが、ベアトリーチェについては、「この本の至宝」と口をきわめて賞讃している（メアリ a 三二三）。

現代の批評の流れは、歴史ロマンス『ヴァルパーガ』を構成する実在のカストルッチオの物語と、ふたりのヒロインの生涯を語る「私的記録」に注目する。マイケル・ロシントンは、「私的記録」に綴られたユーサネイジアと、居城ヴァルパーガとは、現実世界に疑問を投げかける存在であると読む（一〇五）。ラジャンは、「私的記録」という仮想の現実を設定することによって現実を問い直す物語と読む（九二）。疑問を投げかけられ、吟味と批判の対象となるのは、英雄神話や、女性をめぐる神話そして同時代の男性ロマン主義の言説である。[16] ふたりのヒロインは、暴君カストルッチオへの敗北、そしてキリスト教社会への敗北の生涯を語ることで、逆説的に英雄カストルッチオの姿を、「ふつうの日の光のもとに」（二五六）さらし、「この世の楽園」を「廃墟」に変えた（三九四）暴君の物語として英雄神話を崩す。また彼女たちの語りは、女性を周縁や異端に位置づける社会を逆照射し、とりわけベアトリーチェと彼女をめぐる人々は、キリスト教社会のさまざまな二分法の観念――異端と正統、神の器と悪魔の器、聖女と魔女――に、揺さぶりをかける。

ふたりのヒロインは、一見したところ対照的な人物に見えるかもしれない（ウィリアム一四一―一四三）。だが、メアリは彼女たちの内に両極を、あるいは多様な要素を混在させ、キリスト教文化に根深い二分法の神話の枠組から外れる存在とした。ユーサネイジアは、ダンテのベアトリーチェになぞらえて描かれると同時に、多様な姿をまとい、ベアトリーチェは、ベアトリーチェ・チェンチ同様、多様な姿を見せる女性として、二分法の境界を無効にする。『ヴァルパーガ』では、西洋文化の伝統のもとで神話化された女性、理想の女性と運命の女性をモチーフとすることで、父権社会が女性に抱く憧憬と恐怖があぶり出され、彼女たちの敗北と死の物語の背後に、父権社会のミソジニーが浮かびあがることになった。

［注］

1　『屋根裏の狂女』というタイトルのもと、グーバー、ギルバートは、女性作家の作品に登場する狂女や怪物が、実はヒロインの逸脱し反逆する自我の分身であるという画期的な読みを展開した。

2　ミルトン描くところのイヴは、美しさで魅了すると同時に恐怖させる女性、堕落と罪と死の表象として、西洋文化のミソジニーを体現する存在である。『失楽園』は女性の劣性と従属性、邪悪性を定義づけるという点で、女性にとって怪物的テキストであった。こうしたミルトンに、ヴァージニア・ウルフ（一八八二―一九四一）は、女性の視界をさえぎり無限の可能性を奪う脅威を見てとり、それを「ミルトンの亡霊」と名付けた（ウルフ　一一七）。

3　当時、ダンテもそのひとりであった清新体派は、女性を精神的完成の象徴、地上と天上とを結ぶ存在として讃えて歌った。清新体派は、愛から肉体的官能的要素をとり、女性を天使化して、精神的完成の象徴、神への上昇の手段として歌った。彼らの詩の水脈には、女性を官能的に美しく匿名性のうちに讃える宮廷の吟遊詩人の伝統があった。したがって、ダンテのベアトリーチェは、天使的存在であると同時に貴婦人でもある（モンタネッリ／ジェルヴァーゾ　五八―五）。

4　野島秀勝氏は、「破滅のベアトリーチェ　ある美しい娘の肖像」で、レニの手になる肖像画をベアトリーチェと結びつけるのは「伝説」だと述べる。なぜなら、レニがサン＝タンジェロの城の独房で憔悴するベアトリーチェを描いたとされるが、処刑の前夜、獄中に入るなど至難の技であるし、何よりも画家がローマに来たのは、ベアトリーチェが処刑されてから三年後であったから。だが、野島氏は続けてこう述べる。事実は人々は「グイード・レニを捨てても、この絵がベアトリーチェの肖像であることを頑なに信じ続けるだろう。彼女は是が非でもベアトリーチェでなければならぬ」(六二一—六三) と。

5 『チェンチ家』と『縛めを解かれたプロメテウス』は、異口同音に迫害に対するに、復讐や返報は誤りであり、平和と愛こそ改心を引き出すものであると述べるところにも、両作品のテーマの共通性を見ることができる (パーシー b七一、c二六一)。

6 もともと古い大地女神であり、厄除けの力をもつメデューサは、後にギリシア神話に組込まれ、美しい髪の少女がアテナと美を競って罰せられ、自慢の髪を蛇に変えられて怪物に変身させられたという話が作られたと言う (高津春繁 一二八)。ロバート・グレイヴズの『ギリシア神話』によれば、海の老人ポルキュスが大地母神の娘ケートーに生ませた三人のゴルゴンのひとりで、三人ともかつては美しい娘だった。ある夜、アテーナーの神殿のひとつでメデューサがポセイドーンと交わったために、女神の怒りをかい、翼ある怪物にされた。ぎらぎら光る眼、頭髪は蛇、その恐ろしい形相でひと目にらまれた人は石と化した。だが、ペルセウスによって斬首された (グレイヴズ一八六一—一八八)。

7 カストルッチオの生涯については、ニッコロ・マキャヴェッリ (一四六九—一五二七) の『カストルッチオ・カストラカーニ伝』(一五二〇) に詳しい。マキャヴェッリは、「偉大」「偉業」「偉人」という語を繰り返し、英雄伝として描いている。だが歴史書に見るカストルッチオは、「フィレンツェの敵」「危険なカストルッチオ・カストラカーニ」「勇敢にして高貴な暴君」である (ブラッケン 一二二、二五〇)。

8 聖母マリアを象徴する色には、純潔をあらわす白、神聖な愛をあらわす赤、天の真実をあらわす青がある (諸川春樹、利倉隆 一〇〇)。

9 訳は平井正穂『失楽園』を用いた。女性の豊かに波打つ髪は、神話からおとぎ話にいたるまで、魅力と魔力を秘めたものとして描かれ、西洋文化が女性に対して抱く憧憬と恐怖を象徴するものである。女怪物メデューサは言うまでもなく、アダムの一番目の妻にして子殺しのリリトも長い髪が魅力的な女怪物とされる。檜山哲彦氏の「リリト」によれば、リリトは、「一人寝の男をその長い髪でそそのかす淫乱な悪霊」（九〇）であり、「アダムの最初の女房ですよ。／あれのこの上ない自慢の髪の毛がくせものさね。／あれにものをいわせて若い男をたらしこんだら最後、滅多なことでは手放しませんからね」（ヴァルプルギスの夜のメフィストの言葉）と描かれる（九一）と言う。ただし、女性の髪については、以下のような指摘もある。イヴの長い髪は、服従を意味するという『失楽園』の描写に関して、平井正穂氏は、「コリント前書」（一一―一〇）の「女…は頭に権（権威）の徽を戴くべきなり」をあげて説明している。（一六六）コリント前書が語るのは、男は、神のかたちであり栄光であるがゆえに、頭に物をかぶるべきではないが、男から出た女、男のために造られた女は、権威のしるしを頭にかぶるべきであり、長い髪はそのための被いの代わりとして女に与えられている、ということである（「コリント人への第一の手紙」『聖書』二六八―二六九）。

10　ロマン派詩人がモデルとしたのは、アイスキュロス（前五二五―四五六）のプロメテウスであり、苛酷な罰に耐えて暴君に抵抗し、人類愛ゆえに我が身を犠牲にしてもいとわない高潔な意志と姿は、自恃の誇り高い詩人たちの共感を呼んだ。パーシーの叙情詩劇『縛めを解かれたプロメテウス』、バイロン（一七八八―一八二四）の「プロメテウス」（一八一六）、プロメテウス的人物を描く『マンフレッド』（一八一七）、ゲーテ（一七四九―一八三二）の詩「プロメテウス」と未完の戯曲『プロメテウス』（一七七三）がある。彼らのプロメテウスはいずれも、神に等しい誇りの持ち主であり、束縛をきらい精神の自由を求める理想の自画像だった。

11　美術史家若桑みどりは、聖母マリアと麦藁、麦穂を描く絵画に、生命を与える原初の大地母神と聖母マリアの融合した姿を指摘している。また麦藁は、イエスの誕生した馬小屋と桶、また聖餐のパン、「ひと粒の麦」としてのイエスといったキリスト教的な意味だけでなく、穀物と豊穣の女神の含意もあると述べている（若桑 七四―七六）。

12 ジョナサン・ワーズワースは、タイトル、ヴァルパーガは、カストルッチオとユーサネイジアの愛の葛藤の中心を意味すると述べている（ワーズワース序文）。本稿の「ヴァルパーガ―女神のメタモルフォーゼ」では、タイトルの含意はさておき、ユーサネイジアの居城としての含意を検討した。なぜならメアリが当初考えたタイトルは、「カストルッチオ　ルッカの君主」であり、後にゴドウィンの助言をいれて現在のタイトルとしているからである。

13 リュウは、『ヴァルパーガ』を自叙伝的な作品として読み、ユーサネイジアとベアトリーチェにメアリの、ウィルヘルミナにウルストンクラフトの、カストルッチオにパーシーと男性ロマン主義の投影を見、男性ロマン主義と女性ロマン主義の葛藤を指摘する（リュウ一六二―一六三）。

14 女性の知の伝統と大学を根城とした男性科学者の知の伝統との葛藤については、『フランケンシュタイン』にすでにその萌芽を見ることができる。拙論「フランケンシュタイン・コンプレックス」参照。

15 メアリの語りの戦略、効果については小柳康子氏の「Mary Shelley の *Valperga* ――歴史ロマンスにおける「女性の物語」が示唆に富む。

16 たとえばホワイトは、『ヴァルパーガ』に、男性ロマン主義の想像力、野心、審美学をめぐる女性の側からの吟味と対話の試みを指摘する。「神格化を解かれた神」を参照。

使用テキスト

Shelley, Mary Wollstonecraft. *Valperga or, The Life and Adventures of Castruccio, Prince of Lucca*. Ed. Stuart Curran. Oxford: Oxford University Press, 1997. 引用は、本文中に頁数のみで記す。

[引用文献]

Berger, Pamela. *The Goddess Obscured: Transformation of the Grain Protectress from Goddess to Saint*. Boston: Beacon Press, 2001.

Brewer, William D. "Mary Shelley's *Valperga*: The Triumh of Euthanasia's Mind" In *European Romantic Review*. 1996 (Winter).

Brucken, Gene. *Florence: The Golden Age*. Berkeley: U of California Press, 1998.

Conger, Syndy M. Introduction to *Iconoclastic Departures: Mary Shelley after Frankenstein*. Eds. Syndy M. Conger, Frederick S. Frank and Gregory O'Dea. London: Associated University Press, 1997.

Gilbert, Sandra M. & Susan Gubar. *The Madwoman in the Attic: The Woman Writer and the Nineteenth–Century Literary Imagination*. London: Yale University Press, 1979.

Jane, Barbara O'Sullivan. "Beatrice in *Valperga*: A New Cassandra" In *The Other Mary Shelley: Beyond Frankenstein*. Eds. Audrey A. Fisch, Anne K. Mellor and Esther H. Schor. Oxford: Oxford UP, 1993.

Mellor, Anne K. *Mary Shelley: Her Life Her Fiction Her Monster*. London: Routledge, 1989.

Milton, John. *Paradise Lost* in *Milton: Poetical Works*. Ed. Douglas Bush. London: Oxford UP, 1969.

Lerner, Gerda. *The Creation of Patriarchy*. Oxford: Oxford UP, 1986.

Lew, Joseph W. "God's Sister: History and Ideology in *Valperga*" In *The Other Mary Shelley: Beyond Frankenstein*. Eds. Audrey A. Fisch, Anne K. Mellor and Esther H. Schor. Oxford: Oxford UP, 1993.

Rajan, Tilottama. "Between Romance and History: Possibility and Contingency in Godwin, Leibniz and Mary Shelley's *Valperga*" In *Mary Shelley in Her Times*. Eds. Betty Bennett & Stuart Curran. London: The Johns Hopkins UP, 2000.

Rose, Andrea. *The Pre–Raphaelites*. London: Phaidon Press Ltd, 1992.

Rossington, Michael. “Future Uncertain: The Republican Tradition and Its Destiny” In *Mary Shelley in Her Times*. London: The Johns Hopkins UP, 2000.

Seymour, Miranda. *Mary Shelley*. New York: Grove Press, 2000.

Showalter, Elaine. “Feminist Criticism in the Wilderness” In *The New Feminist Criticism*. London: Virago Press, 1985.

Shelley, Mary.(a) *The Letter of Mary Wollstonecraft Shelley*. Ed. Betty T. Bennett. Baltimore: The Johns Hopkins UP, 1980.

————. (b) *The Journal of Mary Selley 1814-1844*. Eds. Paula R. Feldman & Diana Scott–Kilvert. Oxford: Oxford UP, 1987.

————. (c) Note on *The Cenci* in *The Complete Works of Percy Bysshe Shelley*. II. Eds. Roger Ingpen & Walter E. Peck. New York: Gordian Press, 1965.

————. (d) On the Death of the Cenci Family in *The Complete Works of Percy Bysshe Shelley*. II. Eds. Roger Ingpen & Walter E. Peck. New York: Gordian Press, 1965.

Shelley, Percy Bysshe. (a) *The Letters of Percy Bysshe Shelley*. II Ed. Frederick L. Jones. Oxford: The Clarendon Press, 1964.

————. (b) *The Cenci* in *The Complete Works of Percy Bysshe Shelley*. II. Eds. Roger Ingpen & Walter Peck. New York: Gordian Press, 1965.

White, Daniel E. “‘The god undeified’: Mary ‘Shelley’s *Valperga*, Italy, and the Aesthetic Desire” In *Romanticism on the Net*. 6. May 1997. http://users.ox.ac.uk/~scat0385/valperga.html

Woolf, Virginia. *A Room of One's Own*. Ed. Jenifer Smith. Cambridge: Cambridge UP, 1995.

Wordsworth, Jonathan. Introduction to *Valperga, The Life and Adventures of Castruccio, Prince of Lucca*. Revolution and Romanticism, 1789–1834: A Series of Facsimile Reprints/ Chosen and Introduced by Jonathan Wordswoth. London: Woodstock Books, 1995.

アイスラー、リーアン『聖杯と剣　われらの歴史、われらの未来』野島秀勝訳、法政大学出版局、一九九一年。

阿部美春「フランケンシュタイン・コンプレックス」『身体で読むファンタジー　フランケンシュタインから
もののけ姫まで』吉田純子編、人文書院、二〇〇四年。
上山安敏『魔女とキリスト教　ヨーロッパ学再考』講談社、一九九八年。
ウェルギリウス（a）『アエネーイス』泉井久之助訳、上巻、岩波書店、二〇〇四年。
（b）『牧歌・農耕詩』河津千代訳、未来社、一九八一年。
ギンズブルグ、カルロ『闇の歴史　サバトの解読』竹山博英訳、せりか書房、一九九三年。

グレイヴズ、ロバート『ギリシア神話』高杉一郎訳、紀伊国屋書店、一九九八年。

高津春繁『ギリシア・ローマ神話辞典』岩波書店、一九七八年。

小柳康子「Mary Shelley の *Valperga*——歴史ロマンスにおける「女性の物語」」『実践英文学』第五〇号　実践英文学会、一九九八年。

澁澤龍彦『女のエピソード』河出書房新社、一九九四年。

シュライナー、クラウス『マリア　処女・母親・女主人』内藤道雄訳、法政大学出版局、二〇〇〇年。

ダンテ『神曲』（a）平川祐弘訳、河出書房新社、二〇〇三年。

『新生』（b）野上素一訳、筑摩書房、一九七三年。

『神曲』（c）寿岳文章訳、集英社、一九八〇年。

ディヴィス、ノーマン『ヨーロッパ II 中世』別宮貞徳訳、共同通信社、二〇〇〇年。

デュビィ、G&M・ペロー監修『女の歴史　II 中世二』藤原書店、一九九四年。

野島秀勝『迷宮の女たち』　河出書房新社、一九九六年。

浜林正夫「産業革命と神秘主義」『社会的異端者の系譜——イギリス史上の人々』浜林正夫他編、三省堂、一九八九年。

檜山哲彦「リリト」『現代思想』青土社、一九八三年八月号。

マキャヴェッリ、ニッコロ「カストルッチオ・カストラカーニ伝」『マキャヴェッリ全集 I』服部文彦訳、筑摩書房、二〇〇一年。

ミルトン、ジョン『失楽園』平井正穂訳、筑摩書房、一九七九年。

諸川春樹、利倉隆『聖母マリアの美術』美術出版社、一九九八年。

モンタネッリ、ジェルヴァーゾ『ルネサンスの歴史　黄金時代のイタリア』藤沢美朗訳、中央公論社、一九八一年。

ルージュモン、ドニ・ド『愛について　エロスとアガペ』上　鈴木健郎・川村克己訳、平凡社、一九九三年。

若桑みどり『象徴としての女性像　ジェンダー史から見た家父長制社会における女性表象』筑摩書房、二〇〇〇年。

『聖書』日本聖書協会、一九七〇年。

第四章　イーディス・ウォートン『子どもたち』
——家族神話の揺らぎ

木戸　美幸

イーディス・ウォートン

はじめに

イーディス・ウォートン（一八六二―一九三七年）は、その作品の多くで、結婚制度に縛られて生きる女性の苦悩を描いた。結婚制度を前提とした資本主義的家父長制社会にあって、結婚することを選択しても、結婚しないことを選択しても、生きていくうえでさまざまな制約を受けた点において、女性には語るべき苦悩の物語が尽きなかったからである。

アメリカ女性史や家族史の分野では、一八三〇年代から二〇世紀初頭までのアメリカ社会を、イギリスのヴィクトリア女王治世の時代（一八三七―一九〇一年）と並行してヴィクトリア時代と呼ぶが、それは、法的・経済的・社会的・文化的・心理的に、父／夫を制度上の「大黒柱」とする父権的家族制を基盤として、磐石に構成された社会であった。この男性中心の堅固な性別役割分業社会は、父／夫の庇護の下、「家庭の天使」となって男性に従う以外の選択余地を、女性に認めていないものであった。

このような社会にあって、女性が結婚しないことを選択する自由と同様に、あるいはそれ以上に、重い意味をもっていたのが、離婚する選択の自由である。とりわけウォートンが熟知し、好んで作品の舞台としたニューヨーク上流社会のような、地縁や血縁に基づく共同体的結びつきを重視する社会において、これを積極的に破壊することにつながる離婚は、どのような犠牲（ほとんどの場合、それは女性側の犠牲であったが）を払っても、避けねばならないものだった。

離婚をキーワードとしてウォートンの代表作を読むと、その受けとめられ方が時代の流れにともなって変遷しているのが垣間見えて興味深い。一九二〇年に出版された『エイジ・オブ・イノセンス』は、一八七〇年代のニューヨーク上流社会を、最後の生き証人として、ありのままに描くという意図で、ウォートンが執筆した作品である（ウォートン a 三六九）。ヨーロッパ貴族との不幸な結婚に苦しみながら、離婚を許されず、故郷ニューヨークに戻ることも認められない孤高のエレン・オレンスカの苦悩と、夫ニューランド・アーチャーの心が、エレンにあることを承知のうえで、三〇年間にわたって表面上、幸福な結婚生活を続けることによって、「家庭の天使」役を演じたメイの、巧みにカモフラージュされた生きざまが対照的に描かれている。弁護士であるニューランドが、エレンに向かって言う「法律は離婚を認めていますが、社会的慣習では認めていないのです」（ウォートンb一一一）という発言が、その狭量な社会の不文律を雄弁に例証するものとなっている。

約半世紀後のニューヨーク上流社会を舞台とする『お国の慣習』（一九一三年出版）は、四度の結婚と三度の離婚をくりかえしながら、社会の階段を駆け上った中西部出身の若く美しいアンディーン・スプラッグの成功物語である。美貌と奸計を用いて結婚することで、宿望のニューヨーク上流社会に進出することに成功したアンディーンが、離婚によってそこから離脱して味わう挫折感は、離婚に対する社会的制裁が、エレンの生きた時代から半世紀を経てもなお、いかに強かったかを読者に伝えてくれる。

一九二八年に出版された『子どもたち』は、結婚と離婚をくりかえすのにまったく逡巡しない男女と、その生きざまに翻弄される子どもたちの物語である。「錯綜とした現代の結婚」[1]が果てしなく展開されるこの社会において、離婚は恥ずべきものであるどころか、容認されうるものとしての段階もすでに越え、ごく一般的なものとして描かれる。『お国の慣習』出版からわずか一五年の歳月を経ただけであるのに、離婚に対するアメリカ社会の反応の激変は、何を物語っているのであろうか。

千件を越える離婚裁判を詳細に分析研究した『ヴィクトリア時代以後のアメリカにおける結婚と離婚』において、エレーヌ・タイラー・メイは、一八六七年から一九二九年の六二年間に、アメリカ合衆国の人口は三百パーセント、結婚件数は四百パーセント増加した一方で、離婚件数が二千パーセント急増した事実を挙げ、一九二〇年代末には、毎年六件の結婚のうち、一件以上が離婚に終わったとの驚くべき数字を示している（メイ 二）。

『子どもたち』の舞台は、まさにメイが分析した時代の最後と重なっているから、ウォートンがこの作品で扱った登場人物たちの「錯綜とした現代の結婚」状況は、特殊で例外的なものではなかった、といえよう。出版後一ヶ月で二〇万部売れ、九万五千ドルを越える売り上げに加えて、さらに二万五千ドルもの映画化の版権料を作者にもたらした（シングリー 二二三）結果から判断しても、『子どもたち』は風俗小説として十分に時代に受け入れられたといってよい。

『子どもたち』出版直後の書評でマンソンが書いているように、この作品は大手の婦人雑誌に連載されたため、読者層である新興中産階級の主婦[2]にとって関心のある離婚問題と、それが子どもに及ぼす影響を描くことで、多くの読者をひきつけたにちがいない（マンソン 四六二）。アメリカ社会における離婚の受けとめられ方が、半世紀で劇的に変化したことを嗅ぎとったウォートンは、その理由を探りつつ、この新しい社会現象から派生する、結婚制度に関する問題を提起する意図をもって、『子どもたち』を執筆したのではないだろうか。こうした意味で、『子どもたち』は、客観的リアリズム小説の域をこえた作品であることを示したい。ウォートンが離婚と、それに伴う新しい家族のあり方を、社会問題としてとらえたうえで、この作品にどのようなメッセージをこめたのかについて、次に詳細にみてみる。

「子ども大人」[3]の誕生

『子どもたち』は、エンジニアとして南米に赴任していた四六歳のマーティン・ボインが、五年ぶりに恋人ローズ・セラーズと、スイスで再会するために乗船していた客船に、北アフリカの港市アルジェから乗りこんできた子ども七人・乳母・二人の子守りから成る、計一〇人の奇妙な一行と知己を得る場面で幕を開ける。これまで世界各地を仕事で転々としてきた中年の独身男性が、親に同伴されない二歳から一五歳までの子どもの集団と豪華客船上で出会い、親しくなるという書き出しは、家族を描く小説の導入部としてはかなり意表をつくものではないだろうか。だがこれは、当時の社会制度の枠組みにはおさまりきれない夫婦関係や親子関係を描きたい、というウォートンの意欲が感じられる設定といってよい。

『子どもたち』の意想外な舞台設定も人物設定も、アメリカが飛躍的な経済発展を遂げ、大量生産・大量消費型都市文化と、その担い手である新中産階級の誕生を経験し、現代社会への移行を開始した、二〇世紀初頭という時代の影響を色濃く反映している。経済面での激変が、人々に精神面での変化をもたらしたこの時代には、既成の価値観による基準が、もはや通用しなくなっていたからである。

他方で、前近代的な家父長制にのっとった伝統的価値観と必ずしも訣別しきれない人々（既得権を握っていた男性ばかりでなく、社会的弱者の女性も含む）も多数存在していたことが、メイの分析した離婚裁判の判決理由に散見される。[4] つまり、社会構造が変化しつつあったこの時代は、価値観の転換期でもあり、そこに生きる人々は新旧の価値観を分かつ「境界」を往来しつつ、それぞれに新時代への適応を試みていたといえる。

まず、作品に登場する大人たちからみてみよう。実は『子どもたち』に登場する大人たちは、無責任で放縦な生き方を選択している点において、まさに「子ども大人」と呼ぶのがふさわしい存在である。『子どもたち』が七人の子どもたちを描いているのはもちろんのこと、この作品の題名には、実年齢に関係なく、精神年齢が成人に達していない大人たちの生き様を描く意図もこめられていると思われる。

（一）マーティン・ボイン

「子ども大人」の例として、まずボインについてみてみる。彼はニューヨーク上流社会に属しながら、世界各地を転々とするエンジニアとしての仕事を享受してきた。つまり彼にとって仕事は、狭量なニューヨーク社会と距離をおく口実となっていたわけである。だが今や、「不変を希求」

（七七）して同じ社会の出身であるローズとの結婚を望むボインの真意には、自分に代わって彼の若い助手が人材として求められる現実をつきつけられ、「エンジニアとしての疲労の多い、苛酷な生活には年をとりすぎた」（二〇九）ことを実感せざるをえないという現状認識がある。気楽ではあるが、孤独なボインの現在の姿には、将来的展望をもって行動してきたというより、無責任に時の流れに身を任せてきた、これまでの生き方が反映されているといえよう。

ボインが、七人の子どもたちとの船上での出会いを契機に、彼らとの関わりを深めていった理由は、二歳の男児を抱くか細い一五歳の少女ジュディス・ウィーターへの好奇心であった。この好奇心は作品の展開につれて、親子ほどもある年齢差をこえた恋愛感情（しかしそれはボイン側の一方的なものに終わるのだが）へと進展していくので、「錯綜とした現代の結婚」の一端を、ボインも担うという、喜劇的かつ悲劇的設定となっている。

つまり、真剣に自分たちのことを考えてくれる大人がいない七人の子どもたちにとって、頼るべき唯一の存在となるボインも、結局は無責任な「子ども大人」の一人にすぎない。きょうだいが一緒に暮らすことだけを望むジュディスの願いをかなえてやろうと、この七人の子どもたちに関わる大人たちの説得に奔走するボインは、共感を覚える人物として描かれながらも、その行動の奥底にひそむジュディスへの恋愛感情や、現実性を伴わぬ計画には、彼の無責任さが露呈しているからだ。「本当のところ、僕たちはだれひとり大人に成長していないのだ」（二一四）という、ボイン自身の自覚表現は、その意味で当を得ている。

ボインの無責任さがもっとも端的に現れるのは、ローズとの関係においてである。ボインがこれまでローズに魅力を感じてきたのは、実は彼女が「彼が懇願したにもかかわらず、運命を甘受した、模範的な、貞節な、人妻だった」(四一)からであり、「常に変化するニューヨークにあって」(四一)彼女の「一貫性と継続性」(四一)にむしろ安堵を覚えたからである。ボインにとって、ローズは求めても得られぬものの象徴であり、激変する時代の不安定な彼の生活とは対照的に、彼女は安定した変化しないものの象徴であるからこそ、彼の崇拝の対象となりえたのである。

したがって、夫を七ヶ月前に亡くし、今や未亡人となったローズと、五年ぶりに再会したボインが、一ヶ月後の結婚を提案しながら、すでにその関心の的はジュディスにあるという矛盾は、ボインが自分の身勝手さを正当化することによって解消される。「五年は長すぎた。とりわけこの五年は、状況と、おそらくはそのヒロインをも変えてしまった」(四一)。しかも作品の最終頁は、再度、南米に単身出発する船上の彼の姿を描写して終わる。つまり、ボインの最終選択は、責任を前提とする、安定したローズとの結婚生活ではなく、孤独で、根無し草的な独身生活であることが明確に伝えられる。彼はなお、「子ども大人」的生き方を続ける選択をしたわけである。

子どもの養育を完全に放棄し、自分たちの快楽生活だけを追求するジュディスの両親の生き方に、憤りと反発を覚えるボインは、しかし、「彼女［ローズ］は彼を愛しているから、彼がなにをしても許してくれるだろうし、彼がいかなる状況に彼女を置こうともそれを受け入れるだろう、と決めこんでいた」（二二六）。ジュディスを思いながら選択するローズとの結婚は、独身のまま年齢を重ねることに対する不安と寂しさを解消する手段にすぎず、若さや能力を再認識させてくれるはずの、世界の現場への単身赴任は、ローズの献身的自己犠牲を前提とした結婚生活の上にしか成り立たない。ローズの人格や願いを無視したボインの身勝手さは、まさに彼が非難するジュディスの両親の身勝手さと同質のものであり、それを自覚できない彼の無責任さもまた、彼らの無責任な生き方の域をでるものではない。

ジュディスがボインに求めるのは、擬似的父親であるのに対し、「男性が女性を愛するとき、女性はいつも男性が望む年齢となる」（四一）と、彼は身勝手にも年齢差を正当化し、恋愛対象としてジュディスを扱う。また、自分を慕うその他六人の子どもたちに対する彼の感情は、「兄のような愛情」（二一四）にすぎない。責任を伴わないがゆえに、甘美な思いに陶酔するために、また、悪化したローズとの関係改善を、あてもなく先延ばしにするために、つまりは現実逃避のために、ボインはジュディスきょうだいの処遇に、実効性のある打開策を模索することすら放棄してしまう。すでに自分のもとを去ってしまったローズに、ジュディスきょうだい救済の助けを、臆面もなく乞う無責任なボインは、妻ではなく、彼のすべてを許し、受けとめてくれる代理母をローズに求めているのが明らかである。

(二) ローズ・セラーズ

ボインの恋人として作品に登場し、中年で子どものいない未亡人という現状に危機感を抱きながらも、最終的に自ら恋人のもとを去る決心をしたローズについて考えてみる。「子ども大人」ばかりの『子どもたち』の世界で、唯一大人としてふるまうローズの価値観と生き方には、彼女の生きる選択肢を自ら限定する狭量な性格があるため、結果として彼女を苦しめる点に注目したい。ローズの苦悩の原点として、破綻していた結婚生活がとりあげられることも、この作品のテーマと一貫性をもつ。

ローズの「冷たく空虚な」(七九)結婚生活は、周知の事実であったと描かれているが、夫の残した「思わぬ少ない遺産」(八七)は、ボインと人妻であったローズとの接点を考えると、夫がこの二人の関係に復讐という制裁を加えた結果とも推測できるのではないだろうか。「月並みな財産、平凡な夫、ニューヨークのむさ苦しい屋敷、ニューヨークのつまらぬ仲間」(四〇)しか与えられていないものの、創意工夫を凝らし、賢明で独創的な家庭を築いてきたローズが、わずかな遺産しか持たない未亡人となった現状を生きぬくために期待するのは、裕福な老伯母ジュリアの遺産である。『歓楽の家』において、ペニストン伯母の遺言による廃嫡が、リリーのニューヨーク上流社会からの転落の一因だったことを考えれば、伯母の遺産に依存せざるをえない、貧しい姪の苦境を想像するのはたやすい。

経済力をもたぬがゆえに、愛情のない形式的夫婦関係に甘んじ、夫の死によってその支配から開放されても、次には伯母に依存して生きていかねばならない点において、ローズの「物事を処理し、調整し、順応し、偽装する」（八七）人生に変わりはない。したがって、彼女がボインとの再婚にすぐに応じられない理由として、「喪が明けないうちに再婚したら驚く」（八七）という、ヴィクトリア朝的女性観に縛られた伯母への配慮を挙げたのは、経済的弱者たる女性として、自分の生活を守るためにとった当然の言動である。

他方、これまでのヴィクトリア朝的女性観からの脱却を試みるローズの変化は、たとえばスイスの賃貸別荘に、ボインを迎えいれたときの、彼女の外観に表れているのではないか。かつて長い髪を結い、足首まで隠れるスカートをはいていたローズは、「短くみせた髪（傍点筆者。「新しい女性《ニューウーマン》」に倣って長い髪を切ってしまう大変身を敢行する段階までには至っていないことが示唆される。）と短いスカートの、新しい女性風」（八〇）に変わっており、ボインに好ましい印象を与える。

「映画にでてくる少女のごとき花嫁」（四〇）と形容できるジュディスに、ボインの心が奪われていると見ぬいたローズが、彼との再婚を実現させようとする積極的な場面でも、主体的に自分の夢をつかもうとする新しいローズが描かれていることに注目したい。五年ぶりの再会まで「二人の関係は、彼女自身の選択、彼女の厳格に課された意志によって、厳密に友情の範囲内に限られてきた」（七九）ものの、二人きりの別荘でローズは、初めてボインのキスを受け入れる。

さらに、ボインがジュディスと二人だけの散歩を楽しんで、帰宅が遅くなったことに関して嘘をついた、と見ぬいたとき、ついにローズが再婚を早める決意をしたのは、ヴィクトリア朝的女性観に縛られて生きることは、得るものよりも、失うもののほうが多いと確信したからではないだろうか。しかしなお彼女が、「新しい女性《ニューウーマン》」へ向けての第一歩を踏みだすには、ジュディスに対する嫉妬と向きあうという難問を解決しなければならない。

だがウォートンは、理性と感情の間で煩悶するローズを描くことによって、伝統的な女性像から離脱するのが容易ではないことを示してみせる。「彼女は洪水の中に突きでた、理性という岩の最後の破片をつかもうと手を伸ばした。彼女はひるむことも、うち負かされることもなく、そこにしがみつき、正しく、公平なことばを発していた。だが、その唇は彼［ボイン］のキスを切望し、そして枯れてしまった…」（二〇五―二〇六）と表現されるローズの葛藤の描写は、感情が理性に抑制されたため、この時点でローズの熱情はボインに伝わらなかったことを見事に伝えている。

しかし、ボインのジュディスへの想いがなお変わらないために、いよいよローズも一線を超える決意をする。つまり、伯母が容認しなくても、自らの意志によって再婚を早めるという、ローズの見せた最大限の譲歩は、ボインをとりもどしたいとの動機が、ヴィクトリア朝的価値観から彼女を解き放つきっかけとなったことを示している。七人の子どもたちか、自分かを選択するようボインにせまり、それでも彼が子どもたちから手を引かないのは、ジュディスを愛しているからだと、冷静に分析し、ボインに率直に別れを告げるローズは、自分の求めるものを、主体的・積極的に得ようとする「新しい女性《ニューウーマン》」となる。

七人の子どもたちの「家庭教師の役割をひきうけるなんて期待しないように」（四〇）と、最初にボインに釘をさしたローズが、一一歳の双子である長男テリーと次女ブランカのみを養子に迎える妥協案をこのとき提案したのは、子どものいない自分の孤独や、弱い立場を計算してのことであろう。その上で、彼女が好む知性的なテリーと、ボインが七人のうちただ一人「まったく愛情も、ほとんど興味も感じることのできない」（二一八）ブランカを選んだのも、やはり周到な計算の上でのことだ。この二人であれば、ローズがなにより重視する「規律正しく、調和のとれた生活」（八一）が破壊されない程度の選択であることは明白であるからだ。

そのうえ、なにより、きょうだい七人で共に暮らしたい、というジュディスの望みを断ち、しかも、ボインとジュディスを別れさせるためであるとすれば、ローズのこの提案は、ジュディスとボインの二人に制裁を加えるための手段であると考えられるのではないか。ウォートンは「セラーズ夫人の冷静で理性的な外面の下に、もっとも情熱的で理性を失った感情が潜んでいる」（二二〇）ことを、このように暴露するのだ。

しかし、ローズの「新しい女性《ニューウーマン》」への段階的な脱却の試みは、ボインの心を変えるまでには至らない。ボインに対して、「あなたは自由の身よ」（二七五）と告げることで、二人の婚約解消を間接的に宣告するローズの描写は、大人のふるまいを貫く女性の強さと、忍従を美徳とするヴィクトリア朝的女性として生きることのつらさを、訴えかけるものである。

（三）ウィーター夫妻と彼らをとりまく人々

次に「金に糸目を付けることなく浪費を重ねる、虚栄心と利己心と貪欲に満ちあふれた」（一〇三）「子ども大人」の典型として、ジュディスの両親と彼らをとりまく大人たちについて考える。これらの登場人物全員が、ウィーター夫妻の結婚と離婚の輪にからみあった構図を用いて、伝統的な結婚制度の破綻が示される。

「結婚が神聖なものであること」（五二）は、理念としてはいまだに社会の基底を成すと考えられているものの、自分の理想を否定する人物との結婚生活であれば、自らの自由意志で終止符をうつのが認められるべきだ、とジュディスの口を通して述べられているのは象徴的である。

しかし、これまで、建前としての神聖な結婚には、男女の道徳に関する「二重基準《ダブルスタンダード》」が存在して、女性の側に一方的な犠牲を強いながら制度の存続が図られてきたわけであり、ここで問題にしたいのは、なぜこの小説では、その「二重基準《ダブルスタンダード》」が機能しなくなっているかという点である。ローズですら決意したように、「家庭の天使」像を越えた女性の生き方の選択に注目することで、その答えが得られはしないだろうか。また、女性たちにこのような自由な選択が可能となった理由についても考えなければならないであろう。

ジュディスの父親はボインのハーバード大学時代の友人クリフ・ウィーターであり、母親はボインの大学時代の恋人ジョイス・ウィーターであることが、作品の初めで明らかとなる。シカゴ出身で、大学卒業後、世界規模の大企業を有する、「ニューヨーク屈指の百万長者の一人」（一二）となったクリフは、たとえば『お国の慣習』のピーター・ヴァン・デジェンを思わせる筆致で、巨万の富をもてあます粗野で無教養な人物として描かれる。

「豊かで目的のない」（一五）生活を送っていたニューヨーク出身の美女ジョイスは、むしろボインにひかれつつも（しかも「性的な」意味の fancy（一二）が原文では用いられているため、二人は結婚前でありながら性的関係にあったことがほのめかされる）[5]、貧しいボインには手の届かぬ存在であったことも、ボインの記憶をたどる形で明らかにされる。つまり、ウィーター夫妻の結婚は金銭的理由によって成立したことが示唆される。「唯一の問題はお金がありすぎること」（六〇）である二人の夫婦関係が、やがて「混乱した関係」（二八）に陥ったのも、経済的豊かさがむしろ人間関係に弊害をもたらすことの証左である。

ボインと目的地まで同じ船室となったテリーが、「ぼくたち、父親とあまり時を過ごしていないのです」（二四）と告げたように、ウィーター夫妻は、子どもたちの世話を乳母たちにまかせ、巨万の富にあかせて世界中の高級ホテルを転々とする生活を送っている。二人のこの享楽的生活は、とりわけ、「家庭の天使」的存在の女性には与えられていなかった精神面・行動面での自由をジョイスにもたらした点において、ヴィクトリア朝的女性像との隔たりを感じさせる。ウィーター夫妻の夫婦関係が破綻した原因を描くとき、ウォートンの筆致がむしろ、妻側に重い責任を負わせているのは、この点を強調するためであろう。「することが特にないといつも喧嘩になる」（六〇）ウィーター夫妻の夫婦関係が一回目の離婚で解消した原因は、ジョイスがイタリア人ブオンデルモント公爵に夢中になって夫のもとを去ったため、「相続すべきこの富」（二八）を病弱なテリーに託すことに不安を覚えたクリフが、「どうしても、もう一人男の子が欲しくて」（二八）、女優ジニア・ラクロスとの再婚を決意したから、というものである。

伝統的な結婚制度は、「家」制度を守るための基盤であり、その制度は家産保持をもっとも重視したものであることも忘れてはならない。『子どもたち』において、ウィーター夫妻は一度も「家」を構えたことがなく、ホテルを転々とする生活を続けていると描かれる。また二人の実子四人（ジュディス・テリー・ブランカ・チップ）のうち、夫妻が配慮をみせるのは、病弱な長男テリーや二人の娘たちに対してではなく、二度目の結婚で授かったばかりの、健康な末の男児チップに対してだけである。つまり、ウィーター夫妻は伝統的家族を支える「家」の経営を放棄しているにもかかわらず、他方で、直系の男子一人に、家産の管理を担わせ、家系を存続させることに固執しているのは明らかである。この描写によっても、「家」制度をとりまく、新旧の価値観の併存が示される。

ちなみに後にクリフと離婚し、今は侯爵夫人となったジニアも、「相続人を必要とする」(六三)英国人の夫のウレンチ侯爵に、生殖能力を証明する必要に迫られ、クリフが引きとっていた娘ジニーとの面会を求めてウィーター夫妻の前に現れる。ブオンデルモント公爵と再婚した裕福なアメリカ人女性が、彼の実子でジョイスが引きとっていたバンとビーチイ兄妹のうち、「バンを引きとりたい」(八三)と後に申し出たのも、同じ理由による。

これら「子ども大人」たちが、作品中、遺産相続人として以外に、子どもを必要とするのは、やはり結婚制度を維持するためか、解消するための道具としてのみである。たとえば、ブオンデルモント公爵夫人は、夫が過去の女性遍歴を悔い改め、「新しい生活を始めるとすれば」(二五六)、バンとビーチイが必要なのだと訴えるし、ウィーター夫妻が離婚を考える際の「論点の中心はいつも扶養料について」(二九五)であった。この点では『お国の慣習』で、フランス人伯爵との再婚をもくろむアンディーンが、息子の親権を破棄することで、夫ラルフから金銭を得ようとしたのと同じ意味で子どもが利用されている。

子育ては放棄しておきながら、自分たちの都合で実子を要求する大人たちに向けられたジュディスの、「ドッグショーで小型の愛玩犬を選ぶように連れもどしにくるのだわ」（二四七）との、冷静な批判は的をえている。子どもは大人たちの離婚・再婚のための手段としてしか存在しない。つまるところ、「もし子どもたちがお互いにめんどうをみなければ、だれがみてくれるのでしょう？　自分のこともできない親にそんなこと期待できないですもの」（二一六）と、ジュディスが諦観するように、七人の子どもをとりまくすべての親たちは、自分の快楽と虚栄心を満たすことだけを求めて、自身が「子ども」の領域を越えられない自己中心的な世界に安住しようとしている。

この「子ども大人」たちの未来を象徴するのが、作品最後に描かれる、クリフとの二度目の離婚手続きを開始したジョイスの選択であろう。ローズの裕福な弁護士ドブリ氏との再々婚を控え、「今後は彼ら［子どもたち］が彼女の人生における唯一の目的となるだろう」（二八一）との決意から、ホテルを移り住む生活をやめ、子どもの養育にふさわしい「家」を構えるというジョイスの計画は、結局実現されなかったばかりか、フランスでのホテル住まいが描かれる三年後はさらに悲惨な状態となったことが明らかにされる。

「家を持つなんてお母様には厄介なだけでしょうよ。お母様はホテルのほうが好きなの」（二九三）とボインに告げるのは、エレベーターで遊んでいるところを偶然ボインが見かけたジニーである。

かつて必死の覚悟できょうだいの母親役を務めたジュディスは、今やジョイス同様の「子ども大人」へと変化を遂げた。「子ども大人」たちは、精神的に成長することなく、子どもを犠牲にして、自分たちの欲求を満たし続け、享楽的人生を送りながら、第二の「子ども大人」たちを世に送りだすのだ。「家」制度を守ろうという意識は存続していても、経済発展に裏うちされた個人（性別に関わりなく）の主体性や選択性が限りなく自由であれば、伝統的な社会観を支えてきた「家」制度に基づく結婚制度は瓦解し、ひいては「家」制度も崩壊していく様子を見事に描いた結末といえよう。

「大人子ども」の誕生

ウィーター夫妻の七人の子どもは、一回目の結婚で生まれたジュディス・テリー・ブランカと二回目の結婚で生まれたチップの四人に加え、「終わりになったら折りたたんで捨ててしまうテントのような結婚」（二八）で結ばれた「昨今の一時的な夫婦関係」（二八）がもたらした、異母きょうだい一人（ジニー）と血縁関係のないきょうだい二人（バン・ビーチイ）から成る集団である。

結婚→離婚→再婚がくりかえされ、その結果生じたステップファミリーという存在そのものは言うに及ばず、これらのきょうだいの生活をさらに混沌としたものにしている原因は、自分の過ごした子ども時代と比較したボインの次の説明に示される。「心の中で、彼は自分自身が幼児期と少年期に包まれていた習慣という暖かな繭を思いだしていた。その繭に包まれている期間は、世間に放りだされる前に、見慣れた景色と顔の配された映像ができあがる時間であった」（四五）。特異な親子関係・きょうだい関係で結ばれたウィーター家の、ローズが「現代のホテル住まいの子」（一七六）と呼ぶ子どもたちの暮らす特異な環境は、彼らに「繭に包まれた」子ども時代特有の時間も空間も与えることなく、生きのびるために彼らを「大人子ども」にしたことを意味しているのではないだろうか。

アリエス著『〈子供〉の誕生』によれば、西欧社会で子どもが「子ども」として大人と異なる時間と空間を生きるようになり、大人になるための訓練を受ける存在となったのは一七世紀になってからのことにすぎない。さらに子どもが家庭において親の保護、学校において教育を受けるようになったのは、一八世紀後半の産業社会の成立に伴って、夫婦中心の近代的小家族が登場、近代的学校教育制度が普及したからである。

ところがウォートンが描くウィーター家の子どもたちは、経済面での支えを除けば、親の保護も、学校教育も受けることなく、まるで一七世紀以前の「小さな大人」のように、大人と同じ時間と空間を生きている。ホテルからホテルへと移動を続ける生活を強要された子どもたちは（学童期の子どもですら例外ではない）、この環境にいかに適応していったのであろうか。この七人に欠けているのは、近代的家族の役割を担った、責任感にあふれた指導者たる父親像と、慈愛に満ちた子育て担当者たる母親像であり、彼らの属すべき「家」である。養育を放棄された七人の子どもたちが、どのように生きてきたのかについて、長女ジュディスを中心にみてみたい。

（一）金銭重視の価値観

テリーとブランカが生まれる前に、ジュディスの家庭教師としてウィーター家に雇われ、以来ずっとウィーター家の子どもたちと共に暮らしてきたスコープ嬢によれば、ウィーター夫妻の一回目の離婚に際して、テリーは父親に引きとられ、ジュディスとブランカは一年のうち四ヶ月を父親と過ごすとの条件が決定されたとき、「ジュディスの悲痛が始まった」（二九）という。当初三人であったきょうだいは、親の都合で心ならずも離れて暮らすことになったわけである。ジュディスが両親の喧嘩を見る以上に耐え難かったことは、「テリーと離れ、毎年ブランカと荷物をまとめて、片親ともう一人の親がたまたま滞在しているパレスホテルから次のパレスホテルへと、あちこちふりまわされることだった」（二九）。

しかしまさにこのような一時的で、根無し草的な高級ホテル生活こそが「彼女の目に大人のような表情を与えた」(二九)のであり、「子ども大人」であるジョイスは平然と「現代っ子に教える必要なんてないわ！　みんなわかって生まれてくるみたいだよ。…あのね、本当にジュディったら私の母親みたいなの」(五三)とも述べている。つまりこの社会では、子どもが限りなく大人に、大人が限りなく子どもになり、子ども期と成年期の境界が曖昧になっている。

このような子ども期と成年期の境界喪失の原因をウォートンはどこに求めているのだろうか。その手がかりは、作品中で子どもも大人も共有する一つの価値観に見だされよう。高級ホテルでの彼らの生活を、「彼らは食べ物、服飾品、ダンスといった原始的な欲求だけを思いだすのさ。我々は無血の野蛮行為に逆戻りしているようだね」(一五四)と、ボインが述べているように、『子どもたち』の登場人物に共通するのは、すべてを物質的満足の有無ではかろうとする価値観である。

経済的繁栄を唯一の目標とする社会においては、人々の価値観も単一の方向に集約されてしまうことが、「現代生活の均質化傾向」(一七九)との表現によって示される。「広大な混雑したレストランにいるすべての女性は、同じ年齢で、同じ仕立屋のドレスを身につけ、同じ愛人に愛され、同じ宝石商に飾りたてられ、同じ美容整形外科医のマッサージと触診を受けたように見えた」(傍点筆者。一三六)と、皮肉をこめて、ボインが鋭く観察する人々の生活は、「人と違っていたら流行遅れとなる」(一三六)とする考え方に象徴されるところの、横並び社会の出現を意味している。ここでは、人が生きるにはお金が必要であるという哲学だけが重んじられ、人が生きるにはお金だけでは足りないという、もう一方の哲学は無視されてしまう。

かくして、「自分よりお金のない人間はすべて耳が不自由であるかのような」（五一）扱いをするクリフは、ジュディスが母方の祖母宅への逃走資金として、父親から五千ドル[6]を盗んだことが発覚したときも、その事実をまったく問題にしないのであり、ジュディス自身も、お金を盗んだ目的が正当化されれば、いかにしてそれを手に入れたかという手段は不問に付すことができると判断する。

自分の都合だけで、子どもの前に姿を現わす親同士が、子どもへのプレゼントや、自分のドレス、装飾品で競いあう様子は、滑稽でしかないが、それぞれの親に子どもたちが期待するのも同様にプレゼントのみであり、その値段は自分への配慮のものさしとなる。親がプレゼントを贈り、子どもがそれを喜ぶのは、むろん愛情からではない。親子間の愛情が皆無であるのも、この作品の特徴と言えよう。[7]

つまり、子どもたちにとってこれらの物品は、自分に迷惑をかけている親が、たまに与えてくれる、謝罪を意味するプレゼントでしかないように思われるし、それぞれの親にとって、これらの物品は、子どもの歓心を買う賄賂の性格をおびたものでしかないことは明らかである。また、親の社会的地位や身につけているドレス、装飾品の価値が、そのまま親の価値を計る基準となっているのは、子どもたちの価値観が大人のそれをそのまま反映していることを示している。

作品の終盤部分で、ブオンデルモント公爵夫人として登場するアメリカ人女性は、祖父が創設し、初代学長を務めたテキサスの大学で「優生学と幼児心理学の単位を優等で取得した」（二四〇）ため、子どもたちが「どのような指導、道徳教育、宗教教育を受けたのか」（二三九）を問題にしている点では、他の親とは一線を画すものの、実際には自分の富で買い戻した公爵の城さえあれば、バンとビーチイを完璧に養育できると考える点において、また子どもを、夫の心を自分につなぎとめておく手段にしようとしている点においても、他の「子ども大人」的人物と変わりはない。このため、子どもたちの大騒動の現場に遭遇したとき、日頃の経験に基づいてきぱきと処理した実践的なジュディスとは対照的に、教育理念を机上で学んだだけの公爵夫人は「当惑して」（二四六）立ちつくすほかなかったのである。

　このような大人やきょうだいたちに囲まれて、ジュディスもむろん金銭重視の価値観をもっていることは疑いようがない。俗物根性を隠さないジニアが自分に用意してきた指輪を、巧みにブランカが横取りしてしまったとき、悔しさで涙を見せるジュディスに、ボインは「彼女の住む世界の価値基準とは別の価値基準を彼女がもっていると期待したのはうぬぼれ」（七七）にすぎないと自戒をこめて認識する。しかも最年長とはいえ、「彼がプレゼントの荷をほどいたとき、自分だけが除かれたことに、彼女の中にある子どもの部分がどれほど心痛めたかを」（一六五）ボインは知っている。むしろ、ジュディスが「彼女の属する社会の語彙」（一七〇）で考え、感じ、話し、行動するのは、当然だといえよう。

女子相続人という単語すらまともに発音できないのに（an heiress と言うべきところをジュディスは a nairess と言う）、父親の財産が約束された自分は一五歳の今でも結婚が可能である、と考えるジュディスの結婚観も、「地位のためか、お金のためか、あるいは過去の不倫を合法化するために結婚する」（二六九）以外の結婚を目にしたことがない実体験によって形成されたものである。

（二）学校教育で学ぶ知識対実生活で身につけた知恵

ジュディスは学校教育をまったく受けておらず、一五歳でありながら、読み書きもまともにできない。家庭教師として雇われているはずのスコープ嬢との勉強が無に等しいことも、一目瞭然である。ボインに宛てたジュディスの手紙の文法と綴りの誤りは目にあまるし、歴史や文学に対する知識と興味の欠如も驚くほどである。

「学校に行くですって？　私が？　でもいつ行けるの？　教えていただきたいものね。世話をする子どもがいつだって残されているのに」（五八）とボインに反駁するジュディスにとって、六人のきょうだいの世話を担う代理母業こそなににも優先されるべきものであった。ウィーター夫妻が学校教育の重要性をまったく認めていないのも明らかである。「むろんクリフにとって教育といったら、いつだって大学でのスポーツとカーレースだけ」（五三）なのであり、教育を受けたがっているテリーに対してすら、家庭教師をつけることが検討されるのは、若いイギリス人男性に夢中になったジョイスの、表向きのこじつけに利用されるときだけという状況である。「テリーは私が綴り方を覚える前に結婚するなんてばかげているって言うの」（一一三）と、ボインに話したジュディスであるが、結局、まったく学校教育を受けることもなく、まともに文字すら綴れないまま結婚することになるであろう彼女の近い将来が、この会話には暗示されている。

しかし、ジュディスとの交流を通じ、「彼女が実に豊富な教育を受けてきた」（一七〇）ことにボインが気づいたように、ジュディスは養育に無関心な親の代理役をこなすことで、経験に裏うちされた、生きるための知恵を身につけてきている。ときにボインやローズを驚かすほどの、ジュディスの人生哲学とはどのようなものであろうか。

作品の初めから「ジュディスの早熟な思慮分別」（一七一）に、周囲の大人が驚く場面が多々展開される。船上で出会ってすぐに、ジュディスはボインが独身であることをみぬき、自分より三一歳も年長の彼に、「もし結婚しても、子どもは持たないこと」（一二三）と忠告する。これは、愛されない子どもとしてのつらい自己体験に基づく助言であろうか。また、ボインの恋人ローズが自分の母親より少し年下でありながら、どのような衣装を身につけているかに彼が無頓着であることを知ったジュディスは、「あなた、彼女［ローズ］と愛しあっているのね」（一〇九）と言いあて、「子どもがいない心痛を彼女［ローズ］がしばしば告白していた」（九二）事実もまったく知らないのに、二歳児チップを伴うことで、初対面のローズの心をひきつける術を心得ている。「子ども大人」が親になることの、子どもと親双方にふりかかる不幸を熟知していながら、なお、ボインとローズの結婚祝いに揺りかごを贈ったのは、ローズの母親願望を見ぬいてのことかもしれない。

なにより、ジュディスは「両親の弱点の分析にいつも用いる明快な公平さ」（二六二）によって、ウィーター夫妻の結婚生活の問題点を、第三者的に判断してみせる。母親が何度男性問題を起こそうと、それは夫クリフを困らせることで注目を浴びたいとの願望の現れにすぎず、「ジョイスが一つのものに長く固執することはない」（二六二）。だが、そんな母親が父親と離婚を決意し、次の再婚相手を選ぶとしたら、「すごく裕福な」（二六二）人物であるはずだ。しかし、どのような富をもってしても、いや、富があるからこそ、夫婦間の問題に終止符が打たれることがないのも、ジュディスは見ぬいている。

ウレンチ侯爵夫人やブオンデルモント公爵夫人からの、ジニーやバンとビーチイに対する突然の養育権の申し出に、夫婦関係の安定化を図るために子どもを利用しようとの思惑を、ジュディスがかぎとったとき、一五歳とはいえ周囲の「子ども大人」よりはるかに豊富な母親としての経験を基に、子どもにとっての真の幸せを、自分のことばで一生懸命に説明してみせる彼女は、感動的で力強い。自分自身のつらい体験に基づいて、ジュディスには、彼女たち七人をとりまく「子ども大人」が、子どもをどれほど不幸にしてきたのかが身にしみており、その不幸から自分たちを守るために、子どもがいかに「大人子ども」となって対処すべきか、という智恵を身につけてきたのだ。

小さくて世話が大変なころから寝食を共にすることによって、たとえ血のつながりがなくとも、ジュディスが六人のきょうだいたちと強い愛を育んできたことは次のように描かれる。「幼い子どもにまず必要なのは、十分愛されることだ。ウィーター家のように子どもたちが、毎度離婚と再婚のたびに慣れぬ環境に追いやられるような場合はとりわけそうである。このような変化が起こる中で、ジュディスは自分の小さな一団を固守し、彼らを愛し、彼らに互いを愛するよう教えてきたのだ」（二四九）。だからこそ「ジュディスのおかげで、団結心や信頼関係が欠如している世界にあって、まさにその感情を、小さな子どもたちが育んできた」（二二六）という。ジュディスが身をもって示すきょうだいへの愛こそ、自己中心的で無責任なウィーター夫妻と、夫妻をとりまく「子ども大人」の生き方を半面教師とするジュディスが、行動の規範としてきた倫理である。

（三）ジュディスの子どもらしさと暗示される彼女の将来像

他方、七人きょうだいの最年長として「大人子ども」にならざるをえなかったジュディスも、「防御態勢をとらなければならない年上の人がいないと、彼女自身が自然で無邪気になって、快活な子どもにもどる」（二一四）ことに、やがてボインは気づく。ボインはジュディスが自由に往来する「大人子ども」と子どもらしい子どもとの境界を、彼女の内に併存する「つらい思いをして身につけたそつのなさと、育児室にいたときそのままの無邪気さ」（二三〇）ということばで表現する。

たとえば、ジュディスがボインに語った理想の「家」は、彼女の無邪気で子どもらしい夢を表現したものである。「彼女はどこか田舎の家に、みんなでいっしょに住む不合理な夢をもっていた（たぶん彼女が大きくなったら父親がこんな家を一軒買ってくれるはずであった）。いつもペットや鳥がいっぱいいる家で、嬉しいことに、育児室の楽しみが大きくなってからの仕事とつながっているような生活をそこで過ごすのだ」（二一五）。ホテルを移動し続ける不安定な日常とは正反対の、安定した「家」での暮らしに対するジュディスの夢は、「幼い子どもというのは、同じであることが必要なのだ――彼らにはそれが不可欠要素なのだよ」（一三三）との、ボインのジョイスへの忠告の裏づけといえるのではないだろうか。また、それぞれが職業をもつほど成長しても、なお一軒の「家」に七人が住むという夢は、ある意味で、大人になることへの拒否と受けとられるのかもしれない。大人になれば、きょうだいの別れが待っていることを、ジュディスは承知しているのだから。

さらに興味深いのは、きょうだい六人全員について個々の「明確な職業」（二一五）を思い描く一方、「ジュディス自身にはなにも望むことがないようであった。彼女は想像の中ですら他の子どもたちと自分をきりはなすことができなかったのだ」（二一五）という側面が、彼女にあることである。

七人がいっしょに住むことだけを願うジュディスにとって、いつまでも子どものままでいることが、不安定な家族関係と、不安定な生活環境を生きぬきながら見つけた、つかのまの幸せを保持するための必要条件であるからだ。

同時に、周囲の大人からは、六人のきょうだいの保護者役として、できるかぎり大人として認められる必要がある。ボインに年齢を尋ねられた時の、「『三ヶ月したら一六歳になるわ――いえ、本当は五ヶ月したらね、』と彼女は口ごもりながら、事実を明らかにしようと努力して答えた。…『でも私、ずっと年上に見えるでしょう?』と彼女は期待をこめてつけ加えた」（傍点筆者。二七〇）という微妙な心理を秘めた返答は、ジュディスのはらう精一杯の背伸びといえよう。子どもと大人の境界を自在に行ったり来たりしながら、もはや避けることのできない両親の再度の離婚に備え、なんとか六人のきょうだいを守ろうとするジュディスの決意がここにみられる。

しかし、ジョイスとドブリ氏の再婚直前に、ボインが会ったジュディスの外見上の急変は、「大人子ども」から「子ども大人」への変化の兆しを象徴している。「帽子もかぶらず、運動着と赤褐色の靴を身につけて、ドロミテ＝アルプスにいた少女は、ボインにはほとんど見知らぬ人に思える上品な若い娘に取り替えられていた」（二八四）。そして三年後、「ロールスロイスを二台持っている」（二九六）ペルー人と外出中で、「晩のダンス用の新しいドレス」（二九六）に着替えるためにホテルへ戻るというジュディスの行動には、「子ども大人」の母親ジョイス同様に、物欲が満たされることだけを追い求める生活を送っている様子が示唆される。

ここでウォートンは、テリーはスイスの学校へ、ブランカは婚約騒動を起こした末パリの修道院へ、バンとビーチイは実父ブオンデルモント公爵の元へと、きょうだいが離散してしまったうえ、健康児チップは髄膜炎で死亡したという後日談を用意する。これをボインに語って聞かせるジニーも、ホテルのエレベーターボーイと「怠惰にたむろしていた」（二九二）。ジュディスがあれほど願ったきょうだい七人の共同生活は、今や崩壊し、代理母役を失ったジュディスは、完全に「大人子ども」から「子ども大人」へと境界を越えた様子が描かれ、作品は失望感を読者に与えつつ終わっている。

おわりに

個人の幸福を追求する意識が、理念のレベルから日常生活のレベルにまで広まったのが現代社会の姿である。「個人」としての自立意識は、とりわけこれまで生き方を厳しく規定されてきた女性たちに、自らのあり方を問い直させ、主体的・積極的に生きる人間としての選択をとらしめた。近代化に伴って興隆してきた都市文化は、なによりも経済的繁栄を求めつつ、これまで社会で固定されてきた性別役割を変え、その結果として、人々の結婚観・家族観をも激変させた。ウォートンが

『子どもたち』で描いてみせようとしたのは、「社会を一体化する」(五二)機能を果たしてきた結婚制度が瓦解した結果起こる、社会制度としての「家族」問題であった。女性が男性とは異なる性別役割に従って生きることをやめたとき、ますます多くの結婚は離婚という形で終わりを迎えるようになった。そして離婚がごくありふれたものとなり、再婚という選択さえ自由になった先に待っていたもの、それが従来の枠を越えた、ウィーター家のような新しい「家族」の誕生である。

つまり、アメリカ社会・経済の激変に伴う揺らぎは、『子どもたち』に示されたように、ヴィクトリア朝的女性像の崩壊に始まり、これまで人々を縛ってきた価値観とは対立・矛盾するような、さまざまな新しい価値観を連鎖的に生み出す引きがねとなった。まず、男女の道徳に関する「二重基準《ダブルスタンダード》」が破壊され、次に、男女別の性別役割に基づいた結婚制度が破壊され、その結果、親が子どもを養育する伝統的な家庭が破壊されたのである。新しく誕生したのは、男女が性別規範に縛られないで、奔放に生きる社会であり、それが結婚制度に適応された場合、離婚・再婚のくりかえしとなって現れた。その必然的結果として、ステップファミリーが誕生し、子育てが放棄された親不在の家庭が増大した。

ウォートンは作品中で、ウィーター夫妻と七人の子どもから成るステップファミリーの存在と、彼らの混沌とした生活を表現するために、「荒野」(二八)という巧みな比喩表現を用いた。親が養育を拒否した家族の存在と、そのあり方を描いてみせることによって、伝統的な価値観に縛られて人々が生きていた時代の家庭像、家族神話が揺らぎつつあることを効果的に伝えたのである。しかし、アメリカ史は、辺境開拓をめざす人々が、文明社会から離れて、「荒野」での生活を始めたとき、そこは「荒野」のままとどまるのではなく、新たな文明社会が築かれる新天地として、さらなる人々を引きつけたことを示している。そうした過程をくりかえし、アメリカ文明社会が拡張されていったことを考えれば、ウォートンの引用した「荒野」という概念も、ジュディスきょうだいだけが置かれた、特異な状況を表わすための比喩にはとどまらない。「荒野」にやがて多様な価値観をもった人々が移住し、多様な生き方が展開されると、ウィーター家族のようなステップファミリーが続々と誕生し、近い将来には、ごくありふれた社会的位置をしめる存在となるであろうことを、ウォートンは予見していたはずである。その意味で、『子どもたち』は、現代にも通じるアメリカの社会問題を、先取りして提示してみせた作品といってよい。

性別に関係なく、大人も子どもも、同じ時間と空間に生きるこの現代社会にあっては、大人は子どもとの境界を、子どもは大人との境界を、自由自在に往来しながら、均質化した、物欲重視の価値観を共有し、自己主張はしても責任を負うことはしない、無責任で自己中心的な生き方を享受しようとする。限りなく「子ども大人」的生き方をする大人に養育を放棄されたウィーター家の子どもたちは、「大人子ども」的存在となって生きのびる術を身につけなければならなかった。ジュディスは一五歳にして、責任をもって二歳から一一歳の六人のきょうだいたちを育て、彼らを愛の絆で結んできた。だがついに、両親の二度目の離婚によるきょうだいの離散を機に、ジュディス自身が、母親と同じ「子ども大人」と化したのは、悲しくはあるが、現実的結末といえよう。やがて遠からず結婚するジュディスが、たとえばローズのように不幸な結婚に耐えて生きることはない、と予測するのは容易である。ウィーター家の子どもたちが置かれた環境を表現した「荒野」という表現は、まさにアメリカ社会がこの先直面していくことになるであろう未来を象徴的に、だが、的確に描いてみせた比喩であった。

［注］

1　Edith Wharton, *The Children* (New York: Scribner Paperback Fiction, 1997) 18. 以下、同書からの引用は括弧内に漢数字で頁数のみを示す。

2　Nicola Humble, *The Feminine Middlebrow Novel 1920's to 1950's: Class, Domesticity, and Bohemianism* (New York: Oxford University Press, 2004) において、学問や教養のある知識人向けのエリート文化 (highbrow) と、知識が乏しく教養の低い人向けの大衆文化 (lowbrow) に対し、一九二〇年代にはその中間に属する人々を対象とした middlebrow 文化が勃興したと述べられている。郊外に住み、経済的に豊かで、時間的余裕があり、映画の影響を受け、より洗練された趣味をもつ「新中産階級」という新しい読者層（一〇）が、その文化の担い手であった。一九二〇年代―五〇年代においては、とりわけ女性向けの大衆小説が新しい階級やジェンダー意識の高まりに重要な役割を果たした（五）、という。

3　ウォートンは『子どもたち』で、大人が子どものような言動をし、子どもが時に大人のような言動をする社会を描いてみせる。そもそも「子ども」という表現には、親子関係における親に対する子の意味と、大人から保護を受けるべき社会的存在としての子どもの意味がある。この作品で描かれる「子どもたち」は、親子関係においてこそ、子どもと区分される存在であるものの、自己中心的で、享楽的で、無責任な親はもちろんのこと、彼らをとりまく利己的な大人から、経済面以外での保護をほとんど受けていない。子育てに関わろうとしない大人に囲まれた子どもたちは、子ども期を経験することなく、大人と同じ社会に放りこまれて生きる。この拙論では、このように、限りなく曖昧な子ども期と成年期の境界を往来しながら、消費社会を生きる子どもっぽい大人を「子ども大人」、大人びた子どもを「大人子ども」と表現することとする。

4　Elaine Tyler May, *Great Expectations: Marriage & Divorce in Post-Victorian America* (Chicago: The University of Chicago Press, 1980) において、都市文化が出現した一方で、ヴィクトリア朝的価値観が残っていたため、夫婦間にかつてない緊張が生まれたことが、現代社会への移行期の特徴として挙げられている（九〇―九一）。

5　Elaine Tyler May, *Ibid.* では、一九七〇年代でも未婚の大学生が婚前交渉に罪悪感を覚えている事実を挙げ、二〇世紀初頭の時代に、婚前交渉が理由の離婚が成立したのは当然だと書かれている（九六）。したがって、作品中で示唆されるボインとジョイスの学生時代の肉体関係は、かなり時代を先取りした設定といえよう。

6　Helen Killoran, *Edith Wharton: Art and Allusion* (Tuscaloosa: The University of Alabama Press, 1996) において、現在の貨幣価値で五万ドルと換算されている（一三五）。

7　Cynthia Griffin Wolff, *A Feast of Words: The Triumph of Edith Wharton* (New York: Oxford University Press, 1977) において、『子どもたち』はウォートンの書いた「もっとも悲しい小説」（三八三）と表現されている。

[引用文献]

May, Elaine Tyler. *Great Expectations: Marriage & Divorce in Post-Victorian America*. Chicago: The University of Chicago Press, 1980.

Munson, Gorham B. "*The Children,*" *Bookman*, 68 (November 1928), p.337. In *Edith Wharton: The Contemporary Reviews*. Ed(s). Tuttleton, James W., Lauer, Kristin O., and Murray, Margaret P. New York: Cambridge University Press, 1992.

Singley, Carol J. ed. *A Historical Guide to Edith Wharton*. New York: Oxford University Press, 2003.

Wharton, Edith. *The Children*. New York: Scribner Paperback Fiction, 1997.

———. (a) *A Backward Glance*. New York: Charles Scribner's Sons, 1964.

———. (b) *The Age of Innocence*. New York: Macmillan Publishing Company, 1968.

[参考文献]

フィリップ・アリエス　『〈子供〉の誕生』　杉山光信・杉山恵美子訳、みすず書房、一九九一年。

O'Neill, William L. *Divorce in the Progressive Era*. New York: Franklin Watts, Inc., 1973.

第五章　エミリー・ディキンソン
――孤高の詩魂のダイナミズム

岩田　典子

エミリー・ディキンソン

エミリー・ディキンソンについて

一八三〇年にエミリー・ディキンソンはマサチューセッツ州の片田舎、人口三千にも満たない宗教色の強い保守的なアマストに生まれた。州議会議員で弁護士の祖父は正統的なキリスト教信仰を受け継ぐために、アマスト・アカデミー（一八一四年）やそれに続きアマスト大学（一八二一年）の創立に尽力した。そのため、村はハーバード大学の進歩的なキリスト教神学に対抗する思想のメッカとして全国に知られるようになり、名士が講演に訪れるようになった。日本からも同志社大学の創立者、新島襄などが留学している。父親は鉄道（一八五三年）を誘致し、国会議員も務め、アマスト大学財務理事として大学経営を引き継ぎ、六五年にはマサチューセッツ農業大学（現、マサチューセッツ州立大学）創立にも力を貸した。兄は下水施設、公園、村の木々の選定や照明システムの監督、墓地建設など村の美化に貢献した。このようにアマストの旧家としてディキンソン家は名をなしていた。

一八四六年一月、アマスト・アカデミーに在学中の一五才の時に起こった信仰復興運動で、ディキンソンは信仰を証すことを拒否して以来、進学したマウント・ホリヨーク・フィーメル・セミナリー（現、マウント・ホリヨーク女子大学）でもクリスチャンになることを拒否して、「希望のないもの」（ライダⅠ一三五）と教師から烙印を押され、学校を辞めざるをえなくなった。以後自宅に戻るが、家族のなかでもただ一人、教会に属することは生涯なかった。当時教会に属することは村人としての権利を得ることでもあったから、皆が当然のようにすることを時代の常識を破ってまで拒否することは、ディキンソンの独立心旺盛な証しというより、自身にとっては社会から逸脱する自分、「私の運命は多分閉じこめられる」（L二二三）という思いを子供のときから自覚させるところとなった。この反抗精神こそが詩人としての素地としてディキンソンを支えることとなる。

当時のアメリカは、一八三七年に即位したヴィクトリア女王が君臨する大英帝国の影響下にあって、優雅で上品を良しとする風潮があった。秩序を守る父権制度も厳然とあった。もちろん女性に参政権はなかったし、女性の知的職業といえば、作家になって原稿料を得るか、教師として生計をたてるくらいしかなかった。思考することは男性の仕事で、女性は家長の言うことに従う従順な心と信仰心の篤いことがなにより大切であった。跡取り息子である長男は溺愛され、娘は嫁いで他家で天使のような存在になって、家族を支える良妻賢母になるよう教えられていた。ディキンソンは「逃亡ということばを聞くと／いつも血が騒ぎ！／突然　期待し！／飛んでいこうと身構える！」（F一四四a）と苦悩し、読書や詩作を通して新しい独自の生き方を模索するしかなかった。

愛読して励みにしていた本のなかには、イギリスのエリザベス・ブラウニングが旧い時代を弾劾し新しい女性の生き方を追求する長編詩『オーロラ・リー』（一八五六年）があった。ディキンソンはこの詩集で詩作することの意味を悟り、「詩の回心」（F六二七a）をしたことを詩に書いている。

アメリカの詩壇では優雅で上品で教訓的な詩を好むロングフェロー（一八〇七―八二）などのハーバード学派が詩壇の主流を占めていたが、国内でも新しい詩の鼓動は聞こえてきていた。ニューヨーク、ブルックリン出身のホイットマン（一八一九―九二）が「自己《マイセルフ》」を高らかに詠い上げる自由詩『草の葉』（一八五五）を出版した。詩集を販売停止にする都市もあれば、一日で三千部売れる地域もあるというように、大きく評価が二分されていたが、ディキンソンは「読んだことはありません――が、品のないものと聞いています」（L二六一）と批評している。当時の女性としては常識的な反応であるが、詩人として自己の詩学を確立していたときのもので、規制のものに囚われないその斬新さに目を見張ったことを物語るコメントと解釈できる。

生涯一七八九篇の詩を書いて、一八八六年五月一〇日に亡くなるが、葬儀には、二四年間詩友としてディキンソンの詩を読み続けてきた批評家のトーマス・ヒギンソンがエミリー・ブロンテの

「わたしの魂は臆病ではない」を朗読した。そして本人の願いで、まるで罪人の出棺であるかのように、ディキンソン家の裏口から棺が墓地に向かった。

新しい詩の幕開け

そうした中、六二年、文芸誌『アトランティック・マンスリー』四月号に批評家のトーマス・ヒギンソンの書いた「若き投稿者への手紙」を読んで共鳴し、四篇の詩に手紙を添えて送った。

ヒギンソン先生

ご多忙の極みとは存じますが、私の詩が生きているかどうか、お教え願えませんでしょうか。心が私の詩に近すぎて――はっきりとは、私にはわからないのです――それにお尋ねする人もいないのです――

もし私の詩が息をしていると思われるなら――そして私にお教え下さる時間がございましたら、すぐにも感謝の気持ちをお伝えすべきところです――

もしこのようなお願いが失礼なら――そうあえておっしゃってくださるのなら――私にはより一層名誉なことでございます。

私の名前を同封させていただきますので――どうか――先生――真実をおっしゃってください――
先生はきっと私の願いどおりにしてくださると固く信じております――申すまでもないことですが――名誉が抵当に入っておりますから――

（L二六〇）

自分の名誉を抵当にしてまで詩を送るということに、ディキンソンの異常なほどの真摯さと気迫を感じるが、これは当時の詩壇への挑戦状といえるものでもあった。「息をしている詩、詩が生きているかどうか」と問いかけたディキンソンの詩作への姿勢は、ホイットマンの「わたしを歌う」と題された一連の詩と共に、教会が権威として存在した時代に、人間であることを高らかに宣言した新しい詩の誕生を促すことになる。四篇の詩を解読することで、時代を超えようとする新しい詩の創造に賭けたディキンソンの詩想を考察してみたい。

メタファーで読む多義的な詩

私たちは模造品《にせもの》をつけて遊んだ

でも真珠がつけられる年になると
模造品《にせもの》を捨て
自分も馬鹿だったと思う

形こそ似ていたが
本物を知らない子供の手が
砂粒と遊びながら　いつのまにか
宝石の取り扱いを学んでいた

（F二八二a）

We play at paste –
Till qualified, for Pearl –
Then, drop the Paste –
And deem ourself a fool –

The Shapes – though – were similar –
And our new Hands

Learned *Gem*–tactics –
Practising *Sands* –

子供の頃、ニセ真珠のネックレスを付けてレディーになった気分で嬉しがっていた。まさかそれが偽物だとは思いもしないで、有頂天になっていたが、いつの間にか、そのようなまがい物を卒業して、本物の真珠のネックレスで身を飾ることが自然にできるようになっていた。大人に成長していたのである。そう考えると、まがい物を身につけて遊んでいた子供の頃が決して無駄ではなかったとわかる、と解釈できる。

宝石に限ることはなく、本物と偽物を識別できる鑑識眼の獲得の道程を詠ったこの詩は、いかようにも解釈ができるだろう。ヒギンソンはこの詩について、三〇年後、『アトランティック・マンスリー』に「エミリー・ディキンソンの手紙」と題して紹介したときは、「長い人生の全ての経験が凝縮され、要約されている鋭い真実のある詩」（四四五）と評価している。しかし他の詩にも見られる韻律が不規則であることも同時に指摘し、手直しした詩を載せているところから、ヒギンソンが定型詩の規則を守らない詩に不快感を露わにしていることがわかる。

「真珠 (Pearl)」のメタファーを本当の詩と解釈すれば、ディキンソンが詩作について語った詩と読める。大人になって「真珠をつけられる」ようになることを詩人とすると、「本物を知らない子供の手」は、詩らしきものを書いていた習作時代となる。子供の頃から詩を書いてきたが、それは詩ではなく、詩らしきものにすぎないとわかった。丸い形をしているので真珠と思っていたが、実は砂粒、偽物（Sands, Paste）でしかなかった。そして今やっと、「詩」だと自信を持って言える作品を書くことが出きるようになったと、ディキンソンの詩人宣言である。

実際にはディキンソンがヒギンソンに「真珠」といえる詩を送るまでに、三百篇近い詩を書いている。それを義姉に読んでもらっていたが、義姉の批評では物足りなくなり、プロの批評を受けたくて、「私の詩が生きているかどうか、お教え願えませんでしょうか」と、ヒギンソンに批評を乞うたのである。

当時の詩壇でもてはやされた詩といえば、たとえばH・W・ロングフェローの代表的な詩「人生賛歌」（ブルックス五九四）が挙げられる。

人生賛歌

悲しげな詩を詠わないでほしい
人生は空しい夢に過ぎないなどと！
そのような眠る魂は死んだも同じ
事物は目に写ったとおりではないのだから。

人生は現実　人生は真剣なるもの！
　墓は人生の終着点ではない。
人は塵ゆえ　塵に帰るとは
魂には当てはまらない。

A Psalm of Life

Tell me not, in mournful numbers,
　Life is but an empty dream !
For the soul is dead that slumbers,
　And things are not what they seem.

Life is real ! Life is earnst !
　And the grave is not its goal;
Dust thou art, to dust returnest,
　Was not spoken of the soul.

ヴィクトリア朝を代表するように、上品なことばで語られてはいるが、ディキンソンの詩と同時代とはとても思えない違和感が際立つ。一読してわかるが、通り一遍のことばの羅列で教訓的で、多面的で複雑な人間や人生の真実が書かれているとは思えない。このようなきれい事で人生を語ることにどれだけの意味があるのだろうか。詩壇でもてはやされている詩は「ニセ真珠」としか言いようがない。ディキンソンは定型詩を認めながらも、「息をしている詩」、生きている詩を主張する。着飾った衣を脱いで、裸の心が発する声、息づかいも生々しく、心琴に触れるような詩を書こうとすると、ダッシュや大文字、自由な韻律やシラブルが優先して、定型詩の規則は二の次ということになる。しかし当時にはそのような考え方が通用するものではなく、定型詩は定型詩の規則にのっとって、美しいことばというドレスが重要視された。ディキンソンは「私の詩想は衣装を取ると――際立たせることができますが、ガウンを着せますと皆、同じように見え、表情がなくなってしまうのです」(L二六二)と反論して、「出版　それは／心の競売」(F七八八a)と出版も名声も関係ないと、詩壇に反旗をひるがえす。詩を書くとはどういうことか、もう一度考えてみなければならないのではないかと、ディキンソンは言う。

逆転の論理

メタファーをどう具体的に読みとるかで、ディキンソンの詩は違ってくるが、次の詩に繋ないで読んでみると、ディキンソンの異端児としての新進気鋭の詩人の心情がより迫ってくる。

一番身近な夢は　果たされずに遠のく
私たちの追いかける天国は
少年の前に現れた　六月の蜜蜂のよう
競争しようよと誘い
クローバーに急直下　襲いかかる
と身をかわし　じらし　戦闘開始
と　高貴なる雲のところまで
小艦艇を軽々と上昇配置させ
あざける空を　当惑し　見つめ
少年など無視する

絶品の蜜が欲しい

ああ　あの希有な蜜を醸《つく》る
蜜蜂など飛んではいない！

（F三〇四b）

The nearest Dream recedes – unrealized –
The Heaven we chase –
Like the June Bee – before the School Boy –
Invites the Race –
Stoops – to an easy Clover –
Dips – evades – teazes – deploys –
Then – to the Royal Clouds
Lifts his light Pinnace –
Heedless of the Boy –
Staring – bewildered – at the mocking sky –

Homesick for steadfast Honey –
Ah – the Bee flies not

That brews that rare variety!

二行目から三行目の、「私たちの追いかける天国は／少年の前に現れた　六月の蜜蜂のよう」は、「天国を　私たちは　少年の前に現れた／六月の蜜蜂のように追いかけてみせる」と、多義的な読み方もできる。その結果一行目の「一番身近な夢は　果たされずに遠のく」に繋がり、結論をこの三行で全て言い切っていることになる。また次行にも繋がって、その意味を深めていく。そしてどんな夢なのか、どういうことで実現されなかったのか、詳しく知りたいと読者を誘い込む。

アメリカ、ニューイングランド地方の冬は厳しく長い。しかし冬が明けると、爽やかな新しい季節がやってくる。六月、蜂も飛び出し花も咲きだす。天国、夢、六月の蜂、無邪気で怖れを知らない元気な男の子と、初行の暗いイメージを振り払うように詩は走り出す。

蜂は少年の前に姿を現すと、かけっこしよう、どちらが勝つかなと言わんばかりに少年に近づき、けしかける。「夢」とは元来そういう誘惑を秘めているものである。成功する保障などなくても、人は夢を追いかける。しかし一転、蜂はひらりと野原のクローバーに花の蜜を求めて襲いかかる。追いかける少年の身をかわし、じらしていく。六月の青空を海に、そこを自在に軽々と移動していく「蜂」を「小艦艇」にたとえて、気がつけば、蜂は「私たちの追いかける天国」がある「高貴な雲」のところにまで飛んでいってしまっている。

ここまで読んで、これはおかしいと思った。「少年」と「蜜蜂」、「私たち」と「天国」の関係がどうもピッタリ来ない。私たちが人生の夢を追いかけるのは、子供がたまたま飛んできた蜜蜂を追うような気楽なものではないはずだ。少年の欲求も衝動的で、たまたま目の前に来たから追ったまでで、はじめから、本気で欲しかったのかどうかもはっきりしない。それなのに最後になって、「あの希有な蜜を醸造する蜜蜂など飛んではいない！」と嘆くのである。結局「天国」がどんな夢なのか語られないままに、夢を追いかけるのがどんなに大変であるかということを述べただけである。

先に進まなくなって考え込み、また別の読み方ができることに気がついた。訳知りの大人なら、初めから諦めて怪我をしないように慎重になるのだが、夢にとりつかれた者は年齢や男女の別なく皆、若者、「少年」である。蜂を追い求める少年、つまり夢や理想を追求する人生を語る詩である。「夢、天国」である「蜂」を追いかける。と、急転直下（dip）、クローバーの花を見つけて、いとも簡単に（easy）、襲いかかる（stoop）。身をかわす（evade）、じらす（teaze）、戦闘開始（deploy）と息もつかせぬ速い動き。蜂のブーンという音も聞こえるようで、勢いよく詩行を駆けめぐる。追いかけても追いかけても届かない、最後は天高く雲のところまで、夢は小艦艇となって逃げていく。蜂の動きは少年の動きと重なり、いつの間にか、少年は蜂を追いかけているというより、蜂そのものになりきったような気分になって、蜜を求めて飛び回る。疲れなど知らないで、果敢に挑戦する少年。我々が夢に命を懸けるというのはこういうことかもしれない。しかし追いかけても、夢は実現できるとはかぎらない。夢は「あざける空を　当惑し　見つめる／少年など無視する」。そして夢追い人は、「絶品の蜜が欲しいのに／ああ　あの希有な蜜を醸《つく》る／蜜蜂など飛んでいない」と叫ぶ。

しかしこれを「絶望、諦め」（ポーター一一三）と取らない方がいいのではないだろうか。命懸けで夢を追った人間だけが、「あざける空を　当惑し　見つめる」悔しさを体験できるのではないだろうか。蜜蜂を追って蜜蜂にもなれた瞬間こそ、夢を追ったことこそ、かけがえのない「高貴なる雲」、高貴なる精神の高揚の時間である。「あざける空を　当惑し　見つめる／少年」になれたことが、日常の次元では計り知れない詩魂の勝利といえる。これだけの無念を味わった者は、決して夢を諦めたりはしない。必ず再度挑戦する。「あの希有な蜜」は、もう一度立ち上がり夢を追うことを諦めないでいる者の、新たに醸造される甘酒《うまざけ》となるはずのものである。負けこそ勝ち。ディキンソンの詩論の一つである逆説の論理である。当時の優雅でお上品なものを好む詩壇には、このような読者を迷わせ、熟考させ、読者自らが深い答えを探し出していく読みを強いる詩はなかった。

この詩には、詩らしきものを書いていた習作時代をくぐり抜けて、やっと新しい自分の詩学を勝ち得た詩人の新たな挑戦の覚悟が読みとれる。詩作に励んだ詩魂の充溢こそが聖なるものとして、ディキンソンを生かしていたといえる。六二年はじめ頃、小冊子《ファシクル》（一四）に収録された原稿には、初行が‘The maddest dream – recedes – unrealized –’（F三〇四a）となっている。ディキンソンにとって、新しい詩の創作とは、狂気の極といえるほど、「熱く我を忘れて没頭する夢」であって、更なる作品を目指して、次作に賭ける飽くなき追求、更なる可能性を求めていくものとなっていた。「ああ あの希有な蜜を醸《つく》る／蜜蜂など飛んではいない」のではないかと思うのだが、また「高貴なる雲」に目を向け立ち上がり、「絶品の蜜」という新たな未知の言葉の世界に踏み込んでいくのである。

長い時間をかけて詩の鉱脈を探り続けた後に、共に詩を語り合える友がいたらどんなにいいだろうか。ヒギンソンに送るときには、The nearest Dream recedes – unrealized – と変わる。このときのディキンソンの「一番身近な夢」は、ヒギンソンが自分の詩を認めてくれることであった。しかしすぐに返事をくれたヒギンソンからは、「発作的で、抑えがない」（L二六五）と詩壇の常識を決して越えない批評で、ディキンソンは「天国」を得ることはできなかった。

三〇年後になって、ディキンソンの第一詩集が好評で、翌年には第二詩集が出るという一八九一年になって、詩集編集者としてヒギンソンは、『アトランティック・マンスリー』の紙面で、「全く新しくて独創的な詩の天才という印象は、初めて四篇の詩を読んだときも、出会って三〇年が過ぎた今も同じように心にはっきりと残っている。そして未だ解決できない問題が出てきた。これほど優れているのに、これほど批評しようにもしにくいものを文学史のどこに位置づければ良いのかということである」（四四五）とか、「表現の風変わりな巧さと蜂の動きと共に耳が上空へと向かうなど、この詩は彼女の作品の中で最も繊細で、こった作りの詩のなかに入る」（四四五）」と評価しているのである。しかし初めて詩を読んだ六二年には、鳥の足跡のようなディキンソンの筆跡とか、ダッシュや大文字、古い英語が目立つこと、韻律やリズムの不規則（四四四）に目がいってしまい、「発作が起こっている」と仰天し、当惑したのである。

信仰復興運動が盛んであったときであったから、ディキンソンは信仰に救いを求めることもできたはずだが、それには決して頼ろうとはせず、「名誉を抵当にして」まで「詩が生きているかどうか、お教え願えませんでしょうか」と、ディキンソンが詩人としての人生を生きる覚悟をこの詩で伝えている。

死生、生死を視る

この詩はヒギンソンに手紙を送る一か月半ほど前、第二連が「その上の城では／そよ風が屈託なく笑い、／蜜蜂が鈍い耳に意味もなく喋る、／鳥が愚かにも一斉に甲高くさえずる／ああ！この世にはもう知恵のある者はいなくなってしまった！」（F一二四a）と書き替えられて、『スプリングフィールド・リパブリカン』紙に載った。紙面を飾った詩について、ディキンソンの最初の批評家といわれる義姉から、「第一連はそれだけで完璧でそれ以上書く必要はないと思うし、二つの連は繋がらない」（ビアンキ一六四）と指摘されていた。シラブルもストレスも不規則であるが、新聞に載った第一連に、第二連を次のように書き替えて、ヒギンソンに送っている。

雪花石膏《アラバスター》の部屋のなかで
朝にもふれず
昼にもふれず
復活を待つ穏やかな人々が安らかに眠る、
繻子の樽木と　石の屋根

その上に弧を描く天空を、
歳月が厳かに過ぎてゆく
この世は栄枯盛衰
不変の天が　激しく叱《しか》責る
幾多の王冠が　落ち
総督が　降服する

雪の原に、
斑《しみ》のように音もなく。

（F一二四f）

Safe in their Alabaster Chambers –
Untouched by Morning –
And untouched by noon –
Sleep the meek members of the Resurrection,
Rafter of Satin and Roof of Stone –

Grand go the Years,
In the Crescent above them –
Worlds scoop their Arcs –
And Firmaments – row –
Diadems – drop –
And Doges – surrender –
Soundless as Dots,

第一連の光沢のある白い繻子《サテン》の布に包まれた棺の中は、時間が永久に止まった死の世界である。復活を待っている死者の顔はなんと穏やかなことだろう。それに対して、第二連は墓の上にある生者の世界。そこは大地とその上に弧を描いている天空との間の空間である。その空間に繰り広げられる限りある命を持つ人間の幾多の人生模様があり、時が激しく動く動の世界、世俗（World）である。動かぬ真実があるのではなく、定まらない世界である。そのことを、「世界が弧を掬う」（Worlds scoop their Arcs –）と書いている。「この世がへこんだり、弧を描くように膨らんだりする、この世はでこぼこ」。映像的なイメージを描いてみせて、「この世は栄枯盛衰する」という意味だろうか。

世俗とは正反対に、栄枯盛衰しない天（Firmaments）、神のあるところ、変わらぬもの、動かないもの、信じられるところがある。しかしその不変であるはずの天すら変わる、動く、大騒ぎし怒る（Firmaments – row –）ということが、この世では起こる。「幾多の王冠が　落ち／総督が　降服する」数々の歴史を彩った事件も、権力の取り合いで、汚職が起こる、汚い戦争が始まる。しかしそれらも、長い時の流れの中では一瞬のことで、「雪の原に　斑点のように音もなく」、消されていく。第一連を長い行を五行書いて復活を待つ死の世界を表しているのに対して、第二連は短い行を八行連ね、長い世紀繰り広げられる歴史のはかなくも虚偽に満ちた栄枯盛衰する人の世をダッシュで忙しく繋ぎ表している。

人は死という不動の真実を知ることで、生を深く生きることができる。ディキンソンの詩想の根本にある複眼が冴えている。新聞に載ったものより重厚な死生観になっているのがわかる。

「若き投稿者の手紙」で、ヒギンソンは南北戦争の最中、「地上の束の間の栄光から、絶望ではなく、謙虚を学び取ることができる」（四一〇）と語りかけ、命は不滅であり、名声などに気を煩わされることなく、しっかりと自分の目標を持って書き続けることだと励ましていた。同じ国の者が敵味方に別れて殺し合うことで勝ち負けの決着をつける戦争という不条理を思うとき、ヒギンソンのメッセージに応える形で、ディキンソンは「雪花石膏《アラバスター》の部屋のなかで」を送ったのではないだろうか。

ことばで絵を描く

ディキンソンが四篇のなかで最もヒギンソンに見せたかった作品は次のものではないかと思う。テレビも映画もない時代に、ディキンソンは絵筆ではなく、ことばで絵を描くことはできないかと考えた。

太陽がどう昇ったかお話ししましょう
リボンが　一本ずつ
教会の尖塔がいくつも　紫水晶色《アメジスト》のなかを泳いで
ニュースが　リスのように　走って
山々は帽子《ボンネット》の紐をほどき
ボボリンクが　鳴き始めた
そのとき私はそっと呟いた
「あれこそ太陽！」
でもどのように沈んだか　わかりません
深紅《パープル》の踏み越し段があるように思いました
黄色い男の子や女の子たちが
絶えず登ってはまたいで
向こう側に越えてしまうと
薄墨色の衣《ローブ》を着た牧師さんが
夕べの閂《かんぬき》を静かに揚げて

子供たちを連れて消えました

（F二〇四b）

I'll tell you how the Sun rose –
A Ribbon at a time –
The Steeples swam in Amethyst –
The news, like, Squirrels, ran –
The Hills untied their Bonnets –
The Bobolinks – begun –
Then I said softly to myself –
"That must have been the Sun"!
But how he set – I know not –
There seemed a purple stile
That little Yellow boys and girls
Were climbing all the while –
Till when they reached the other side –
A Dominie in Gray –

Put gently up the evening Bars –
And led the flock away –

日の出、日の入りを見た感動が、心地よい規則通りの韻とリズムとなって、「紫水晶色《アメジスト》」「黄色」「深紅《パープル》」「薄墨色」とカラフルに彩られる。まだアメリカには入っていなかったが、色彩感覚を高度に強調し自然の瞬間的な印象を捉えようとした印象主義を感じさせる詩である。

日の出前の雲をリボンに見立てて、まず雲間に姿を表すのは村で一番高い建物の教会の尖塔である。まだ太陽が昇る前の朝焼けのうつろな空は、紫衣を脱いで朝の服に着替えようと忙しく動いている。色も形も刻々と変化し、動いているのは紫水晶色《アメジスト》の雲なのだが、尖塔の方が雲の中を泳いでいると、逆転させて描く。遠くに薄墨がかかって茫漠と横たわっているように見えていた山々が、美しい「帽子《ボンネット》の紐をほどき」、頂上から順に全容を見せていく。山が朝を迎えれば、そこに住む鳥たちの合唱も始まる。「ボブーオーリンク」と賑やかに鳴くので知られているボボリンクの合唱が聞こえる頃には、太陽がすっかり姿を見せる。「あれこそ太陽!」、完全に夜が明け、一日の始まりである。

少しずつ、少しずつ姿を見せる日の出の様子を詩の一行に、さらに、次の一行、次の一行というように、「教会の尖塔が」「ニュースが」「丘が」「山々が」「ボボリンクが」と五行に、五本の詩のリボンが夜明けの空に浮かぶ。太陽の動きを時間のメタファーとして使い、各行、一行完結で、行の終わりはピリオドとなるところだが、太陽が昇る速いテンポに合わせて語ろうとすると、次々に変化する様は、ピリオドで休止してしまうのではなく、ダッシュになって次行へ、次行へと続き、意識の流れがダッシュの多用となっていく。しかし日本語訳でダッシュ（――）を多用するとニュアンスが違ってくるので省略した。

六一年はじめ頃書かれ、ファシクルに収められた四行四連の原稿では、第二連と第三連の間に横棒が引かれて、あたかも別の詩として日没の詩行が始まるかのように書かれている。「でもどのように沈んだか　わかりません」。山の向こうに隠れてから太陽がどうなったのかわからない。それは又、どのように詩行に表現したらいいものか、じっと考え、思いをはせている途切れることのない意識の連続が、ダッシュ二つ（But how he set – I know not –）となる。

日の出は陽の光も強く昇るから、一行一行異なる軽快なことばのイメージで書き連ね活発な動きを描いている。しかし暮れなずむ夕陽となると同じやり方では描ききれない、と考えたのだろう。行分けをしないで、後半、日没から調子を一変させる。多くのイメージで表現した日の出と違い、日没は一つのまとまったイメージ、スローテンポに静の動きで描きだす。牧場の垣根に取り付けてある、人なら越えることができるが羊は通れない「踏み越し段」を、家路に急ごうと「黄色い男の子や女の子たち」が登っては向こう側に行く。昼の時間をイメージした「黄色い男の子や女の子たち」。時間が進むに連れて、太陽が茜色に染まる夕焼け空のなかを西に移動する。「黄色い男の子や女の子たちが／絶えず登ってはまたいで／向こう側に行ってしまうと」、「薄墨色の衣《ローブ》を着た牧師さんが」待っていて、子供たちを誘導しているにちがいない。太陽が沈んでからも、夕べの神秘的な感動の幻影が読者の脳裏に長く残る。**a dominie**（牧師さん）も **a pastor** と言わないで、重々しく夕べの礼拝式を勤める牧師をイメージさせるためだろう。ことばが生きていて、軽妙なイメージ化が見事で、詩語に色彩を入れ、詩を活性化させている。当時の詩壇ではとても考えられない手法で、イマジストの元祖といわれる由縁である。そして前半と後半をくっきりと明・暗のコントラストを付けて、生と死をも暗示する奥行きをそなえている。

むすび

詩人としての自負に溢れた斬新な四篇の詩は、当時の詩壇の人であったヒギンソンを当惑させ、圧倒し続けた。言い換えれば、エミリー・ディキンソンは時代の常識に欠けていると、詩壇から拒否され続けたということである。しかしディキンソンは時代に迎合するのではなく、時代の枠を越えて、人間であることを優先させた詩人である。自らも「わたしの戦争は本のなかに鎮めた」（F一五七九a）と詠んだように、時代から、社会から、詩壇から閉め出された人生を詩に詠んだ。

「私たちは模造品《にせもの》をつけて遊んだ」の詩では、詩壇の詩に疑問を呈し、本当の詩とはどういうものかと問いかけた。そして「一番身近な夢は　果たされずに遠のく」で、衣装を脱いだ裸の心が発する詩作の意味や人間の本質を問いかけ、思考する詩を提唱した。その大胆ともいえる芯の強さが詩壇と交わらない孤高の生き方をさせ、世界の新しい捉え方となり、透明感のある鋭角で簡潔な詩語の創造となった。これら四篇に見られる定型詩に収まり切らない表現方法は、「雪花石膏《アラバスター》の部屋のなかで」のスケールの大きな死生観や「太陽がどう昇ったかお話ししましょう」にも見られ、これらの詩の映像的イメージも斬新な新しい詩を創り出すことになった。

女性が発言する力もない弱者と見なされた時代に、ディキンソンは女として、人間として「生きている」といえる詩を書き、生きる可能性を探った詩人といえる。そうした生き方に共鳴したハート・クレイン（一八九九—一九三二）は一九二七年、「あまりにも求めすぎたあなたは——求めて得られず——」（七一八）と詠い、先輩詩人の飽くなき追求の人生に賛美を送った。ディキンソンは当時の伝統的な詩壇の領域を越えたところで詩壇に抗する形で詩作活動を行い、世間からの評価を異端から正統へと変えた。

［引用文献］

Bianchi, Martha Dickinson. *Emily Dickinson: Face to Face*. Boston: Houghton Mifflin, 1932.

Brooks, Cleanth, R. W. B. Lewis and Robert Penn Warren, eds. *American Literature: The Makers and the Making Volume 1 Beginnings to 1861*. New York: St. Martin's Press, 1980.

Crane, Hart. "To Emily Dickinson." *Nation* 29 June 1927: 718.

Franklin, R.W. ed., *The Poems of Emily Dickinson* 3 vols. Cambridge: The Belknap Press of Harvard University Press, 1998. （Ｆ）の数字は整理番号。

Higginson, Thomas Wentworth. "Emily Dickinson's Letters." *The Atlantic Monthly* LXVIII (1891): 444–56.

———. "Letter to a Young Contributor." *The Atlantic Monthly* LX (1862): 401–11.

Johnson, Thomas H. and Theodora Ward, eds. *The Letters of Emily Dickinson.* 3 vols. Cambridge: The Belknap Press of Harvard University Press, 1958.（Ｌ）の数字は整理番号。

Leyda, Jay. *The Years and Hours of Emily Dickinson*. 2 vols. New Harven: Yale University Press, 1960.

Porter, David T. *The Art of Emily Dickinson's Early Poetry*. Cambridge: Harvard University Press, 1966.

ペイジ・スミス『アメリカ史のなかの女性』東浦めい訳、研究社、一九七七年。

第六章　ネラ・ラーセン『パッシング』における人種、ジェンダー、セクシュアリティ

山下　昇

ネラ・ラーセン

ネラ・ラーセンについて

ネラ・ラーセンは一八九一年シカゴに生まれた。母はデンマーク系の白人、父は西インド諸島出身の黒人であった。彼女が二歳のとき父が亡くなり、母は白人と再婚する。母の再婚後は、周囲が彼女以外ほとんど白人という環境で生活し、疎外感を感じて育つ。一九〇八年にフィスク大学の高等部に学ぶが、今度はほとんどが黒人という環境に違和感を感じる。卒業後一九一〇年から一二年までデンマークのコペンハーゲン大学で聴講生として過ごし、帰国後は一五年までニューヨークのリンカーン病院で看護学を学ぶ。その後アラバマ州のタスキギー学院（一七年まで）やニューヨークで看護士として病院などに勤務する。一九年にエルマー・アイムズと結婚し、司書資格を得てニューヨーク公立図書館に勤務する（二二年―二三年）。この図書館勤務の間に、W・E・B・デュボ

イスやジェームズ・ウェルダン・ジョンスンなどの知遇を得る。

やがて創作に手を染め、短編小説を書き始める。二八年に中編『流砂』を出版し、黒人白人双方から非常に高い評価を受ける。続いて二九年に出版した『パッシング』も、前作ほどではなかったものの好評を博する。三〇年に黒人女性として初めてグッゲンハイム奨学金を得て、ヨーロッパで創作に励むが、短編「サンクチュアリ」が盗作であると非難される。盗作の嫌疑はやがて晴れるが、この騒ぎや離婚騒動などの影響もあって、次の作品を完成することはできなかった。三三年にエルマーと離婚。その後文壇を離れて看護士の職に戻り、六三年に退職するまで病院に勤め、六四年に死去した。

『パッシング』について

ネラ・ラーセンの中編小説『パッシング』は、そのタイトルが直接的に示しているように、見た目ではそれと分からない黒人が白人に成りすまして、白人の世界と黒人の世界を行き来するようすを描いた「パッシング小説」である。このトピックを主題とする小説は、二〇世紀初頭には既にジャンルとして確立しており、ハーレム・ルネサンス期から二〇、三〇年代にもウォルター・ホワイト『逃避』（一九二六）やジェシー・フォーセット『プラム・バン』（一九二九）、『アメリカ流の喜劇』（一九三三）など同類の作品が書かれている。ラーセンのこの作品は、一連のパッシング小説のジャンルに属するとともに、新たな側面を示しているように思われる。その新たな側面とは何なのかを、人種、ジェンダー、セクシュアリティおよび小説の語りの観点から以下に検討していく。

人種の観点から

『パッシング』が人種の主題と無関係だと考える者はいないが、チャールズ・ラーソンはこの小説の主要なテーマは「結婚の安定性」であり、この作品は「嫉妬、不倫、および結婚の崩壊」に関する「古風な物語」（ラーソン 八二）であると主張する。確かに、人種のモチーフを抜きにすれば、物語には結婚生活の安全と安定にしがみつくヒロイン、アイリーン・レッドフィールドのメロドラマ的な要素が多分にあることは否定できない。仮に人種のモチーフを抜きにしてこの小説を読んでみれば、次のように読めるだろう。

アイリーンは、医師であるブライアン・レッドフィールドと結婚していて二人の男の子がいる。夫はアメリカ社会と医師という仕事を嫌い、ブラジルへ移住したいという希望を持っているが、妻や子どものために我慢している。そのレッドフィールド家へ、アイリーンの昔の友人クレア・ケンドリー・ベルーが頻繁に出入りするようになる。クレアはジョン・ベルーと結婚していて子どもが一人いる。彼女の結婚は生活のためであり、彼女は自分の過去を夫には隠している。自分の本当の正体が知られれば夫から離縁されるだろうという理由で知り合いとは一切付き合いを絶っていたが、そのような孤独な生活にいやけがさしてきているクレアは、アイリーンの忠告を無視してアイリーンたちのところへ出入りし、アイリーンの夫ブライアンと親しくする。家庭生活の安定のためにということで生活と仕事に我慢をしているブライアンは、美しく大胆なクレアに惹かれる。夫の心が自分から離れていくのを感じたアイリーンは、結婚生活の安全と安定を守るために、クレアを引き離したいと思うようになる。友人宅で開かれたパーティーに出席したアイリーンたちの前にクレアの夫が現れ、妻の正体を知ったブライアンはクレアを罵倒する。その直後、クレアは窓から転落して死ぬ。

あらすじを追っていけば、このように物語はまるでメロドラマである。クレアの出現後、ブライアンとアイリーン夫妻の仲が次第に不安定になっていき、クレアに対するアイリーンの疎ましさが強まっていく様子が説得的に描き出されている。その意味から言えば、ラーソンの主張も全く的はずれとは言いがたい。

だが、この物語の根底にあってすべての動因となっているものを考えてみれば、やはりラーソンの主張には無理があると言わざるを得ない。クレアの正体が知られれば夫に離縁されるのは、彼女が本当は黒人であり、夫が白人優越主義者だからであって、単なる性格の不一致などではない。そもそもクレアが正体を偽って白人と結婚したのは、幸福を追求できるのは白人だけであるという人種差別的なアメリカの現実の故である。また、アイリーンの夫ブライアンがアメリカを嫌いブラジルへ移住したいと望むのも、アメリカの人種差別を嫌ってのことであり、妻のアイリーンが中流の結婚生活の安定と安全に病的なほど固執するのも、アメリカにおける黒人の不安定な生活を恐れる余りである。これらのことを考慮に入れれば、この作品において人種のモチーフが主要でないと言うことは難しい。

だが、それでは人種こそがこの小説のテーマであると断定した場合はどうだろうか? アイリーンもブライアンもクレアも人種差別の犠牲者であり、とりわけクレアの場合は黒人であることが露見して白人に離縁される伝統的な「悲劇的混血女性の物語」であり、アイリーンはそのような黒人たちの状況に気づかず嫉妬と自分の利益のために友人を亡くしてしまう悲劇に至る、ということになるように思われる。そうだとすればこの小説もありきたりの「パッシング小説」ということになってしまう。だが今少し詳しくこの作品を検討してみる必要がある。

この小説は全知の語り手によって語られているが、視点は専ら主人公の一人アイリーンに制限されている。そのためこの小説は基本的にアイリーンの物語であり、彼女がいかに外界の出来ごとや(クレアを含む)人物を受容し反応するかを描出することを主眼としている。つまり、読者はアイリーンの視点と価値観というスクリーンを通してこの物語を制限的に理解するという立場に置かれている。そのような小説の語りの構造を前提としていくつかの解釈が示される。

この物語はアイリーンがクレアの出現によって「安定」を揺さぶられ、「人間から怪物にパス（変容）していく」様子を描いたものだと指摘する者もある（リトル一七六）。また、アイリーンは黒人中産階級の価値観にしがみついており、彼女の頑迷な価値観が昂じてゆくさまを物語はアイロニカルに描き出している。この点で『パッシング』は「公式的な悲劇的混血女性物語のパロディ」（マクレンドン九五）であると言うのは、正鵠を得た指摘である。このように小説の枠組みやトーンからしても、この作品はありきたりの「パッシング小説」の範疇に納まっているわけではない。

また、もう一人の主要人物クレアだが、この物語がアイリーンのものであるとすれば、サディアス・ディヴィスが言うように、「クレアはアイリーンの心の動きを投影するスクリーン」（ディヴィス三二三）であるということになるが、一方で彼女は明らかに独立した人格として作品に登場している。スクリーンであれ、「代役」（ドゥシール一〇四）であれ、別人格であれ、クレアの形象は検討に値する。確かに彼女も人種差別社会において生活の安定を得るために白人のふりをして白人と結婚しているが、アイリーンとの再会を契機としてその意識が変化していく。「クレアはとても大胆で、愛らしく、欲張り」（二七四）[1]と言われるように、もともとが利己的で大胆な彼女は、自分の欲望を達成するためには何でもするのだと言い、「ええ、どうしても欲しいものを手に入れるためだったら何でもするわ。人を傷つけようと、すべてを投げ出そうとかまわないわ。私は危ない女よ」（二一〇）と言明する。また「あの忌々しい男！　あいつが私のしたいことを何もさせなくしているんだ。殺してやりたいくらいだわ！　いや、きっといつか殺すと思うわ」（二〇〇）とまで述べ、夫に対して殺意さえ示す。さらには「私は今すぐしたいことをするつもりよ。ここへ移り住むの。このハーレムに。そうすれば好きな時に好きなようにできるわ」（二三四）と心情を吐露する。

こうしたことを考慮に入れると、最後の場面において夫が現れ、彼女の正体を知って破局を迎えるという成りゆきをも彼女は恐れていなかったとさえ考えられる。実際、夫が現れて彼女を罵倒した時のクレアは、「危険に気づいていなかったし、気にもしていなかったように見えた。彼女のはちきれそうな赤い唇やキラキラ輝く瞳にはうっすらとした微笑みさえ認められた」（二三八―三九）というようなようすで、落ちつきはらっている。その直後に彼女の不可解な死が起こる。一見したところこの物語も「悲劇的混血女性の物語」のように思われるのだが、以上見てきたような点から言えば、これは単なる「悲劇的混血女性」をめぐる「パッシング小説」ではない。クレアは自らの生を選択している。ジュディス・バトラーは、この作品における黒人女性の主体性やセクシュアリティといった現代性に着目し、トニ・モリスンの『スーラ』（一九七三）との比較の上で、スーラとネルの物語はクレアとアイリーンの物語の書き直しだと述べている（バトラー一八三）。

ジェンダーとセクシュアリティの観点から

『パッシング』が人種をテーマとしていることは疑いの余地がないが、この作品にジェンダーの視点を持ち込んで新たな解釈を示したのはデボラ・マクダウェルである。一九八六年ラトガーズ大学出版から出された『「流砂」と「パッシング」』の「序文」において彼女は、『パッシング』の下部構造として「クレアに対するアイリーンの性的欲望というもっと危ない物語」(マクダウェル xxvi)があると指摘し、二人の間に「レズビアン関係」(xxiii)があると主張する。しかしその危険なサブプロットは隠蔽され、クレアは社会的・文学的慣習のために最後は犠牲の羊とされてしまっている(xxx)と彼女は言う。作家にそのような圧力をかけていたのは、当時の社会状況であり、「黒人女性は好色という神話」を打ち破りながら黒人女性のセクシュアリティを表現することの困難であった。また、黒人女性のセクシュアリティ表現と、黒人の社会的向上という中産階級的イデオロギーの、矛盾しかねない衝動の双方を、一つの作品のなかに併存させるのが作家の解決手段であった(xvi)。そのため作品が中途半端な形でしかジェンダーの表現をすることができなかったというのがマクダウェルの主張である。

マクダウェルの評価の当否は後で検討するとして、彼女が指摘するアイリーンとクレアの間の同性愛関係について、テクストにそって詳しく検証してみよう。それらは言うまでもなく単純で直接的なものとは限らないし、必ずしも明示的なものでもないが、マクダウェルが指摘する二通の手紙や火のイメージのような象徴的表現はもとより、全知の視点を通して語られるアイリーンとクレアの発言、行動、感情などを追ってみても、以下のようにテクストの随所に同性愛を示唆する表現が散見される。

それがクレアであることを知らないで、隣のテーブルに坐った女性をアイリーンは「真っ黒と言ってもいいほど黒い目、象牙のように真っ白な肌に真紅の花のような大きな唇をした魅力的な女性」（二四八）と形容している。また、クレアの方は、それほど親しかったと言うわけではないのに、この一、二年間に「何度も何度もあなたのことを思ったわ」（一五四）と、アイリーンに打ち明けている。クレアがいかに美しいかという表現は「あの淡い金髪」、「誘うような唇」、「壮麗な瞳」（一六一）と数度にわたり繰り返される。そのような美しいクレアに二度と会えないかもしれないと思うことは、アイリーンにとって「恐ろしいこと」（一六二）であり、「アイリーンはこの別れが最後にならないで欲しいと望む、いや切望する」（一六二）のである。また、電話をかけてきたクレアの声は、「とても欲望をそそるものであり、誘惑的なもの」（一六五）であり、微笑は「誘うようで愛撫するような微笑み」（一六九）と表現される。これらの表現からしても、アイリーンがクレアに好意以上のものを持ったことを示していると言ってもあながち言い過ぎではあるまい。

二年後の再会において、迷惑なので会いたくないと思いながらも、意志に反してアイリーンは

「突然の説明不可能な好意的感情の奔出」(一九四)にとらわれ、クレアの手を握り「畏敬の念のようなもの」を感じながら泣く。クレアの方も手紙の返事をくれない相手の不実を責めながら、「不義の恋愛」をしているような誤解を周囲からうけていたと述べる。自分を責めるクレアを見ながらアイリーンは、クレアが「自分が知らなかった、また知りたいとも思わなかった自分の中の深いあるいは高ぶる感情を引き出すことができる」(一九五)ことに驚きを覚える。またクレアは二年前のアイリーンとの再会が彼女の気持ちを変えたことを強調するが、その表現「あのこと(あなたとの出会い)がなかったら、そのままずっとあの生活を送っていたでしょうし、あなたたちの誰とも会わなかったでしょう」(一九六)と言うあたりも思わせぶりである。

クレアの美しさへのアイリーンの感嘆は続く。ダンスに出かける前のクレアの姿は「このうえなく素晴らしく、まぶしく、かぐわしく、これ見よがしで、瞳は黒い宝石のように煌めいて」(二〇三)、アイリーンは「賞賛の感嘆で窒息しそうになる。」夫とクレアの仲が怪しいと疑うようになってからも、「彼女の来訪が喜びなのか迷惑なのか分からなかった」(二〇八)という状態であり、クレアによって自分の幸せが脅かされていることを確信した後は恐怖と敵意を抱くものの、彼女の姿を見ると「ほんと、ぼうっとしそうだわ」、「クレアの真っ白な顔は美しくて抱きしめたくなるようだわ」(二二〇)と憧憬を抱いてしまう。クレアのせいでブライアンが去ってしまうかもしれないという不安や恐れ、猜疑心、苦悩にとらわれ、クレアを葬り去りたいと願いながらも、実際に彼女が死んでしまった時のアイリーンの感情は次のように表現されている。

　行ってしまった！ あの柔らかな白い顔、明るい髪、心を乱す真っ赤な唇、夢見るような瞳、愛撫したくなる微笑、存在そのものが苦しいほど愛らしかったクレア・ケンドリーが。アイリーンの静かな生活を引き裂いたあの美しさが。なくなってしまった！ 人をあざけるような大胆さ、優美な気取り、鈴のような笑い声が。

　アイリーンは悲しくなかった。驚愕していた、いやほとんど信じられなかった。（二三九）

ここに示されているものは、安堵でも恐怖でも悔悟でもなく、喪失感である。この時までには既にアイリーンのクレアに対する「愛」は消失していたと考えられるので、クレアの死によって彼女が狼狽することはないが、あらためてクレアへの自分の感情が何だったのかを自問させられているというのがこの場面である。

　以上のように、この小説に同性愛的な含意を読み込むことは奇想天外なことではない。それどころかデヴィッド・ブラックモアは、アイリーンとクレアのみならずブライアンにも同性愛の欲求があると主張している（ブラックモア 四七五）。ブラックモアは、ブライアンがブラジルへ移住したいという理由はそこが人種的のみならず性的にも寛容だからだと述べている。[2] また、彼はリリアン・

フェダーマンの著作を参照しながら、この時期にはハーレムにおいて黒人女性のレズビアン・サブカルチャーが確立しており、ハーレムはゲイとレズビアンのメッカだと評判が高かったのであり、作者がこの作品においてセクシュアリティの主題を取り上げるという文学的実験に取り組んでいるのは、当時のハーレムの動向を反映しているのだと述べている（ブラックモア 四七九）。ただし、黒人中産階級を取り巻く事情から、ヒロインであり語り手であるアイリーンは、「ジゼベル神話」を追い払うために「顕著に上品で、性の要素を捨象した母／妻」の役割に自己の欲望を制限し、クレアの行動や自分の欲望を誤って解釈し、性的欲望を人種的話題にすり替えてしまっている（ブラックモア 四七六）と指摘する。ブライアンの同性愛志向についてのブラックモアの主張も荒唐無稽とは言えず、作品解釈の幅を拡げる上では傾聴に値するものである。

また、この作品における人種とセクシュアリティに関連してジュディス・バトラーは、「（人種とセクシュアリティ、または性的葛藤という）二つの領域は分かちがたく絡みあっているので、その結果このテクストは、性的葛藤の人種化を読むという一つの読み方を提供している」（バトラー 一七四）と述べ、黒人女性のセクシュアリティをめぐる力学が作品にどのように作用しているかを考えることの重要性を指摘している。

多様な解釈とエンディングの問題

しかし以上のような同性愛的解釈に異議を唱える者もある。例えばジャクリン・マクレンドンは、この小説はアイリーンの心理を描いたものであり、アイリーンに代表される黒人中産階級風刺であると主張する（マクレンドン一〇五）。クレアはアイリーンの「心理学的分身」であり、レズビアニズムのような感情に直面するような性格をアイリーンは有していない（マクレンドン一〇四）と彼女は断言している。しかし多様な読みの可能性を否定しているわけではなく、「パッシングという現象は多面的なのだから、読みを人種と階級に限定して他の読みを排除したり極小にしてしまう必要はない」（マクレンドン一一二）と結論づけている。

同様にジョナサン・リトルも、クレアがアイリーンの「投影された心理学的分身」（リトル一七七）であると指摘し、この小説の主題が「人間の行動や表現が曖昧で矛盾していて理屈に合わないものであること」（リトル一八二）を徹底的に追求したものであると主張する。彼はマクダウェルの読みを一定評価しながらも、例えばアイリーンがクレアを極度に恐れる理由には、「レズビアンの読みだけでは説明できない何かがある」（リトル一八〇）と述べる。

ネル・サリヴァンはラカン派心理学的アプローチを取りながら、「パッシング」を「消失」という意味に解釈している。小説のタイトルの「パッシング」は「シニフィアンの背後に主体が消失することを示唆しており」（サリヴァン 三七三）、クレアはアイリーンの白人世界への欲望を媒介する存在であるが、正体が黒人であることが暴露された瞬間に「ニガー」というシニフィアンの背後に消失するというのが物語の意味である、とサリヴァンは主張する。

チェリル・ウォールは、「ラーセンは黒人中産階級の宣伝者ではなかった。実際、彼女の小説はいかなる大義の論争でもなかった。彼女は目的小説を軽蔑していたし、人種的向上のための道学者的レトリックなどを嘲っていた」（ウォール 一一七）と述べて、ラーセンを政治的に自由な作家と位置づけている。しかし、アイリーンもクレアも共に「黒人女性が自らの黙従に対してしなければならない埋め合わせと、反逆によって支払わなければならない高い代償を示す」ことになり、「これらの人物たちの住む世界は自立も充足の可能性もない所である」（ウォール 一三一）、と黒人女性をとりまく世界の厳しさを指摘している。

キャスリーン・ファイファーは、やや異なった角度からこの作品を解釈している。彼女によれば、ラーセンは「白人の世界を自分の出自の一部と見なし、自分のルーツを両人種にまたがるものとして」（ファイファー 一四六）おり、W・E・B・デュボイスよりはカール・ヴァン・ヴェクテンに親近感を抱いていて、実際はデュボイス派の「アイデンティティ・ポリティックス」や「人種的連帯」、「人種的忠誠」には批判的だった。ラーセンの「お上品な黒人女性性」に対する敵意はとりわけアイリーンの偽善に向けられており、クレアにはむしろ同一性を見出していたのだとファイファーは述べる。ハーレム・ルネサンス期における作家たちの複雑な人間関係と作品の人物造形や構成の関連を読みとることによって、アイリーンが視点的人物となっているわけや作品のアイロニーが何に由来しているのかに、より納得がいく論考となっている。

このように、何人かの批評家は人種やジェンダー、セクシュアリティの観点を越えて、例えば階級の問題や精神分析的批評の必要と有効性を唱えている。そして、それらが指し示すことは、この作品の解釈の多様性ということである。それは裏返しに言えば、作品に曖昧性があるとも言えるわけだが、このことの典型的な例として、常にこの小説において議論となるエンディングの解釈について最後に考えてみよう。

ある冬の日、フリーランド家の六階のアパートで行われたパーティーに突然クレアの夫ジョン・ベルーが現れ、妻が黒人だったことを確信し、「そうか、お前は黒ん坊なんだな。いまいましい薄汚い黒ん坊め！」（二三八）と叫ぶ。その直後クレアは開いていた開き窓から落下して死亡するのだが、この死が自殺なのか事故なのか、あるいは他殺なのかは極めて曖昧で、様々な解釈がある。大きく分ければ自殺、事故死、他殺の三つの可能性が考えられるので、その可能性について一つずつ検証してみたい。

最初に自殺の可能性についてだが、クローディア・テイトは、黒人であることが分かってベルーとの生活が壊れてしまえば、生活の手段を持たないクレアとしては生きていく術がないので自殺し説は成り立ちにくい。

たのだ、と述べている。これに対してチャールズ・ラーソンは、自殺はクレアの性格からしてあり得ないと正面から否定している。彼の言う通り、クレアの発言や行動、物語の進展からしても自殺説は成り立ちにくい。

次に事故死説だが、サリヴァンはラカンの「消失」理論からして、「気を失い」転落したのだろうという考えを表明する。先に見た彼女の論証の方法と仮定からすれば首尾一貫しているものの、主体を全く否定した前提そのものがどの程度読者の共感を得られるか疑問である。

では他殺説が一番有力ということになるのだが、その際、誰が殺したのかということである。夫のベルーが突いたということも考えられるが、テクスト中でアイリーンが言下に否定しており、もしベルーが殺したのだとすれば彼女が彼をかばう必要はまったくないので、これはありえないことである。先のラーソンもその可能性を否定している。そうなれば、殺したのはアイリーンしかいない。実際、マクダウェル、ラーソン、ディヴィス、マクレンドン、ウォールなど多数の者が、アイリーンが突き落としたのだと述べている。この説が一番有力であり、その証拠や伏線は随所にあると思われるので、テクストの中から該当箇所を抽出してみたい。

フリーランド家のパーティーに出かける前に、アイリーンは既に精神的に不安定になっている。ブライアンとの口論を思い出して、「確かにアイリーンは恐怖と猜疑心で気が変になりそうだった」(二三二)という状態であった。そこへもってきてクレアは、「もしあいつ［夫］が事実を知ったら私たちの結婚は破局を迎え、私はお仕舞いだわ。そうでしょう?」（二三四）と言いながらも、破局を恐れぬ様子である。それに対して「その言葉は警告の意味であるという確信がアイリーンを捉えた」（二三四）と描写される。彼女の固い決心は「ブライアンを是が非でも自分のものにしておくつもり」（二三五）であるが、「もしクレアが自由になったら何が起きるかわからない」（二三六）と本能が知らせる。パーティーが行われる六階のフリーランド家まで上っていく階段では、クレアはブライアンの腕にしがみつき、「あの挑発的な上目遣いで彼を見つめ、彼の目はアイリーンから見れば哀愁をおびた熱意の表情でクレアの顔に釘付けになっていた」（二三七）次第で、アイリーンはのけ者にされている。会場について問題の開き窓を開けたのはアイリーンである（二三八）。そしてクレアの転落が起こる直前のアイリーンの行動は、「彼女は残忍さを帯びた恐怖にとらわれながら部屋を横切り、クレアのむき出しの腕に手を置いた。ひとつの考えが彼女をとらえた。クレア・ケンドリーをベルーに捨てさせてはいけない」（二三九）と描写されている。また、アイリーンがクレアのそばにいたことが、後にディヴ・フリーランドによって証言されている（二四一）。このように見てくると、アイリーンがこの後クレアを突き落としたと考える状況証拠は十分であろう。

それで足らなければ、事件の後のアイリーンを見てみよう。アイリーンはその場に残り、クレアの腕に置いた自分の腕の場面を振り払うことができず、事故だったと混乱の中でつぶやいている（二三九）。「もしクレアが死んでいなかったらどうしよう」（二四〇）という恐ろしい考えが彼女を襲う。

自分が殺したのでなければ、クレアが死んでいなかったらどうしようとなどとは思わないだろう。それで、彼女が即死だったと聞いて「感謝の嗚咽」（二四一）と闘うのである。そして転落が起きた時ただ一人そばにいたベルーがいなくなっているのを知ると、彼が目撃したかもしれないと恐れながらも、彼は戻ってこないだろうと思い、恐怖と安堵の入り交じった「おぞましい震え」（二四二）にとらわれながら、あれは事故だったと話す。このように見てくると、アイリーンがクレアを突き落としたと断定してもいいだけの状況証拠は揃っている。先に見たように、それ故多くの論者はこれを他殺と見なしている。

しかし、すべては状況証拠であり、裁判であれば推定無罪となるケースである。それ故、このエンディングを巡っては自殺だ、事故だ、他殺だと議論が絶えない。その中でバトラーの意見はユニークである。彼女は決定的な見解を示していないが、ベルーは白人男性権力の行為体として黒人（女性）の存在を抹殺する衝動に駆られていたし、アイリーンは、自己のセクシュアリティ内にクレアに対する情熱を生きながらえさせる場所を見つけられなくて破壊する必要にせまられていた（バトラー一八五）ので、ベルーの発言で行き場をなくしたクレアが窓から「パス・アウト」して死ぬのに手を貸したのだ、と述べている（バトラー一八三）。そして、この作品においては、パッシングは人種の線を越えることと、あの世へ行くことの二重の意味を持っていると指摘している。

こうして見てくると、この小説はごく単純に読めば、人種的なコンテクストのなかで、パッシングをしていたクレアが、夫に黒人であることを知られ、窓から転落死するというものだが、それではあまりに単純であり、この作品の構成や展開が無意味なものとなってしまう。同じ人種のコンテクストの中でも、これがアイリーンの語りを中心としたアイリーンの物語であるという点に留意して読めば、パッシングをしていたクレアが黒人の世界に戻ろうとして、中産階級の安定にしがみついているアイリーンの幸せを脅かすようになり、アイリーンは精神的に追いつめられて、ついにはクレア殺害に至ると読むことができる。そうなればこの作品は単なる「悲劇的混血女性物語」ではなく、中産階級批判のトーンが色濃く込められていると言うことができる。

さらにこの物語をジェンダーとセクシュアリティのコンテクストにおいて考えれば、クレアがただ単にアイリーンの幸せな家庭生活を脅かすのみならず、セクシュアリティを撹乱して同性愛の感情を引き起こし、自分をコントロール不能な状態にしてしまうことを恐れたアイリーンは、自己保身のためにクレアを抹殺するとも読めるだろう。

この他にも精神分析的読解、ポストモダン的解釈も可能なことは先に見てきた通りである。つまるところ、『パッシング』がアンビギュアスでアンビヴァレントな作品であるという批判は、リアリズム小説の立場からのものであって、その視点や語りの技法などから見て、この小説が多様な解釈を許容するモダニズムの作品であるという点から言えば、その表面上の曖昧性こそが重要性を帯びてくる。一九二〇年代末に出版された当時は、人種やジェンダー、政治などのさまざまな理由で、その一側面しか受容されなかったのだが、時代の制約を取り払って今日的視点から再読するなら、『パッシング』は時代を先取りした豊かな作品であると言える。

[注]

1　テクストとして、Nella Larsen, *Quicksand* and *Passing* (New Brunswick: Rutgers University Press, 1993) を用いる。本文中の引用は同書からとし、かっこ内にページ数を記した。

2　ただしこの点についてジョナサン・リトルは、一九二〇年代末までには黒人に対するブラジルへの入国ビザの発給は執拗に拒否されていたことを挙げて、これをブライアンのロマンチックな妄想に対する皮肉なコメントだと述べている（リトル一七四）。

[引用文献]

Blackmore, David L. "'That Unreasonable Restless Feeling': The Homosexual Subtexts of Nella Larsen's *Passing*." *African American Review* 26–3 (1992): 475–84.
Butler, Judith. *Bodies that Matter*. New York: Routledge, 1993.
Davis, Thadious M. *Nella Larsen: Novelist of the Harlem Renaissance*. Baton Rouge: Louisiana State UP, 1994.
duCille, Ann. *The Coupling Convention*. New York: Oxford UP, 1993.
Larsen, Nella. *Quicksand* and *Passing*. New Brunswick: Rutgers UP, 1993.
Larson, Charles R. *Invisible Darkness: Jean Toomer and Nella Larsen*. Iowa City: U of Iowa P, 1993.

Little, Jonathan. “Nella Larsen’s *Passing*: Irony and the Critics.” *African American Review* 26–1 (1992): 173–82.

McDowell, Deborah. “Introduction” *Quicksand* and *Passing*. New Brunswick: Rutgers UP, 1993.

McLendon, Jacquelyn Y. *The Politics of Color in the Fiction of Jessie Fauset and Nella Larsen*. Charlottesville: UP of Virginia, 1995.

Pfeiffer, Kathleen. *Race Passing and American Individualism*. Amherst and Boston: U of Massachusetts P, 2003.

Sullivan, Nell. “Nella Larsen’s *Passing* and the Fading Subject.” *African American Review* 32–3 (1998): 373–86.

Tate, Claudia. “Nella Larsen’s *Passing*: A Problem of Interpretation.” *Black Ameican Literature Forum* 14 (1980): 142–46.

Wall, Cheryl A. *Women of the Harlem Renaissance*. Bloomington and Indianapolis: Indiana UP, 1995.

第七章　語り手「私たち」の展開する物語性について
――ウィリアム・フォークナー「エミリーへのバラ」

中西　典子

ウィリアム・フォークナー

語り手について

短篇小説「エミリーへのバラ」（一九三〇年）は、フォークナーの短篇の中で最も良く知られ、最も頻繁に論じられてきたものの一つであるが、この作品の特徴の一つとして、語り手に一人称複数形「私たち」が使われていることが挙げられる。「私たち」という語り手は、フォークナーの他の短篇小説にも登場するが、「私たち」が一貫して物語を語り、「私たち」と「私たち」と称する人が語る対象が密接に関わり合っているものとしては、「エミリーへのバラ」をおいて他にはないだろう。[1] この作品についての最近の批評を見てみると、語り手に注目する傾向やその必要があるという指摘（ウォレス一〇七、カリー 三九二、ヘラー 三四）がいくつか見られる。フォークナーは、この作品の中で、なぜ、一人称単数形の「私」ではなくて、「私たち」という複数形の語り手に語らせたのだろうか。短編小説は、「詩の次に最も労力を要する表現形式」（メリウェザー 二一七、二三八）であると、フォークナーは後に述べている。短編小説の中で使われる言葉は、詩の次に無駄がなく厳選されているので、フォークナーが短編の中で「私」ではなく「私たち」に語らせるならば、そこには何らかの作家の意図が働いていると考えられる。

フォークナーは、一つのイメージ、あるいは、一枚の絵から着想を得て、小説を書き始めると繰り返し述べている（グウィン 一、二六、三一―二）。長編小説『響きと怒り』（一九二九年）では、「小さな女の子の泥だらけのズロースの絵」（グウィン 二）について、その女の子の一人の兄弟に語らせるが、それでは十分ではないので別の兄弟にも語らせ、さらに、なお、もう一人の兄弟にも語らせ、最後に自分自身でも語ったが、それでも失敗したと、フォークナーは後になって言及している（グウィン 二）。こうして書き上げられた作品は、結局、四つの異なった視点から語られる実験的な小説となった。このように、フォークナーは、最初に着想した一つのイメージ、あるいは、一枚の絵をどのように語るのが最も効果的かを模索しながら小説を書こうとした。フォークナーの小説では、「物語が語られる方法と物語の意味の間に明確な統合がある」（リード 一〇）と言われる。言い換えると、語られる対象を的確に表現するために、それに合った語りの方法が選び出されるということになる。「エミリーへのバラ」に関しても、この作品を書き始めたのは、「見捨てられた家の中の、枕の上の一筋の髪の毛のイメージ」（グウィン 二六）からだと、フォークナー自身が言及している。このイメージを効果的に語る語り手として「私たち」が使われており、この作品がどのような意味を持つかは、「私たち」がどのように語っているかということと密接な関係があると考えられる。本稿では、まず、「エミリーへのバラ」の語り手「私たち」を分析し、その後で、作者が「私たち」に何を語らせようとしているかを考察していく。

一　「私たち」の分析

主観的観点と客観的観点

「エミリーへのバラ」の「私たち」という人称代名詞で示される語り手は、読み手にどのように受け止められてきたのだろうか。「私たち」は、多くの場合、「ジェファソン」というアメリカ南部の小さな町の住民の一般的な意見を述べていると考えられてきた。例えば、この語り手は、「集団的な目撃者」（ジュネット 二四五）、あるいは、「この共同体にとっての一種の代弁者」（ブルックス 八）と呼ばれ、この作品の「語り手はなんら積極的な役割を果たしていないが、エミリー・グリアソンについての、その意見は、共同体の態度を直接反映しており、この共同体の態度は、この物語の主な関心の一つとなる」（ルッパーズバーグ 一五）と説明される。また、この語り手は、「現実的で客観的な私たち」（リード一七）と呼ばれ、町の住民の一人である語り手が住民を代表して語る内容は、客観的なもので、信頼できる内容であると受け止められる傾向があった。

しかし、他方では、語り手が語る事柄すべてに客観性を認めて良いかどうかに疑問を投げかける見解もある。語り手が「誤りに陥りがちな一人称の語り手のように、何か他のより重要な事柄を言わずにおく傾向がある――全体としてこの物語から、推測によってのみ集めることができる何かを言わずにすませている」（ライト 三三四）という指摘では、語り手自身の判断で、言うべき事柄と言わないでおく事柄を区別しているかもしれないと、語り手の信憑性に疑念を抱いている。さらに、語り手の客観性を否定するルース・サリヴァン（六九）は、「子供のような知覚」の持ち主の語り手が「無邪気な目」から見ていると考える（七二）。しかし、語り手が全面的に主観的に語っているのならば、なぜ、一人称単数形「私」が一度も出てこないのかという疑問が湧いてくる。

「私たち」という言葉の定義に立ち戻ってみると、「私と、私を含むグループの私以外の人たち」（ウェブスターズ・ニュー・インターナショナル辞典第三版）と説明されている。つまり、「私たち」と称しているのは一人称単数形で示される「私」で、「私」を含むグループの人たちも「私」と同じ意見であると考えられる。語る「私」が一人称単数形である以上、ライトやサリヴァンが指摘しているように、自らの主観を差し挟むことは免れない。しかし、今まで多くの批評家たちが考えてきたように、複数形の語り手によって、町の人たちに共通すると考えられる意見も提示されているので、客観的な要素が全くないとは言い切れない。フォークナーは、語り手「私」の主観的な意見と、町の人たちの客観的な意見の間に境界線を引かずに、主観と客観の間を自由に行き来する語りを実現するために、「私たち」という語り手を採用したのではないだろうか。アイザック・ロッドマンは、客観と主観と言う代わりに、この作品の語りには、「町の人たちの声を正確に描写する表面的な語り手の声」と、「彼の見解を隠してはいるが、その口調には、文学に心ひかれる読者にとって、彼の見方が表れている内面的な語り手の声」という二つの声が含まれていると指摘している（八三）。この主観的な見方と客観的な見方が、語りの中でどのように構成されているのかを原文に即して検討してみる。

主たる語りの対象

主観と客観が入り交じった語り手の視点から、作品の冒頭部分を検討してみると、新たに気づくことがある。

ミス・エミリー・グリアソンが死んだ時、私たちの町全体の人たちは、彼女のお葬式へ行った。男たちは、倒れた記念碑に対する敬愛の念のような気持ちから、女たちはたいてい彼女の家の中を見たいという好奇心からであって、その家の中は、庭師兼料理人の老僕以外は少なくとも一〇年間は誰も見たことがなかった。（一一九）

冒頭の文は、客観的な事実が語られているということに異論の余地はない。しかし、構文に注目すると、ジェファソンの名家の末裔エミリー・グリアソンは従属節の主語の位置に、「私たち」の町全体の人たちは主節の主語の位置に置かれていることがわかる（ヘラー 三五、カリー 三九一―二）。この文が伝える情報の主眼は、エミリーが死んだことよりも、むしろ、主節の主語、「私たち」の町全体の人たちが、その葬儀に参列したことの方にある。語り手は、客観的な事実を語る「私たち」という主体の観点に立っており、その語りの対象としては、エミリーよりも、「私たち」の町の人たちの方に重点を置いている。

次の文では、町全体の人たちを、「男たち」と「女たち」に分けて、葬儀に参列した理由が挙げられる。「男たち」は、「記念碑」的な存在の、つまり、過去の遺物のような存在のエミリーに対する「敬愛の念のような気持ち」から参列したのだが、「女たち」は、エミリーの「家の中を見たい」という好奇心」からだと説明される。「女たち」の好奇心は、この後の彼女たちの行動にもありありと見てとれる。例えば、エミリーの父親が亡くなった翌日、「私たちの習慣どおり」（一二三）、最初に彼女の家を訪問するのは、女たちであるし、父親が亡くなって、外出しなくなったエミリーを訪問するのも数人の女たちである。また、歩道の舗装工事のためにアメリカ北部からやってきた日雇い労働者ホーマー・バロンとエミリーが、日曜日の午後毎に馬車に乗っているのが町の中で見られるようになると、グリアソン家の宗派とは異なるバプティスト派の牧師を、エミリーの家へ無理矢理行かせるのも女たちだ。そして、葬儀の日に最初に訪れるのも女たちで、彼女たちは、「押し殺したひそひそ声をして、素早く好奇心の強い眼差しで」（二二九）、家の中を見ている。

ところが、「四〇年間誰も見ることのなかった」（二二九）エミリーの家の閉ざされたままの部屋へ最初に踏み込むのは、「私たち」である。この語り手は、家の中を見たいという好奇心を持ち、好奇心から行動するのは女たちであるということを、繰り返し語って印象づけていくが、実は、彼女たちよりも先に例の部屋の中を見る「私たち」も、好奇心を持ち続けていたことが最後になって判明する。このように見てくると、この物語の語り手は、客観的な事実に主観を交えて、意図的に物語を再構成していると考えられる。客観的な事実を織り交ぜてエミリーの物語を語る語り手は、実は、エミリーをめぐる町の人たちの物語を語っているのではないだろうか。そのために、この作品中に語られるエミリー像は、町の人たちの側から見たものであり、住民の視点から一方的に創り上げられている。しかし、「私たち」という複数形で示されているので、語り手の立場が特定の一人とならず不確定であいまいなため、語り手としての像がぼやけてしまう。「私たち」が語るということは、語り手がこの町の住人ではあるが、その中の誰が語っているかがわからないという点が重要なのではないだろうか。つまり、語り手の責任があいまいなまま、この短編小説の主たる語りの対象は、エミリーから町の人たちへと作意的に移されている。

フォークナーがこの作品の語りの主な対象を町の人たちと考えていたのではないかと考える根拠の一つとして、フォークナー自身が書き残しているものを確認してみたい。彼は一九二七年二月一八日に、彼の出版者であるホレス・ライブライト宛てに次のような手紙を書いた。

私は、今、同時に二つの仕事に取り組んでいます。小説と、私の町の人たちに関する短編小説集です。（ブロットナー b三四）

ジョゼフ・ブロットナーは、この短編小説集は、『エミリーへのバラとその他の物語』と名づけられるはずのもので、一九三一年に『これら十三篇』として出版されることになると、注釈をつけている（b三五）。しかし、ハンス・H・シェイは、こんなに早い時期に、フォークナーが短編小説集に取り組んでいたことに疑いを抱いており、それよりもむしろ、フォークナーは、この手紙で、出版者の反応を伺おうとしていたのではないかと考えている。しかし、もしこの時、フォークナーが町の人たちに関する短編小説をいくつか書いていたとするならば、「エミリーへのバラ」の初期原稿はその内の一つであるだろうとし（a一五一—二、b五二）、次のように指摘する。

「エミリーへのバラ」は、どんな現実的な点においても、フォークナーの町の人たちに関する最初の物語であり、共同体の視点、つまり、一人称複数形の語り手である「私たち」によって、みごとに、そして、語りの外側で一人称に必然的に伴うかもしれない制限を何ももたずに使われている最初の物語である。（シェイａ一五二）

「エミリーへのバラ」の主な語りの対象は、多くの場合、エミリー・グリアソンとみなされてきたが、前述した構文上の問題点と、意図的に再構成された語りであること、そして、フォークナー自身がこの作品を町の人たちに関する物語と考えていたことを考え合わせると、この作品において語りの中心的な対象となるのは、町の人たちであると考えられる。この作品では、特に、町の人たちの中の一人である語り手に焦点を当てることによって、つまり、この語り手の視点から物語を見直すことによって、作者の意図が見えてくる。それ故に、語り手である「私たち」の正体を明らかにする必然性が生じてくる。

「私たち」の正体

語り手が、町の人たちと意見が違うことを、比喩、引喩、連想を用いて、皮肉な言い方で暗に表現している（八二―三、八四、八九）とロッドマンは指摘するが、「私たち」の範疇は、町の人たち全体である（八九）と考えている。ほとんどの批評家たちは、ロッドマンのように、「私たち」は町の人たち全員であると考えている。しかし、この作品を注意して読むと、語り手は、エミリーに対して見方の違うグループ、つまり、「数人の女たち」（一二二）、「一部の女たち」（一二六）、「すべての女たち」（一二三、一二四）、「年配の人たち」（一二五）、「高齢の男たち」（一二九）などについては、「私たち」と言動が違う点について区別している。税金をめぐるエピソード、異臭事件、エミリーとバロンにまつわるエピソードなどの中に、「私たち」と言動を異にする人たちが描き出されている。また、町の住民全体のことを言う場合には、「私たちの町全体の人たち」（一一九）、「人びと」（一二一、一二三）、「私たちの町の人たち」（一二三）、「町の人たち」（一二九）と表現されている。このことから考えると、「私たち」とは、ジェファソン共同体の中の一部の人たちではないかと考えられる。前述したエミリーに対して見方の違うグループの人たちを除外すると、「私たち」は、年配でも高齢でもない白人男性ということになる。[2]

第四部で、「私たち」は、毎年一二月になると、エミリーに税金の通知書を送った（一一八）と述べているので、「私たち」というのは、税金の通知書を送っている人、つまり、第一部でエミリーの家へ税金を支払うようにと説得をしに行った市会議員たちではないかと考えられる。つまり、エミリーの税金を免除したサートリス大佐の次の世代の、「もっと近代的な考えを持った」（一二〇）白人男性ということになる。だが、第一部では、エミリーにはじめて税金の通知書を郵送した市会議員たちのことも、また、エミリーの家を訪問した市会議員たちのことも、語り手は「彼ら」と言及しているが、第四部では、「私たち」が税金の通知書を毎年一二月に送ったと述べる。また、エミリーの屋敷の階上の閉ざされてきた一室をこじ開けるのは「彼ら」だが、その部屋の中をはじめて見るのは「私たち」である。このように、「私たち」と「彼ら」の使い方に矛盾が見られる。

第一部の地の文章では、「私たちの町全体の人たち」（一一九）、「私たちのえり抜きの通り」（一一九）というように、所有格「私たちの」が二回使われているだけで、主格「私たち」は出てこない。市会議員たちが税金を支払うようにとエミリーを説得するために彼女の家を訪れたエピソードが、客観描写でなされているのは、語り手自身がその場にいなかったということになる。しかし、市会議員たちが年老いた黒人によって薄暗い玄関の広間に通された時、「そこから一続きの階段がさらに一際濃い暗がりの中へ登っていた」（一二〇）ことを「彼ら」は見ており、その先に何かがあることを暗示している。それが何であるかについて、「私たち」は、エミリーの葬儀の日に次のように告白する。

階段の上にある、四〇年間誰も見たことのないあの領域に、一つの部屋があることを、こじ開けなければ入れない部屋があることを、私たちはすでに知っていた。（二二九）

つまり、階段の上の「さらに一際濃い暗がり」は、「四〇年間誰も見たことのないあの領域」であり、その中に「こじ開けなければ入れない」一つの部屋があることを「私たち」は知っており、「私たち」市会議員は、エミリーの家を訪問した時のエピソードでもそのことを示唆している。また、「埃や長く使われていない場所特有のにおい—暑苦しい、湿っぽいにおいがした」（二二〇）と、語り手自身がその場にいたかのように述べる。さらに、応対したエミリーの体つきを詳しく説明した後、「彼女は淀んだ水の中に長く浸かっていた死体のようにむくんで見え、皮膚の色もそんなふうに蒼白く見えた」（二二一）と、この語り手が実際に見たかのように詳しく描写される。比喩の使い方から考えると、エミリーの姿にあまり良い印象を受けなかったことも読み取れる。これらの描写は鮮やかな臨場感を与えることで、やはり、語り手自身がその場にいたと考えるのが自然であろう。

「私たち」の正体が市会議員であるとするならば、「私たち」と言うべきところで「彼ら」と言っているのは、何らかの理由によって、その時自らの正体を明かさずに語る必要があったのではないかと推測される。第一部では主格「私たち」を一度も使っていないが、第四部では主格「私たち」を二七回も使っており、「私たち」が見たこと、知ったこと、言ったこと、感じたことなどが自由に語られている。第三部で、バロンとエミリーが日曜日の午後毎に、馬車に乗っているところが町の中で見られるようになると、「年配の人たち」が「かわいそうなエミリー」（一二五）と言い出す。するると、町の中で二人についての噂がささやかれ出し、日よけの後から覗き見している女たちの様子が語られる。しかし、第四部になると、「私たち」自身も、日よけの後から覗き見しながら、「かわいそうなエミリー」（一二六）と言う。この時、「私たち」は、「年配の人たち」や「女たち」と同じような言動を繰り返す。第四部では、町の中でエミリーとバロンが結婚するかどうかを見守っている間は、「私たち」が二人の結婚をめぐって一喜一憂している様子が伝わってくる。「私たち」が自分自身の言動を隠すところと顕わにするところがあるあたりに、自分たちが市会議員であることを明示しない理由があると思われる。こうした「私たち」の正体を探り出してきたが、この語り手の視点からエミリーが、そして、町の人たちが描き出される。次に、そうして描き出されたエミリーの姿を明らかにしてみる。

二 「私たち」が展開する物語

エミリーをめぐる物語

「エミリーへのバラ」が書き始められたのは、「見捨てられた家の中の、枕の上の一筋の髪の毛のイメージ」（グウィン 二六）からだと、フォークナーが後になって言及していることはすでに述べたが、作品中でこの「一筋の髪の毛」を見ているのは「私たち」に他ならない。枕の上に残された「一筋の髪の毛」を見たことから、語り手は語り出していると考えられる。語り手は、エミリーをめぐる物語をどのように語っているのであろうか。

第一部のはじめの段落を引用したが、この中には語り手がこれから語ろうとする内容が凝縮されていると考えられる。ここでは、エミリーの葬儀へ参列する理由が男たちと女たちとでは全然違うということが述べられている。「倒れた記念碑に対する敬愛の念のような気持ちから」（二一九）とする前者と、「彼女［エミリー］の家の中を見たいという好奇心から」（二一九）とする後者、これら二つの理由は、男女の区別がなされているにもかかわらず、語り手がこれから語ろうとする二つの内容に繋がっている。「男」は、「女」は、と一般的な通念を述べているように見せかけながら、実は自分の意図をそこに重ねている。

まず、語り手が語ろうとしているのは、語り手の目に映るエミリー像である。亡くなったエミリーが、「倒れた記念碑」のような存在であること、言い換えると、生前のエミリーはそびえ立つ記念碑のような存在であったということを伝えることである。しかし、構文に注目すると、「倒れた記念碑」よりも、「敬愛の念のような気持ち」の方に重点が置かれている。この点については後で触れることにして、まずは、記念碑のような存在であるエミリーの屋敷について見てみる。彼女の屋敷は、「一八七〇年代の、はなはだしく優美な様式」（一一九）で装飾を施されており、「かつては私たちの町のえり抜きの通りに立っていた」（一一九）と述べられ、この屋敷は、アメリカの南北戦争後の再建期に建てられた家で、この町の名家の一つであることがわかる。しかし、語り手は、エミリーが名家の出であることを直接伝えずに、屋敷の様式や屋敷の立っている場所、さらに、その付近に立っていた屋敷の名前を「威厳のある名前」（一一九）というように、間接的に表現している。このような慎重な言葉遣いには、エミリーが名家の出であることを、語り手があからさまに言いたくない微妙な心の動きが感じとれる。そして、エミリーの屋敷を取り巻く現在の状況は、次のように説明される。

しかし、ガソリン・スタンドや綿繰機が侵入してきて、その近辺の威厳のある名前さえも跡形もなく消してしまった。ただ一軒ミス・エミリーの家だけが取り残されて、綿花を運ぶ荷馬車や給油用のガソリン・ポンプの上に、頑固で艶めかしい朽ち果てた姿をそびえさせていた――目障りなものの中でも特に目障りなものであった。（一一九）

一九二〇年代後半と推定される現在、アメリカ南部のこの小さな町にも、北部の産業が進出してきて、町の様相が一変してしまった様子が伺える。かつては名家が立ち並んでいた地域にも、今では、北部の産業を象徴するようなガソリン・スタンドや綿繰機が持ち込まれ、それらの施設を見下ろすようにエミリーの屋敷だけが取り残されて立っている。今では様式が古くなってしまったエミリーの屋敷だけがそびえ立っている様子は、過去の遺物たる記念碑のイメージと重なり合う。その屋敷の描写が、実は、エミリーとも重なり合うのは、彼女自身が町の人たちから孤立して「頭を高く持ち上げて」（一二五、一二六）いる様子が、その屋敷に似て、彼女が町の人たちを見下ろしているように見えるからだ。また、この屋敷は、「頑固で艶めかしい朽ち果てた姿」と表現されるが、それは、この後語られるいくつかのエピソードの中で描かれるエミリーの頑固さの象徴でもある。語り手は、彼女の屋敷に対して、「目障りなものの中でも特に目障りなもの」という思いを率直に述べている。今では、名家の出と言っても名ばかりで、過去の遺物のような存在であるにもかかわらず、そびえ立つ記念碑のように頭を高く掲げるエミリーを「特に目障りなもの」として、屋敷の描写を通して間接的にエミリー像が語られる。

語り手が語りたいもう一つの事柄は、「庭師兼料理人の老僕以外は少なくとも一〇年間は誰も見たことがなかった」（二一九）という「彼女［エミリー］の家の中を見たいという好奇心」（二一九）を読者に持たせ続けて、最後の場面へと繋ぐことである。言い換えると、それは、エミリーの屋敷内の一室の枕の上に残されていた、「一筋の髪の毛」によって伝えられるエミリーの本当の姿への伏線となっている。第一部から第五部まで、エミリーの家を町の人たちなどが訪問したり、家の内部への関心を誘うエピソードが書き込まれている。前述した、女たちの好奇心にあふれる行動も、もちろんこれらに含まれている。まず、第一部で、エミリーが亡くなった現在より一〇年前に、「私たち」市会議員団がエミリーの家の中へ入った時の様子が詳しく述べられる。前に述べたように、その時に語り手が実際に見たもの、階段の上の「さらに一際濃い暗がり」（二二〇）は、そこに長い間閉ざされたままの部屋があることを暗示しており、最後の場面への伏線の一つとなっている。第二部では、さらに三〇年遡って、エミリーの家からひどい「臭い」が生じた時のエピソードが語られるが、この時は、エミリーの家の中へは誰も入らない。しかし、家の中で何が起こっているのかという疑惑が持ち上がる。そして、このエピソードよりも前の出来事であるが、エミリーの父親が亡くなった時は、最初に、女たちが彼女の家を訪れるが、父親は死んでいないと彼女は言う。牧師たちや医者たちも彼女を説得しようとしてその家を訪れ、三日目にやっと父親の遺体を埋葬するまで訪問が続けられる。第三部では、薬屋へ砒素を買いに行くエミリーの様子が語られるが、この時、アラバマ州から二人の従姉妹がやって来てエミリーの家に滞在するが、彼女たちから、家の内部で起こっていることについての情報は聞き出されない。

第四部では、エミリーとバロンのことが町中で噂になっている時のエピソードが語られるが、一部の女たちは、エミリーの家とは宗派が異なるバプティスト派の牧師を彼女の家へ行かせる。その牧師は、彼女の家を訪問した時の様子は一切明かさず、二度と訪問しない。また、その後に、牧師の妻がアラバマ州にいるエミリーの親戚に手紙を書いたので、二人の従姉妹が彼女の家にやって来たという経緯がわかる。家の中の出来事は語り手にはわからないが、エミリーの外での行動、従姉妹たちの様子、バロンの出入りなどを観察している。従姉妹たちが帰った後、バロンが台所の勝手口から家の中に入るのを隣人が目撃した後、玄関の戸が閉じられる。その後、エミリーが四〇歳頃の時、六、七年間、彼女は階下の部屋で陶器の下絵教室を開くが、その教室に生徒が来なくなってからは、玄関の戸が閉じられたままになる。老僕を除いて人の出入りが途絶えた後は、家の内部の様子はわからぬままの状態となる。エミリーの姿は、階下の部屋の窓越しにときどき見られる。しかし、最後の場面の伏線となっている上の階の部屋が閉ざされているということを、「私たち」は知っている。第五部では、エミリーの葬儀の日に、町の人たちは、「私たち」も含めて、エミリーの家の中へ入り、「私たち」は好奇の的となっている上の階の長年閉ざされたままの部屋へと入る。このように、エミリーの家の内部への強い好奇心は、町の人たちなどが彼女の家を訪問する数々のエピソードによって継続され、物語の山場へと読者を引っぱっていく。

「私たち」が語るエミリーをめぐる物語は、町の人たちの客観的な意見を基にして主観的に語られている。町の人たちから孤立し、彼らを見下ろすようなエミリーの様子が間接的に描写され、税金の支払いをエミリーに求めるエピソード、異臭事件、砒素を買いに行くエミリー、エミリーとバロンをめぐるエピソードなどの中で、エミリーの横柄さや頑さなどが語られ、それらの中に描かれた最後の場面への伏線を経た後に、長年閉ざされたままの部屋の内部に、白骨化した男性の死体を「私たち」が発見する。さらに、遺骸の傍らに置かれた枕の上に、「長い一筋の鉄灰色の髪の毛」(一三〇)を「私たち」の内の一人が見つける。このようにエミリーをめぐる物語を読んでいくと、エミリーが死ぬことによって明らかにされた彼女の常軌を逸した姿を、「私たち」が暴露する物語と読めるだろう。しかし、この読み方では、語り手が自らの正体を明らかにしない理由が伝わってこない。次に、語り手が、エミリーをめぐる物語を語りながらも、主たる対象を町の人たちとする物語をどのように語っているかを考察する。

町の人たちの意識

エミリーをめぐる町の人たちの物語の中で、語り手にとって重要なのは、アメリカ南部の小さな町の人たちの意識がどのようなものかということではないだろうか。「私たち」市会議員と町の人たちの間には、エミリーのとらえ方において、明らかな違いがあると考えられる。以下、この点に焦点を絞って、論を進めていく。

語り手は、エミリーに対する気持ちを直接的には述べず、彼女の屋敷の描写を通して比喩的に述べていることや、その描写の中で、彼女が名家の出であることをあからさまに言及しないことについては先に触れた。この作品の中には、アメリカ南部の「貴族」という言葉は一度も出てこない。しかし、語り手自身も町の人たちも、グリアソン家を自分たち一般住民とは階級が違うと考えてはいるが、父親が亡くなって後ろ盾を失い屋敷だけが残されたエミリーを、依然として、南部貴族として扱う風潮がこの町の中にある。語り手はそのことを快く思ってはいないが、それをあからさまに口に出せない雰囲気がこの町にあることが、語りの中にそれとなく表れている。その雰囲気がどのように描かれているかを見てみる。

この作品の中で、最初に語られるエミリーに関するエピソードは、市会議員団が彼女の家を訪れるもので、そこで、はじめてエミリーの姿が描き出される。前述したように、語り手はその場にいて、エミリーの姿を見た時の印象を、「淀んだ水の中に長く浸かっていた死体」（一一二）のようだと述べる。これは、エミリーを目障りなものとみなす語り手の意識が、このような不快な比喩的表現を生み出したと考えられる。その原因は、父親が亡くなって支払えなくなったエミリーの税金を、その当時市長であったサートリス大佐が一八九四年に特別に免除したことにある。このことをエミリーに受け入れてもらうために、彼女の父親が、以前、町に貸したお金の返済方法として、税金を免除するのだという手の込んだ話がでっちあげられる（一一九―一二〇）。サートリス大佐は、自分と同じ階層の南部貴族の出であるエミリーを助けるために、苦肉の策を捻り出したのだが、このような、エミリーだけを優遇する措置に同意するのは、サートリス大佐と同世代の人たちだけであり、市長や市会議員たちの世代が変わるとそれに同意できず、不満の声が高まってくる。彼女に税金通知書を送っても反応がなく、市長が手紙を出しても、税金のことには何も触れずに返信される。市会議員たちは、エミリーに税金を支払うよう説得するために彼女の家を訪問する。しかし、彼女は、「私はジェファソンでは税金をかけられないのです」（一二一）ということと、実際には一〇年位前に亡くなってしまっている「サートリス大佐にお会いになってください」（一二一）と言うばかりで、頑として市会議員たちの説得を受け入れない。このエピソードは、エミリーの父親と同じような南部貴族出身の人たち、彼女の行為を理解し擁護してくれる人たちがいなくなった状況下でも、「彼女［エミリー］が彼ら［市会議員たち］を完全に打ち負かした」（一二一）話であると、語り手は述べる。ここには、南部貴族対一般住民という階級の構図が見え隠れしているが、それはあくまでもエミリー側の見方であって、市会議員たちの側には、エミリーも町の一員としての義務を果たすべきだという見方があることが見て取れる。しかし、理不尽なことを言って頑なに拒むばかりのエミリーに対して、これ以上のことは何もできない市会議員たちの無力さの裏には、エミリーが税金を支払わないことを容認する町の一部の風潮があるように思われる。

この税金をめぐるエピソードの次に語られる異臭事件を、語り手は、「彼女［エミリー］が彼ら［市会議員たち］の父親たちを打ち負かした」（一二一）話であると述べる。これは、エミリーの父親は亡くなっているが、父親と同世代の名家出身の人が町にいた頃の話である。このエピソードを語る時、語り手は「気位が高いグリアソン家」（一二一）と呼んでおり、「私たち」の町の人たちが「グリアソン家の人たちは実態よりも少々お高くとまりすぎていると思っている」（一二三）と述べる。エミリーの家から発生する耐え難い「臭い」に対して住民たちから苦情が出た時、現市会議員の親の世代で、その当時まだ若かった議員が、「簡単なことですよ、屋敷をすっかり掃除するように命令を出すんです。ある程度の時間を与えても、しなかったら、・・・」（一二二）と意見を出す。すると、当時八〇歳であったスティーヴンズ判事は、「とんでもない、淑女に面と向かって、いやな臭いをさせて困るではないかと責めるのかね？」（一二二）と反論する。スティーヴンズ判事の家も由緒正しい家柄なので、エミリーを擁護する立場に立つ。その若い議員はスティーヴンズ判事に反論することができず、結局、夜陰にまぎれてエミリーの屋敷の土台の周りや、地下室の扉を壊して、その内部や付属の建物にも石灰を撒いて消毒する。エミリーの屋敷の周りなどに石灰を撒くことで、その若い市会議員が納得したとはとても思えないが、これ以上のことはできないと見ているようだ。たとえ南部貴族の令嬢という身分が名ばかりのものであっても、エミリーの父親の世代と同じか、それよりも上の人たちにとっては、依然として、南部貴族の令嬢として特別な配慮の対象となっている。このエピソードでは、そういう風潮に逆らえない市会議員の無力さが読み取れる。

語り手は、エミリーの名前を口にする時には、必ず、「ミス・エミリー」と言う。一度だけ、「かわいそうなエミリー」（一二六）と呼ぶ時を除いて。常に、「ミス」という敬称をつけるということには、エミリーが名家の令嬢であることを語り手が強く意識している、あるいは、敬称をつけて呼ばざるを得ない雰囲気がこの町にあることを表していると考えられる。このような、エミリーを一般住民と区別して、南部貴族階級の令嬢として扱う慣習がこの町にあることが表れているエピソードは他にもある。それは、エミリーが砒素を買うために薬屋へ行った時も、高慢で横柄な態度をしていたというエピソードの後に述べられる。エミリーが砒素を買った次の日、「私たち」はみんな、「あの人は自殺するつもりだ」（一二六）と言って、「そうするのが一番いいだろうと言った」（一二六）と述べる。語り手は、エミリーがバロンと一緒にいるのを初めて見た時は、「彼女［エミリー］は彼［バロン］と結婚するだろう」（一二六）と言うが、バロンが「結婚しない男」（一二六）だという噂が流れると、「今に彼女は彼を説得するだろう」（一二六）と言う。そのうち、エミリーが砒素を購入したという話を聞くと、語り手は、南部貴族の令嬢としては、つき合っている相手が彼女との結婚を望まないならば、彼女は自分の体面を保つために自殺するだろうと言う。南部貴族であれば、名誉や体面を汚すくらいなら死を選ぶことになると考えるのである。

このような、エミリーは南部貴族としての務めを果たすべきだと考えている発言は他にも見られる。エミリーがバロンと馬車に乗っているのが町で見られるようになった頃、女たちみんなは、「もちろんグリアソン家の一員なら、アメリカ北部からやって来た人を、それも日雇い労働者なんかを本気で相手にすることはないでしょうよ」（二二四）と言う。また、もっと年配の人たちは、「たとえ悲しみがあったとしても、本物の貴婦人なら『高い身分に伴う義務』を忘れはしないだろうと言った、もっとも、『高い身分に伴う義務』という言葉は使ってはいないが」（二二四―二二五）。女たちや年配の人たちのこのような言葉には、南部貴族として相応しくない行為、つまり、結婚相手として相応しくない男性とは付き合うべきではないということが暗に含まれている。時代が変わり、南部貴族が没落してもなお、自分たちとは違う階級の人間として貴族を特別視する傾向が残っている中では、語り手は、エミリーの名を口にする時には、「ミス・エミリー」と言う必要があり、エミリーの行動を解釈するにも、実際はそのようには考えなかったとしても、エミリーを南部貴族とみなす発言をする必要がある。それ故に、語り手は、「倒れた記念碑」（二一九）に対して「敬愛の念のような気持ち」（二一九）をたとえ表面上ではあっても述べる必要がある。

語り手は、エミリーが家の中に閉じこもってからも、町の人たちの風潮にのっかって、変貌していく町の住民と対照的に彼女を描いている。彼女だけが、町の無料郵便配達のための金属性の番号札を玄関の扉の上に、また、郵便受けを扉に取り付けるのを拒絶し、さらに、毎年一二月に「私たち」は税金の通知書を彼女に送るが、それは一週間後に郵便局から宛先人不明で戻ってくる。市会議員である語り手は、町の近代化や民主主義を進めるために行なわれることを拒絶してしまうエミリーの姿を、「壁龕に置かれた彫像の胴体」（二二八）と表現する。この表現には、エミリーが一般住民から孤立して南部貴族の末裔という地位に固執している様が込められており、さらに、そのようなエミリーを特別に扱う町の伝統的な傾向を動かしがたいことと、語り手が感じていることが言い表されている。

語り出されたエミリーの実態

語り手がこの物語の中で伏線を敷いている、エミリーの家の内部を見たいという好奇心は、彼女の家の中の「四〇年間誰も見たことのない」（二二九）部屋の扉を破ってその内部に踏み込むこと、つまり、部屋の内部の未知なる事実を明らかにすることを、当然のことのように思わせる効果がある。語り手は、この部屋の中を見ることによって、本当のエミリーの姿を提示し、町の人たちの考え方が間違っていることを示そうとしている。第四部の終わりの方で、語り手は、エミリーが屋敷の上の階を閉めきってしまったことを述べ、第五部で、「四〇年間誰も見たことのない」部屋が上の階にあることをすでに知っていたと述べる。四〇年前というと、エミリーは、七四歳で亡くなっているので、エミリーが三四歳の時ということになる。つまり、エミリーが薬屋で砒素を購入した後、彼女の家からひどい「臭い」が立ち込めた後の頃だ。町の住人から苦情が出た時、スティーヴンズ判事は、「きっと、あのご婦人が使っている黒ん坊が庭で殺したヘビかネズミのせいにすぎませんよ」（二二二）と述べている。この発言から考えると、この時の悪臭は生き物の死骸の臭いだと思われていた。スティーヴンズ判事が、この「臭い」がバロンの死骸の臭いであることを知っていたとしても、南部貴族の令嬢がよそ者で身分の低い白人を毒殺したという事件を白日の下にさらしたくはなかっただろうし、もし、この日雇い労働者が黒人[3]であれば、よけいにエミリーの家を捜査しにくくなる。当時、捜査は人間（白人）が殺された場合に行われるものだっただろうから。スティーヴンズ判事は、こういう厄介な問題に関わりたくなかったから、焦点をはずした言い方をしてはぐらかしていると解釈できる。

　出来事が起こった順に考えると、アラバマ州からやって来た二人の従姉妹が滞在している間にエミリーが砒素を買い、従姉妹たちが帰った後、バロンがエミリーの家の勝手口から入るのを隣人によって目撃され、その後、その姿が見られなくなり、エミリーの屋敷から死骸の臭いが二週間程続いたことになる。これら一連の出来事を実際に見たことや聞いたことから知っていた語り手は、エミリーがバロンを毒殺して、その亡骸を屋敷の階上の一室に隠し持っているかもしれないと、推測していたとしても不思議ではない。だから、エミリーのお葬式の後、「私たち」はそのことを確かめるために、その部屋へ一番に踏み込んだ。

語り手は、その部屋の中を描写する前に、お葬式に来ている高齢の男たちの、遠い昔の思い出と思われるエミリーの姿を描いて見せる。「彼らが彼女［エミリー］とダンスをしたり、おそらく彼女に求婚したことがあったと思って、まるで彼女が自分たちと同年配の者であったかのように、ミス・エミリーの思い出話をしていた」（一二九）と描かれ、エミリーが若かった頃の南部貴族の令嬢としての姿を彷彿させる。その後、「私たち」が実際に見たものは、南部貴族の令嬢としてのエミリー像とは全く似ても似つかぬものであることが述べられる。新婚の部屋として飾りつけられ、調度をしつらえられた部屋が一面埃に覆われ、寝台の上には、白骨化しかけた男性の死体が抱擁の姿勢で横たわっている。そして、「私たち」は、その傍らの枕に頭の形のくぼみができているのに気づき、「私たち」の中の一人がそこからつまみ上げた、「長い一筋の鉄灰色の髪の毛」（一三〇）を見る。

寝台の上の白骨化しかけている男性の死体は、エミリーが砒素で毒殺したバロンであろうし、傍らの枕に頭の形のくぼみができており、その上に載っている鉄灰色の髪の毛は、エミリーがバロンの死体の横に横たわっていたことを物語っていると推測できる。しかし、今まで議論されてきた、エミリーがバロンを毒殺した動機も、エミリーが死体の横に本当に横たわっていたかどうか、または、何年くらい一緒に寝ていたかは依然として謎のままである。というのも、この作品はこの町の市会議員の視点から語られているので、エミリーの実像について語り手は知る由もないため、それらの点については一切語られていない。最後に描かれている場面を見た語り手は、町の人たちから南部貴族の末裔と考えられていたエミリーが、実際には、正気の領域を越えて狂気の世界に入ってしまっていたのだということを知る。

エミリーの実態とその結末を知ってから語り出した語り手は、物語の中でこのことについての伏線も敷いている。第二部で、エミリーの大おばにあたるワイアット老夫人が完全に気が狂ってしまった（二二三）ことや、エミリーの父親が亡くなった時のエピソードの中で、彼女は父親は死んでいないと言って、亡骸をなかなか埋葬させなかったが、「私たちは、その時は彼女［エミリー］が狂っているとは言わなかった」（二二四）と述べられている。語り手はその時は彼女の気が狂っているとは思わず、むしろ、彼女に共感の思いを寄せていたが、語っている現在は、つまり、バロンの朽ちた死体や一筋の鉄灰色の髪の毛を見た後は、その当時、既にエミリーは気が狂っていたということを意味している。この最後の場面で、語り手は、町の人たちのエミリーに対する見方が間違っていたことを、衝撃的に提示している。

エミリーを南部貴族の末裔とみなして特別視する町の人たちに対して、語り手「私たち」は、エミリーが一般住民と同じような行動をとろうとする時、彼女を肯定的にとらえている。それが最も顕著に表れているのが、第四部でエミリーとバロンが結婚するかどうかを「私たち」が見守るエピソードである。町の女たちや年配の人たちは、エミリーがバロンと結婚することについては難色を示す。彼らは、南部貴族の令嬢であるエミリーが、アメリカ北部からやって来たよそ者であり、さらに、身分の低い日雇い労働者とは結婚すべきではないと考えている。しかし、「私たち」は、エミリーの従姉妹たちがエミリーを説得しにやって来た時、そのなりゆきを見守っている。エミリーが宝石屋へ行って、それぞれにH.B.という頭文字を入れた銀製の男性用化粧道具一式を注文したことを知った時、「私たち」は、「二人はきっと結婚するだろう」（二二七）と思う。また、その二日後に、寝巻を含めて男性用の衣類一揃いそっくり買ったことを知った時は、「二人は結婚したんだ」（二二七）と言って、本当に喜ぶ。そして、喜んだ理由を、「二人の従姉妹がミス・エミリーよりもいっそうグリアソン的だったから」（二二七）だと述べる。さらに、「その頃までには、私たちは従姉妹たちを追い払うことを謀る一団と化し、従姉妹たちを計略にかける手助けをするために私たちはみんなミス・エミリーの味方になった」（二二七）と述べる。このエピソードを語る「私たち」は姿を現し、グリアソン家が体現する南部貴族の地位を捨てて一般住民として生きようとしているように見えるエミリーを歓迎している。

このように、エミリーのとらえ方において、町の人たちと「私たち」の間では認識の違いが大きい。エミリーが死んだ後、彼女の実態を知った語り手は、エミリーを南部貴族の末裔として特別に扱う町の人たちの見方が間違っていることを示そうとする。しかし、市会議員である語り手が、南部貴族を特別視する町の風潮に面と向かって逆らうと、南部の共同体全体を敵にまわすことになるために、自分自身の社会的地位を失うかもしれない危険性を伴う。そこで、語り手は、自らの正体をあいまいにする方法を選択する。つまり、一人称複数形「私たち」で語ることにしたのだ。一方では、市会議員団がエミリーの家を訪れる場面では、自分たちの正体を隠すために「彼ら」を用い、また、葬儀の後に長年閉ざされたままの部屋の扉を破る時も「彼ら」が行動する。しかし、他方では、語り手の社会的な地位と無関係な場面では、「私たち」が頻繁に使われている。さらに、エミリーの実態を知る最後の場面にも「私たち」が登場する。

フォークナーは、伝統的なアメリカ南部の階級意識から脱け出せない、この時代の保守的な町の人たちに立ち向かおうとした語り手の新しい視座として、客観性と主観性を合わせ持つ一人称複数形「私たち」を選んだ。あいまいに設定されている「私たち」の視点は、実は語りの計算された戦略のもとで、一般住民の旧弊な気質を暗に糾弾しようとする語り手の心の内を見事に表現するという目的にかなっている。人称の変化も含めて、次々と変わる語りの角度を検討していくと、語り手の主観によって客観的事実が語られ、語りの主たる対象がエミリーから町の人たちへと移されていることに気づく。作者は、「私たち」にエミリーをめぐる物語を語らせながらも、実のところ、旧い慣習に固執する町の人たちの実態を見事に浮かび上がらせている。フォークナーの小説の特徴として、重層的な語りが挙げられる。この重層的な語りは、多くの場合、物語の中で複数の登場人物によって語られる。「エミリーへのバラ」は、語り手「私たち」が主観的な語りと客観的な語りという対極にある種類の語りを体現しているという点において、フォークナーの作品の中でも珍しいものである。

【注】

1　語り手「私たち」が一貫して語っているものとしては、「紫煙」（一九三二年）が挙げられる。この作品では、語り手「私たち」が、町の住人にとってはよそ者のアンセルム・ホランドの死をめぐって噂や憶測を中心に語る。しかし、物語の大半は、大陪審で郡検事のギャヴィン・スティーヴンズがこの事件の謎を解いていく様子を、「私たち」が語ることになる。全体として、「私たち」よりも、ギャヴィンの印象の方が強く読者に与えられ、「私たち」とアンセルムの関係も印象が薄い。この作品は、一般的に、フォークナーのはじめての探偵小説として知られている。

2　拙論「William Faulkner, "A Rose for Emily" の語り手 "we" について」（『人文論究』第四六巻　第四号、一九九七年、一六〇—七三頁）でも、語り手「私たち」を分析している。また、進藤　鈴子「"A Rose for

Emily"」の語り手について」(『アメリカ文学研究』二一、一九八四年、三五—四九頁)でも、語り手は、「南部の小さな町に現在住む、決して富裕ではない複数の白人成年男子」(四五)であり、「彼等の年齢層は、明らかにエミリーの次の世代である」(四三)と指摘している。

3 ホーマー・バロンの肌の色は、「浅黒い(dark)」(一二四)と作品中に書かれている。肌が浅黒いのは、日雇い労働で日焼けしているためなのか、黒人の血が混じっているからなのか、他には何も言及されていないため、結論は下し難い。

[引用文献]

Blotner, Joseph L. (a) *Faulkner: A Biography*. 1974, 1984. New York: Vintage Books, 1991.

———, ed. (b) *Selected Letters of William Faulkner*. New York: Vintage Books, 1977.

Brooks, Cleanth. *William Faulkner: First Encounters*. New Haven and London: Yale University Press, 1983.

Curry, Renée R. "Gender and Authorial Limitation in Faulkner's 'A Rose for Emily.'" *The Mississippi Quarterly: the Journal of Southern Culture* 47 3 (1994): 391–402.

Faulkner, William. *Collected Stories of William Faulkner*. 1934. New York: Vintage Books, 1977. [本書からの引用は括弧内に漢数字で頁数のみを示す。引用文の訳は、「エミリーへの薔薇」『これら十三篇』(林 信行訳、冨山房、一九六八年)を参考にした。]

Genette, Gérard. *Narrative Discourse: An Essay in Method*. 1972. Trans. Jane E. Lewin. New York: Cornell University Press, 1980.

Gwynn, L. Frederick and Joseph L. Blotner. *Faulkner in the University*. 1959. Charlottesville: University Press of Virginia, 1995.

Heller, Terry. "The Telltale Hair: A Critical Study of William Faulkner's 'A Rose for Emily.'" "*A Rose for Emily*": *William*

Faulkner. Ed. Noel Polk. New York: Harcourt College Publishers, 2000. 33–47.

Meriwether, James B. and Michael Millgate, eds. *Lion in the Garden: Interviews with William Faulkner*. Lincoln and London: University of Nebraska Press, 1968.

Reed, Joseph W., Jr. *Faulkner's Narrative*. New Haven and London: Yale University Press, 1973.

Rodgers, Lawrence R. "'We all said, "she will kill herself"': The Narrator/Detective in William Faulkner's 'A Rose for Emily.'" *Clues* 16 1 (1995): 117–29.

Rodman, Isaac. "Irony and Isolation: Narrative Distance in Faulkner's 'A Rose for Emily.'" *"A Rose for Emily": William Faulkner*. Ed. Noel Polk. New York: Harcourt College Publishers, 2000. 82–91.

Ruppersburg, Hugh M. *Voice and Eye in Faulkner's Fiction*. Athens: The University of Georgia Press, 1983.

Skei, Hans H. (a) *Reading Faulkner's Best Short Stories*. Columbia: University of South Carolina Press, 1999.

————. (b) *William Faulkner: The Short Story Career*. Oslo: Universitetsforlaget, 1981.

Sullivan, Ruth. "The Narrator in 'A Rose for Emily.'" *"A Rose For Emily": William Faulkner*. Ed. Noel Polk. New York: Harcourt College Publishers, 2000. 62–82.

Wallace, James M. "Faulkner's A ROSE FOR EMILY." *The Explicator* 50 2 (1992): 105–7.

Wright, Austin McGiffert. *The American Short Story in the Twenties*. Chicago: University of Chicago Press, 1961.

[参考文献]

Brooks, Cleanth. *William Faulkner: Toward Yoknapatawpha and Beyond*. 1978. Baton Rouge: Louisiana State University Press, 1990.

Cash, W. J. *The Mind of the South*. New York: Alfred A. Knopf, Inc., 1941.

Faulkner, William. "Smoke." *Knight's Gambit.* 1932. New York: Vintage Books, 1978. 3–36.

Inge, Thomas M., ed. *William Faulkner: A Rose for Emily.* Columbus, Ohio: Charles E. Merrill Publishing Company, 1970.

Jones, Diane Brown. *A Reader's Guide to the Short Stories of William Faulkner.* New York: G. K. Hall & Co., 1994.

Millgate, Michael. *The Achievement of William Faulkner.* 1963. Athens and London: The University of Georgia Press, 1989.

Polk, Noel, ed. *"A Rose for Emily": William Faulkner.* New York: Harcourt College Publishers, 2000.

Volpe, Edmond L. *A Reader's Guide to William Faulkner: The Short Stories.* Syracuse, New York: Syracuse University Press, 2004.

沖野　泰子「ジェファソン、郵便、フォークナー」『スモールタウン・アメリカ』大井浩二監修、英宝社、二〇〇三年、一二八—五六頁。

小山　敏夫『ウィリアム・フォークナーの短篇の世界』山口書店、一九八八年。

林　文代「スキャンダラス・アイ／ウィー「エミリーに捧げるバラ」のモダニティー性」『アメリカ文学ミレニアムⅡ』國重純二編、南雲堂、二〇〇一年、二七—五七頁。

森岡裕一「「エミリーへのバラ」における反復のモチーフについて」『共和国の振り子——アメリカ文学のダイナミズム——』大井浩二監修、英宝社、二〇〇三年、二六六—八〇頁。

第八章　ウィリアム・フォークナーの『響きと怒り』と「語り」の戦略

高屋慶一郎

ウィリアム・フォークナー

はじめに

二〇世紀にはいって第一次世界大戦（一九一四―一八）を経験してからは、従来の人間や社会に関する固定した観念は時代の流れにそぐわぬものとなった。古き良き時代の「お上品な文化」のもとで、人間の全体像を求めて、愛や死の問題を中心に、その尊厳や卑小性などの悲喜劇的性格を写しとる文学活動は、非情な社会の実体に直面し、「外見上の調和や合理性のもとで暴力がうろついていたことが明らかになった」（ルクテンバーグ一七五）、といわれるような社会状態のもとで、人間性の危機的状況が生まれ、フロイトなどの精神分析学の新たな影響も加わって、人間の精神活動を支える心理意識の働きに焦点をあてようとする文化活動が台頭してきた。

ウィリアム・フォークナー（一八九七―一九六二）も、大戦後の新しい文学活動を目指して、南北戦争以来、衰退した南部社会における性や暴力、殺人、そして不正や退廃、欺瞞や詐欺、人種問題などを通して、人間の生き様を探求しようとした作家（ノーベル文学賞（一九五〇）、ピューリッツァ賞（一九五一））である。聖書やシェイクスピアをはじめとして，ロマン派の詩人達や、それ以後の作家達の幅広い影響をうけたフォークナーは、新しい表現の可能性を求めたジョイスやエリオットの活動に刺激されて、一九二九年に『響きと怒り』を出版する。

この作品はモダニズムの影響をうけた作品で、「意識の流れ」の文学として、「二〇世紀の最高の小説のひとつ」（ハムブリン 三六〇）といわれるが、三つの主要な点で散文作家としての立脚点となっている作品といわれる。「第一に素材の変更」、すなわち、フォークナーは「故郷の小さな郵便切手は（金の鉱脈を開発するのに）描くに値するものであった」（メリヴェザー b二五五）と後に述べるように、故郷ミシシッピに小説の素材の場を求めたこと。「第二に小説のジャンル変更」、すなわち、「人間の心の葛藤の物語」に心を傾けたこと。「第三に動きの中断状態」（以上、ストウナム 四〇）を理解したといわれる。これを物語展開の場、内容、言語表現にかかわる創作上の基本的要素として『響きと怒り』は成立している。

本作品は個々の「語り」となる視点を設定した複数のモノログ（独白）を採用し、伝統的な統語法を無視するような文体を駆使し、新しい言語表現を試めそうとした作品である。自由間接話法を採用し、ストーリーにおける時間の統一的流れを分断するために字体を変えたり、句読点を省略したりして、表現方法をより自由に解放し、その可能性を探求せんとした。この作品は「最も壮大な失敗作」（メリヴェザー b 一八〇）と自ら評するが、「その技巧はジョイスから、その人物像はフロイトから学びとったもの」（コリンズ 七四）といわれる。

こうした特色をもつこの作品へのアプローチは、まずいかに「読む」かということにある。フランスの現代作家ソレルスは、文学における本質的な問題は作者と作品の問題ではなく、書くことと読むことであるとする。読者が「読む」ことにより作品の内容は、再構築されて、読者の心に内在化され、文学的意味あいが作者の手から、読者の手にゆだねられ、あらたな文学世界を創造してゆくものとなる。こうしたタイプのテクストは「読む」行為によって、読者側からの独自の小説世界への新たな意味作用を起こす（イザー 一六三以下、チャットマン 一五一、ランサー 六七―六九）。テクストは読者の想像力を刺激するための言語表現の可能性追求の場となる。こうして、小説世界は読者の内在化によって再構成されて、はじめて文学作品としての存在を主張するものとなる。

こうした意味で、フォークナーは読者に「読む」ことを強要させる作家といえる。文章は統語法の支配から解放され、語彙はストーリー構成のための大枠から外されて、それぞれ新たな意味を喚起させる詩的表現機能を再現させるような働きとなる。

「わたしは詩人としては失敗した者です。たぶん、どの作家もはじめに詩を書こうとしますが、無理だと分かり、次いで、短編小説に手をだします。それが、詩に次いで求められる形式ですが、それにも失敗してはじめて、小説を書こうとするのです」(メリヴェザー 二三八)と述懐するように、フォークナーは詩人としての文学活動を始めた。なぜ詩を放棄したのかという問いに答えて、「小説が最高の書くべき手段だと分かったのです。わたしの書く散文は実際、詩なのです」(同書五六)と返答する。『響きと怒り』は、はじめは第一セクションだけの短編小説として書き始められて、それ以下のセクションが追加されてひとつの作品となったものである(グウィン・F 三一―三二)。

『響きと怒り』は「キリスト受難の四日間と関連づけられた」(ロス 四三)ところの四つのセクションから構成された作品で、はじめから順に、「一九二八年四月七日」、「一九一〇年七月二日」、「一九二八年四月六日」、「一九二八年四月八日」という日付が、各セクションの題名となっている。第一セクションは南部の白人の一家、コンプソン家の兄弟のうちの三男ベンジーの、第二セクションは長男クウェンティンの、第三セクションは次男ジェイソンのそれぞれ三つの独白と、それに加えて一家の現状を描写する第四セクションの四つから構成されている。はじめの三つの独白による「語り」に後置された四つ目は独白でなくて、客観描写のものとなっているがゆえに、従来の扱い方は「語り」の技法を、はじめの三つのセクションに限定されたが、前の三つの独白をカヴァーする、より大きな「語り」の機能をもった表現構造として措定してみる。

はじめの三つのセクションはそれぞれ独立性を保ちながらも、コンプソン一家の兄弟の物語を中心とした家族関係の綾なす事象の絡まりという横糸と、一連の章の題名が示すように、それぞれの独白における特定の時間帯における心理意識の絡まりという縦糸によって織りこまれた「語り」となっている。これらのセクションはそれぞれの異なった語り手、「私」という一人称の人物の内的独白として、「語り」の作業を担う機能をもつ独立した物語単位となっている。

「語り」のはたす機能は、聞き手をとり込んで、「語るもの」と「語られるもの」の両者の機能を併せもった言語空間を創りだす。「語り」は語り手自身をも「語り」の対象とし、人物が「語る」という一方通行だけのものでなく、「語られるもの」としての人物や出来事が、「語るもの（発信者）」を逆照射することにもなる。「語るもの」が発信する立場にあることに加えて、「語られるもの」が内容を開示するという、「語るもの」と「語られるもの」との相互関係を保つ能動的機能をはたすものとして、その奥にひそむ意味を発掘するものである。

以下、「語り」を読み解くために、その効用を「語りの戦略」として措定してみる。まず、その戦略を打ち出す基盤として、各セクションの配置関係を探り、日常の時間系列を破り、その前後を逆転させてもたらされる複合的構成面の創りだされた効用的意図を確認する。次いで、各人物が「語る」という物語の方策ではなくて、「語り」そのものの技巧によって、人物像が配置され造形される「戦略」の効用を、次いで「近親相姦」という言葉に代表される行為（もの）とその表現（ことば）における意味伝達の関係において、心理意識の働きによって、行為から遊離・独立して定着した言語空間の働きを探り、次いで、それぞれの「時間意識」を分析する。最後に、語りによる造形された人物像のなせる歴史的原型像を探ってみる。こうした手続きの各段階において、従来の作品論の内容から「越境」した、言語の働きによって構築された意味世界へのアプローチを試みてみる。

「語り」の分析によって、作品を「読む」ことは作品論とならざるを得ないがゆえに、原作にのみ焦点を当てることにし、後年「アペンディクス（付録）」として追加された補足的内容は考察の対象外とした。原文の引用部分の訳は筆者によるもので、出来るだけ分かりやすい訳文とし、そのページの位置をカッコの数字で示した。

一　作品構造について

四つのセクションの配置関係について

『響きと怒り』の構成において、第二セクションのみが、他の三つのセクションの日付の基点となっている一九二八年の、前後する三日間に付属するのでなくて、それより一八年以前の一九一〇年の日付となっている。経過する時間の系列に順応して、最初に配置されずに、このセクションが二番目に配置されている意味を考察することが、まず本作品を読むための前提条件となろう。

第二セクションの内容は一九二八年の四月の三日間を語る三つのセクションに、まさに唐突に楔を打ち込み、前後に連なったセクションの内容を分断する。さらに、これらのセクションを構成する一九二八年の三日間の順序は、第一の四月七日、第三の四月六日、第四の四月八日という日付のついた各セクションの並べ方も時間的配列にのっとっていない。

第二セクション配置の位置関係は、「ベンジーの語りの内部で掲示された過去と現在の混在化を、テクスト全体において再現することでもあるので、一セクションの内部で示された過去と現在の時間の並列をテクスト全体においても実現するために、一八年前の語りをそこに配置した」(林一二二)と説明される。たしかに作品構成の問題は、展開される内容を如何にして配列するかという組織化の問題であるが、さらに重要なことは、第二セクションの「近親相姦」にまつわるクウェンティンの心理的葛藤と苦悩が、前後のセクションのベンジーやジェイソンの日常の時間経過によって頻発する事柄に、鋭くくい込んでいる意味とその効果を検証させる働きをおこすものである。

第二セクションのテーマは、直接には他のセクションの内容には関わらないがゆえに、楔となって打ち込まれた衝撃は、両者の間で生まれる鋭角的対照性を生み出すものとなる。その効果は、それぞれ一見異質なもの同士が相互に融合しないままで並列される対照性を示し、日常の時間に潜む予測できないコンプソン一家の相互の人間関係の悦びと苦悩、愛と憎しみ、疎外や不信などの言動が、第二セクションにおけるクウェンティンとキャディのそれと相互に絡みあうことで、一層鮮明に浮きだされてくるものとなる。

第一セクションではベンジィを通して描きだされるキャディの子供時代、第三セクションでは娘のクウェンティンに一目会わんとする中年期のキャディ、第二セクションでの青春期のキャディと、それぞれの時期におけるキャディの姿を共通項目にして、その存在と不在の問題が兄弟達にとっては、いかに大きな問題として影響を与えているかということを浮かび上がらせる。第二セクションに呈示される「近親相姦」という想念は、処女喪失によりキャディの実質的不在という現実に直面した兄弟達の心理的衝撃への一種の自慰的反応として打ち出されるものとなる。クウェンティンの「語り」はこれを象徴するものとして、強力な楔となっていると考えられる。それゆえに、このセクションの「近親相姦」の内容と、時間意識の分析が必要となる。

また、他の三つのセクションの配列の仕方が、はじめから順に、四月七日、四月六日、四月八日となっていることに関しては、ベンジーの「語り」を六日にし、ジェイソンのそれを七日にすれば順序正しくおさまる。しかし、クウェンティンの「語り」を第二セクションとして割り込ませねばならぬ小説構成上の目的を生かすために、ベンジーのそれを七日に、ジェイソンのそれを六日にさせる作戦も勘案しなければならない。

さらに、第三セクションと第四セクションを結びつけるストーリーは、ジェイソンの娘クウェンティンとショーの男のジェイソンの追跡である。第三セクションの後半に発生するクウェンティン追跡の行動は、聞き手（読者）にとっては、第四セクションの冒頭にそのまま続いてゆくかに思える。しかし、後半部はジェイソンが詐取した金をふたりに持ち逃げされたことに気付いて、その奪回を目指すもので、第三セクションでの、クウェンティンの行動を単に監視する役割を担ったものとは、質的に異なるものである。第三セクションの日付が七日、第四セクションのそれが八日となれば、ジェイソンのふたつに分けられた追跡がひとつの時間の流れとなって継続し、両者の区分がなくなり、ストーリーが直接続くものとなる。

しかし、「六日」の第三セクションの次に、「八日」の第四セクションが配置される。この第三と第四の間に一日の時間間隔がもうけられて、第四セクションにおけるジェイソンの持ち逃げ追跡の喜劇的おかしみと、その哀れな姿が、六日の行動と対極的に対照化されて、客観的現実の様相を帯びてくる。ジェイソンの行動が、本人から遊離してまぎれもない客観的対象の事実になり、嘲笑の的そのものになる。

こうした相前後した日付の変則的順序立ては、まさに、ベンジーの「語り」の基本的要素をなしているエピソードの断続的連なりと同質のものである。こうした入れ子構造を、各セクション配列にも取り入れ、さらにそれぞれのセクションの「語り」の基本構造とした複合的重層的組織体としてまとめあげ、内容を多面的角度から照らし出す装置をセットして、一様でない意味を含ませんとするモダニズム的作品がここに仕上げられることになる。これらのセクション名が、特定の日付になっていることは、それぞれの「語り」の多様性との相乗効果をめざし、単一なストーリーの形骸化を避けるためのものとなる。

キャディの存在／不在の位置づけ

第一セクションだけの短編小説として書きはじめられた本作品は、付加されていった他のセクションの題名を日付にして、キャディの存在／不在を核にして、時間的縦軸を加えて、複合体としての長編小説に仕立てあげられたといわれる。それゆえに、キャディは兄弟のそれぞれのキャディ像の創造された姿となって、各セクションに共通して、「語り」だされる存在として登場することになる。

第一セクションからそれぞれ、キャディの子供時代、淪落から結婚にいたる時期、娘のクウェンティンに人目を忍んで会いにくる時期と、それぞれの時期のキャディの言動が、三者の「語り」から描出される。なかでも、第二セクションは他の二つのセクションと、娘のクウェンティンが不在のキャディの身代わりとして登場する第四セクションを構造化し、円環として組織化する内容の中心部分をなす。それぞれのセクションではキャディの存在／不在の状況が、複数の角度から照射され、「語られるもの」としての本体に位置づけられる。彼女の存在／不在の状況は、家族の一員としての子供時代から、家族の輪から外れた成人に至る時期における時間的空間的な局面だけでなく、第二セクションでのキャディの淪落と結婚にいたるいきさつによって、三人の兄弟への精神的影響への局面を際立たせる。第二セクションを中心とした内容構成と、各セクションの構成上の配置の関係は、語られる対象としてキャディの存在／不在の状況に基点を置くことにより成立している。

キャディ・コンプソンは、『響きと怒り』の既定の事実であり、彼女の兄弟たちによる三つの長々とした意識の流れの独白のきっかけとなるのが、兄弟のそれぞれ特有で強力なレトリックによって全く支配されてしまっている。もちろんそれが彼らの目的である。それぞれの兄弟が、「彼の」キャディ、すなわち耐えうる、もしくは少なくとも理解しうる人生らしきものを手に入れるためにそのような彼女が必要だった、と信じるキャディを創造する。（カーティゲイナー、田中訳　六八）

三人の兄弟を何らかの意味でつなぐ役割をはたすキャディ像は、こうした時間軸を絡ませ、各セクションに共通して配置することにより、拡大された時間と空間に位置づけられて、三者の意識世界にそれぞれ独特の存在感を与えるものとなり、意味・情報が伝達される。それは言葉で紡ぎだされるそれぞれの内容を強化したり補充したりして、キャディの存在・不在を通して三者自身を間接的に描出することを可能とする効果が生みだされることになる。

第四章ではこの問題を、クウェンティンの「近親相姦」の観点のから、キャディの投げかける存在感に絞って論じてみる。

二　「語るもの」と「語られるもの」

白痴の「語り」とは

各セクションの内容を伝達する「語り」の構造による表現作用を考察してみる。第一セクションはベンジーと呼ばれる白痴の青年の「語り」である。彼は言語障害をもった精神薄弱の身に加えて、去勢手術によってもたらされた精神的肉体的欠陥をもつ悲惨な状態にある人間である。自発的意志による主体的な思考や行動は欠落し、生き生きとした生体の活性的反応はみられぬ。数々の豊かな過去の記憶の世界が、現在の瞬間瞬間の合間に甦らせるが、三三才の誕生日を迎える現在の姿は、子守り役に付き添われた、物言えぬ無能の白痴である。精神障害者として身体が十分機能せず、人間としの能力が欠落しているがゆえに、人格を伴った普通の人間扱いされることなく、その尊厳性を奪われ、ただ機械的に日々を送っている悲劇的存在である。

語る能力を欠いた人間が、なぜ独白できるのかという理由を次のように措定してみる。内的独白という「語り」が機能し始めると、その内容は発話者当人の手をはなれて、語られるもの自体が独立した意味内容をもつという前提にたって、聞き手側にそれを享受させせんとする「語り」の表現機能が働くものと考えられる。それは個人の心理的意識世界に潜入し、それを言語表現として摘出する機能のなせる技（戦略）なのである。「心の状態をあらわす仮面に托したテクストで、その語りは意識の流れの様式と声となって目立たなくなってしまう」（マシュウズ 八八）と解するだけでは不十分で、たとえば、「ベンジーの最も幼児的な言語は、精神の最下層における『意識されない個人の断片的な体験を記号化』したもので、・・・ベンジー自身が『言語的な存在、つまり個人言語的な存在』」（田中久 一一八）といえるが、「個人言語的存在」を「個人」と「言語的存在」を分離し、後者を「語り」として、「個人」（ベンジー）に従属させないで、それ自体として諸々の意味体系を形成する言葉の集団として機能するものとも考えられる。ここに白痴の「語り」を形式として成立させる存在理由が生まれる。「語り」は「人物と語り手のものとして、さらに、人物と語り手と読者の関係をふまえて読むこと」（リード 七五）という見解の延長上に、ベンジーという語りの機能をもった戦略が浮上してくる。以下、具体的に分析してみる。

ベンジーの想起する過去のシーンの数々は、それらを背景とした人物達の織りなすリアルな会話をもとに忠実に再現される。鋭敏な感覚によって印象づけられた記憶を主体として構成された場面が、生き生きとして再現されるのは、一切の価値判断や先入観念を剥ぎ取り、赤裸々の人間の本性にもとづいて、眼前の場面を無心に見る人物設定、すなわち、「白痴」の属性を前提としてはじめて可能となる。特定の時間と場所に限定された客観的映像を土台として、人物達の交す断片的会話が、場面場面に応じて散開する。個人の感情や価値判断は切り取られ、事物の因果関係は一切排除されて、カメラの映像のような場面を現出させる。発せられる言葉は、前後の脈絡なしにものを投げ出すように語るテクニックとなり、その感覚的映像は手でじかに触れられるような存在感あふれるものになり、語られる些細な日常生活の一端が聞き手にとっては、新鮮な体験となり、印象的実体感をつくり出すものとなる。冒頭の「語り」の部分は一見、意味不分明な性質のものである。

彼らが打っているのが見えた。彼らが旗のいる方へやって来たし、私は垣根にそっていった。ラスターは草地の花の木のそばで探していた。彼らは旗を引き抜き、打っていた。そして彼らは旗を戻しテーブルのところまで行った。彼が打ち、相手も打った。(一)

「彼ら」とは誰なのかという説明が一切なされない。事物にかかわる因果関係も不明のまま、視覚に映じた外界の事物や行為は、指示される人物やものの名前(名詞)でなく、代名詞によって示される。未発達な言語活動は幼児や、白痴のような障害者でみられる現象である。ここに認められる表現のプロセスはものであれ、人物であれ、まずそれ自体が前後の因果関係や、前提条件となる情報・知識は一切切りとられたかたちで呈示される。ものや人物が何であり、誰を指すのかという前提となる情報は、聞き手が前後の因果関係や推測によって得られることになる。衣を剥ぎ取られた生身のもの自体は、はじめて出会った未知のもののように、新鮮な印象と驚きの感動をおこす触媒となる。

孤立したものが、具体的な名詞によってつながれる好例は「キャディ」という音声である。「彼」の「キャディ」と呼ぶ声に、ベンジーは唸り声で反応する。「彼」すなわちひとりのゴルファーの「キャディ」という普通名詞で呼ばれる対象となる人間は、ベンジーにとっては固有名詞で呼ばれる姉を指すものである。昔、共に遊んだ子供のキャディを、「彼」が今、呼んでいると思い違いして、彼女を求めて、大声をあげて泣き出す。

ベンジーの意識世界では、「彼」のいる現在時と、姉のキャディがいた過去時との区別がつかない。過去から現在を通して流れる秩序だった時間帯における事物の前後関係の把握が不可能な状態にあるベンジーは、近代物理学による時間感覚から自由に解放された存在として位置づけられる。言葉の連想作用は、言葉ともの（現実世界）の関係は、本来、相互につながっていない乖離状態にあるという前提にたち、両者は聞き手を媒介として意味を生み出してゆくという働きを「語り」によって創り出そうとする。ここに、知識や情報のつくりだす先入観念が一切排除された白痴という視点からの「語り」の効果的設定が認められるのである。

ベンジーの「語り」はこうした性質の意識の連想作用を基本として、「一九二八年四月七日」という限定された日時の午後から、眠りにつく夜までの間、ゴルフ場の垣根をさまようベンジー、誕生日のバースデイ・ケーキを前にしてのラスターの意地悪、台所のストーブでのやけど、着替えのために自分の去勢された裸を見るシーンなどでの、ベンジーの絶えず発するうめき声とそれに対処せんとする使用人、ラスターやディルシーの悪戦苦闘の合間に、過去の生々しい体験、特に、幼児期に姉、キャディとの幸せで、心満たされた充実感や、彼女の誘惑者にたいする本能的拒否、結婚式における心理的動転などが、まるで昨日のように現在時に回帰する。さらに、祖母、父、クウェンティンやロスカスの葬儀の場面などが、鋭敏な感覚によって捉えられ、随時、現在時に甦る。

また、本能的に視覚、聴覚、嗅覚は鋭敏で、人並み以上に心に強いインパクトを与える感性の対象となる事物は、雨、光や明暗、炉の火、チョウセンアサガオ（雑草）、キャディの古いスリッパなどであり、無垢な心の持ち主には心の支えとなり、かけがえのないものとしてそれぞれの存在価値が確認される。一見平凡なものが、こうして照明を当てられる根拠は、これらはベンジーの心を充実させる貴重な「もの」としての存在しながら、「語り」の過程において、「ものの名前」に転化される。因果関係や先入観が排除された、ベンジーの直感の対象物としての「裸のもの」に対するみずみずしい感情や印象、共感的感覚を、ものの名前としてとり込むことは、言語への転化にともなう抽象作業に、現実の生々しい立体感をひそませることになり、ベンジーの「語り」は言葉と現実との乖離を埋める言語表現をめざすものとなる。

即物的表現による激しい感情の起伏は、酒に酔っ払って地面に倒れこみ、視線の角度が上下に逆転するシーンと重ね合わされると、視覚のもたらす新たな局面が浮上する。キャディの結婚式の場面において、家に入れてもらえないベンジーが、子守り役のT．P．（呼び名）のすすめる飲みものに酔っ払って、本来は水平に保って安定すべき映像世界そのものを、天地を逆にして写しとる以下の例は、驚愕の感情のみならず、白痴独特の視点的角度を生みだすものとなる。

わたしは泣いていなかったが、わめき声は止められなかった。わたしは泣いていなかったが、地面はじっとしていなかった。それでわたしはわめいていた。地面はだんだんせり上がっていって、牛たちは丘を走りあがった。T．P．は起き上がろうとした。また倒れこむと、牛たちは丘を走り下った。クウェンティンはわたしの腕を掴んで、納屋のほうへつれて行った。すると、納屋はそこになくて、わたし達はもどってくるまで待っていなければならなかった。納屋が戻ってくるのをみなかった。（二九）

この場面は、「ベンジーは自己の動作を表そうとするのでなく、動作によって目前の光景がどのように見えるかということを述べる」(ロス一九)といわれるが、キャディを失う悲しみと、それに伴う動転による錯乱状態は、酔っぱらって、上下左右が逆転する眼前の世界の驚きと重なり合い、目前の慣れ親しんだ事物までもが、視界から消滅するかのような喪失感をもたらす。錯乱した感情の起伏はアンダーステイトメントによって、いっそう増大されて、眼前に展開する光景は、瞬間での視線のとどく範囲内においてのみ存在し、範囲外では存在しない。事物は個人の感覚の及ぶ範囲内でのみ存在確認されるという発想は、事物を相対的にとらえる観点をつくりだし、フッサールの唱えた二〇世紀の、新しい事物の認識作用、現象学的観点に行きつく根本問題を提供するものとなる。

幼児期(過去時)に姉のキャディがしめす母親代わりの愛情を、全身で受け止め、まるで昨日のことのように記憶を甦らせるベンジーは、キャディを、「木の葉の匂いがする」、「雨にうたれた木のような匂いがする」という比喩の語句で彼女の母性的処女性を本能的に感知し、母性愛と異性愛への憧れの念を示す。これは、「[人間の]ありのままの無垢の状態と成熟」(マシュウズ 八三)を表わすものとして、自然に包まれ、生育する人間性のかけがえのない本質が潜在することが簡潔に表現されたものである。「屋根と炉の火の音がしていた」が繰り返されて、「彼女の息が速くなりはじめた。『彼に見られるわ。まって、まって』」(四五)という声は、キャディの性の欲望の高まりと、相手の男のおこす行動への阻止を、あい矛盾するかたちで表わされるが、ベンジーがこの現場にいるキャディから、疎外されていることを感じとり、より強力な精神的衝撃となって彼を襲ったことを示す発声となって示される。こうした意味を、ベンジーからの発信によってもたらされる場合と、もたらされた側からの発信者への状況理解と、その両面が相対的位置関係によって意味を創りだしてゆく「語り」となる。

さらに、「窓が暗くなった」は、室内にいると、部屋が暗くて、屋外が明るい時、窓は明るいが、明かりが灯されると、窓は暗くなるという単純なことを意味するが、その背後に窓の明暗の現象に強い意識を集中させているベンジーの姿がある。暗闇のなかで、「わたしは自分の姿はみえなかったが、手で触ってスリッパだと分かった」という表現の背後には、「自分の姿」とは「去勢された自分の姿」であり、かってキャディのものであった「スリッパ」は、今はもっぱらベンジーの愛玩物となっているが、「男根の形」をしているがゆえに、キャディ不在の現在において、両者の鮮やかな対照のもたらす効果（ロス 四〇）は、在るものと不在のものとの相互のぶつかりあいを生みだし、ベンジーの去勢された悲惨な姿を衝撃をもって写しだすものとなる。「壁の黒くなった細長い部分が現れ、わたしは近づいてそれに触ってみた。それはドアのようであるが、ドアではなかった」（五八）という部分は、直後の「炉の火は鏡から消えた」という過去時の同じ部屋の表現とつなげると、「壁の黒くなった細長い部分」は、かって「鏡」が掛けられていた部分で、今は取り外されて「黒く」汚れているのである。「炉の火」は揺れ動く炎となって、ベンジーの心を魅了するものであるが、自分が移動したために、見えなくなった（ロス 三五）ことを意味するが、この一瞬の消滅と、現在は「鏡」が取り外されて、その後に残された壁の痕跡とは、鮮やかな消滅と残像の対照性を示し、ベンジーの心の充足世界の縮小と消滅を、具体的イメージによって拡大させる相対的視点をもたらす。こうした働きは、ベンジーの「語り」の内容世界を、無意識のかたちで、自己増殖させ、過去時と現在時の充実感と空虚感の激しい対照的状況を具象的表現によって鮮やかにえぐり出す効果をはたしている。

心理的強迫感の展開

第二セクションは、第一、第三、第四セクションの時点より一八年以前、コンプソン家の長男のクウェンティンが、アメリカ北部のハーヴァード大学に進学し、自殺に至らんとする当日の「語り」である。ベンジーとは異なり、クウェンティンは正常な身体の機能を持ちながらも、意識過剰な不安定な精神状態に陥っている。それは妹キャディが男に誘惑され、堕落してゆく姿に直面し、精神的ショックを受けたからである。このトラウマを中心として、自らの命を絶つにいたる一日の経過が「一九一〇年六月二日」という題名の独白となって示される。過去に体験した事柄は極度に神経過敏な心理状態になり、当日の不可解な行動をもたらす。こうした精神状態が引きおこす心象風景は、妹、キャディの処女喪失や結婚式の場面を中心として、両親や知友などの断片的言動が、想念のおもむくままに現在時に断入して語られる。過去の体験したもろもろの事柄は、一層強力に心理的衝撃と、意識過剰な異常心理の状態に落し入れ、深層心理が綾なす独自の心の動きを、表現母体となる字体の変化、句読点の省略、小文字ばかりの文章などを交えた統語法を無視した表現の仕方となる。それは、意味内容の伝達以前の段階での、文の形成単位をつくりだす統語体系を無視して、意味伝達を不明確にし、ばらばらの断片のつながりにして、個人の意識の混乱状態を表現せんとする独自の「語り」となって表わされる。過去の断片を現在時に随時挿入し、心理の微妙な錯乱状態をあらわそうとする例をあげてみる。

　この電車には黒人がひとりも乗っていなかった。漂白されていない帽子が窓の下を流れていった。ハーヴァードにゆく。ベンジーのものを売り払った 彼ハ窓ノ下ノ地面ニ横タワッテ大声ヲアゲテイル。クウェンティンガハーヴァードニ行クタメニベンジーノ牧場ヲ売リハラッタおまえの兄貴に、弟よ

　おまえも車が必要だなそれはこのうえなく役立つぞそう思わないかいクウェンティン僕は彼をクウェンティンとすぐに呼ぶよ分かるかいキャンディスから彼のことを色々聞いているから

ね。

わたしはキャンディスとクウェンティンが親しい友達である以上に子供が親しい友達となってもらいたいのオ父サン僕ガ犯シタあなたに兄弟姉妹がないなんてかわいそうに姉妹ハナイ姉妹ハナイ姉妹ハナイわたしが元気で食卓に降りてゆけるからクウェンティンとコンプソン氏がちょっと侮辱されるとクウェンティンにたづねないでねわたしはいまいらいらしていますが全部すんでしまったらお返ししますわあなたはわたしの娘を連れ去ったのですボクノ妹ハイナイ。オ母サント僕ハ言エルナラバ。オ母サン（傍点の部分は過去の言動、片仮名の部分は原文イタリック体）（九三）

傍点でしめされた部分はすべて、過去の複数の場面における会話の一端を、現在時に、ごじゃ混ぜにして挿入した表現である。個々の言葉が、前後の脈絡なしに、次々と句読点もなしに断続してゆく。こうした会話の断片を反芻させることにより、当時の、心理的強迫感を再現させ、極度の緊張感をつくりだし、それによって日常の表現ルールを破壊するまでにいたる。断片的語句が重なり合い、論理がつながらぬ不十分な意味の連続となって、意味伝達を第一義とする論理的発想を導く思考の統合性を失って、異常な感情の波動にゆれる魂の叫びのようなクウェンティンの心情をさらけ出す表現となる。

「ベンジーのものを売り払った」は、「クウェンティンガハーヴァードニ行クタメニベンジーノ牧場ヲ売リハラッタおまえの兄貴に、弟よ。」と同じ会話の部類に属し、「おまえの兄貴に、弟よ」は、農園売却についてジェイソンやベンジーへの父の言葉の反芻を表わしている。大学進学はベンジーへの財産を犠牲にして実現したこと、長男としての特権をうけながら自らの身を滅ぼさんとする矛盾と、家族、とくに自立が不可能なベンジーへの謝罪と憐憫の情のからまった複雑な心理がここに垣間みえる。「彼ハ窓ノ下ノ地面ニ横タワッテ大声ヲアゲテイル。」はキャディの結婚式の場面でのベンジーの泣いているさまの回想である。ベンジーへの同情は、この結婚式の場面では、ベンジーと同様、「大声をあげて泣き叫び」たいような衝動と、敗北感と虚脱感が混ざり合い、やりきれぬ思いを表わすものである。つづいて、キャディの結婚相手ハーバートの言葉と、ハーバートとクウェンティンの母親との会話のなかに、片仮名でしめされたクウェンティン自身の独り言、内心の声が混入する。「オ父サン僕ガ犯シタ」「姉妹ハナイ姉妹ハナイ姉妹ハナイ」「オ母サント僕ハ言エルナラバ。オ母サン」。キャディが堕落し、それを糊塗するための結婚は、キャディの処女喪失に加えて、さらに、キャディをもとのキャディの姿に取り戻せぬ悔恨と、現状の事実を認めたくない激情を吐露する。それはキャディの名前が「約五〇回も言及される」（カルーザ 八七）ことと、「姉妹ハナイ姉妹ハナイ姉妹ハナイ」という言葉は、痛切な心の叫び声として同心円にある。また、「オ母サント僕ハ言エルナラバ。オ母サン」という叫びも、こうした結婚を認めた両親、とくに、母からの愛情をうけた記憶がないことへの感情の高まりにつれて、母への不信と絶望の念を吐露するものである。その場における会話の断片が、今、学生となってハーヴァードに行く電車のなかで、記憶の淵からよみがえり、悔恨と自責の念をかきたてるものとなる。

この引用文以外に、ある特定の独り言に類する言葉の反復も、クウェンティンの「語り」の特徴となる。「スイカズラノ匂イト入リ混ジッテ」、「僕ハキャディヲ犯シマシタ。」、「ダルトン・エイムズ、ダルトン・エイムズ」、「何がおこったのか気づくまでに彼女［キャディ］は走ってゆくのが鏡に映った。」（またはその一部）、「君は妹がいるかい?」、「クウェンティンハハーバートヲトラナイデ、ベンジートオ父サンノ面倒ヲミテクレルネ」、「コノヨウニシテ（オマエヲ）抱イテヤルノダ」などが頻出するが、これらはすべて彼のキャディの堕落とそれを糊塗せんとする結婚、相姦への願望、ベンジーへの同情、両親の言動、自分の大学進学、ナタリーという女との交情など、それぞれの過去の思い出が悲しみ、苦悩、憤怒、無念の思いによる強迫観念となって自己を苛み、最後は自殺への願望と融合して、感情の異常な高まりとなって噴出する。こうした断片的語句の反芻作用は、ベンジーのそれのように、語る人物と「語り」の機能との間の乖離は大きくはないにしても、その隔たりは無視できず、クウェンティンという人間の発言は、言葉そのものの機能的役割に徹して、独立した言語空間として距離をおいて、クウェンティンの心理の乱れと対決する姿勢を保ち、「語り」の戦略を際立たせるものである。それぞれの会話の断片を断続的に無秩序に放出し、意識の乱れによる不安定な精神作用を、人間存在を表象するように全身で受けとめて運用せんとする性向が認められる。

クウェンティンがひとりの少女と出会い、彼女の誘拐者として警官に引き渡された時に、偶然、友人のジェラルドやスポードたちと出会う。その時、ジェラルドをダルトン・エイムズと間違えて殴りつけ、逆に反撃されて一時、気を失う。キャディを誘惑したダルトン・エイムズを町から追放しようとして彼と対決した記憶が引き金となって、眼前のジェラルドを、過去に対決したダルトン・エイムズと混同し、殴りつける。クウェンティンの行動が、過去の事象への心理的強迫感によって支配され、決定づけられる構図がうかびあがるが、これはベンジーの過去の体験が、現在の行動に吸収され、その一部となって解放される方向性と、まさに逆の方向性をもつものとなる。「言葉に出さぬと、わからないというし、言葉に出すと、その言葉に取りすがってくる。取りすがられると、支離滅裂で、始末におえなくなる。」（鈴木 八七）といわれるところの言葉の「論理の矛盾」は、クウェンティンの特定の語句に「取りすがる」ことによって、キャディの問題をも含めて、当面する現実の問題に対応せんとする「行動の矛盾」をうみだし、人を間違えて、暴力をふるう結果となる。特定の語句にたいするクウェンティンのこだわり方は、論理的矛盾のみならず、日常行動の矛盾をも本性に取り込む作用をおこすことになる。

過去の出来事を「語り」によって反復させ、過去時の事柄が現在の心理意識に影響をあたえ、過去時と現在時の混交がおこるということだけでなく、さらにそれは現在の行動にまで発展させる。現在時におけるこうした衝動を消去し、矛盾解決へのとるべき手立ては、現時点での自己否定への衝動を引きおこすものとなる。自殺への行動をおこす動機の根底には、具体的行動へいたる「語り」の自己正当化への心理意識が内在している。「語り」は自己否定、すなわち、自殺への歩みを肯定させ、正当化させる目標として意図される。こうした背景から、言葉の自己増殖がクウェンティンの身を包み、言語表現の極限的可能性を追及する戦略がとられることになる。

怨嗟《えんさ》のつぶやき

第三セクションはコンプソン家の次男、ジェイソンの独白である。その内容も表現も、ベンジーやクウェンティンのものとは本質的に異なったものである。過去と現在の鮮やかな対照性もなく、平板に流れる語り口によって、現状にたいする不平不満を基底とした、利己的で卑小な価値判断や行動、慨嘆があらわにされる。家族は自分の自己犠牲によって支えられているのだという思いあがった態度と被害妄想の想いが、痛烈な皮肉をまぶせた言動となって表明されるものである。

ジェイソンは仕事がお好きなのだ。言いたいことは、わしは大学にいって得することはなかったということだ。ハーヴァードにいっても、泳ぎ方を知らなくても、夜、水泳に出かけることを教えてくれるし、スワニー「大学」では水とは何かということさえ教えてくれることもないわ。もうひとつ言わせてもらうと、州立大学にはやってくれてもよかったのに。そうすりゃ、鼻用のスプレーで自殺の方法を学ぶだろうし、ベン［ベンジー］を海軍か、言ってみれば、騎兵隊に行かせられるといえるし、騎兵隊では去勢馬を使っているんだ。それから、彼女「キャディ」が「娘の」クウェンティンを家によこしてわしが養うとなれば、それで結構なことだと言いたいし、わしが北部まで仕事を探しにゆく代わりに、ここ南部で仕事にありつけたのだと言いたいのだ、すると母が泣き出したので、ここであいつ［クウェンティン］を養うことに反対するのではないと言いたいのだ。そのほうが償いとなるならわしは仕事をやめてあいつを自分で世話し、あなた［母］とデルシーが食費をまかなってくれればよいのだ。ベンときたら、あいつをショーにだして稼ぐ手もあるよ、彼を見たくて一〇セント払うやつも、必ずどこかにいるよと言うと、母がますますはげしく泣きだし、わたしの悩みの子供よと言いつづけていたので、わしより一倍半以上大きくならないと手助けになりませんよとわしは言うと、母はまもなくわたしは死んでゆきます、それでみんなもっとうまく行くわと言うので、わしはそれで結構、それで結構、お好きなようにしてくださいと言うのだ。・・・（一九五）

クウェンティンがハーヴァード大学に進学した後に水死したこと、自分が州立大学にでも行かせてもらえたら、水に溺れたら蘇生術ぐらいは学べたこと、ベンジーを軍隊に入れて、家から放逐したほうがよいこと、地元で職につけて、キャディの娘クウェンティンの養育も行うなどと、皮肉を込めた逆説的表現、いわば、「褒め殺し」のような口ぶりで、積年の恨みつらみを吐露して母を泣かす。この「語り」にたゆたうジェイソンの感情の波動は、ひねくれて、一筋縄ではゆかぬジェイソンという人間の本性を垣間みさせる性質のものである。

自分のおかれた現状にたいする不平不満はすべて、家族の自分への処遇に根ざしていることを根底にして、大学進学がかなわなかった事、約束された銀行への就職がそでにされたことがその原因となる。ジェイソンの過去は、自虐的な不平不満と不運を現在に引きおこす。ベンジーの過去のように、子供の時にクウェンティンやキャディと楽しく一緒に遊んだ豊かな情感あふれる回想は皆無である。幼児の時から兄弟たちから孤立し、母親から偏愛されて自己中心的な性格をジェイソンは形成していった。それゆえに、現在の仕事にたいする使命感も希薄で、ベンジーや娘のクウェンティンの世話や、黒人の使用人にたいする経済的負担にたいして愚痴をこぼす。

家族を養ってゆくことを自己犠牲として受けとめ、その被害妄想が高まるにつれて、自己憐憫の情と、その裏腹にある家族蔑視の念をつのらせる。

そのうちのひとりは狂っているし、もうひとりは水死したし、さらにもうひとりは夫から放りだされたし、残りのものも狂っていると人に思われても当然のことだ。・・・彼をハーヴァード［大学］にやるために土地を売り、たった二回しか野球の試合で行ったことのない州立大学維持に税金を支払い、その娘の名前は現場では決して口にしてはならないし、しばらくすると父は下町に来ることもなくなり、終日座り込んで酒ビンを放さず、寝巻きのすそと裸足をみせて、酒びんをかたかたいわせ、最後はT．P．が酒をついでやり、おまえの父への記憶に尊敬を払わないのねと母が言うし、・・・（二二二―二二三）

ジェイソンの口調は事の成り行きを、自己弁護よろしく正当化せんとすればするほど、不誠実で卑小な内面をあからさまに抉り出すものとなる。兄弟はおろか、両親へも敬愛の念を失って、ここに示されるようなアルコールに溺れた父への軽蔑感をあらわにする。「去勢」された「見世物」としてベンジーへの先入観を抱くがゆえに、いびきをかいて寝ている姿を「馬鹿でかいアメリカの去勢馬」（二六三）と揶揄する。そのような猥雑な言葉を発する矮小で貧困な精神の持ち主の発言として、ジェイソンの「語り」は特徴づけられ、救いようのない喜劇的戯画像として、ジェイソン自身を浮びあがらせる。

自分自身へ向ける憐憫の情は、冷静・的確に自己を判断するという観点をつくりだすことはなくて、他人との人間関係から不利・不満を導きだし、相手を逆恨みする怨念の対象としてしまう。自分の不幸をまったく他人のせいにし、自己の責任を放棄し、回避し、ベンジーを、娘クウェンティンを、召使を呪う。彼らはすべてジェイソンの世話をうけ、恩恵をうけているのに、自分本人を一家の長として尊重しないで、無視すると憤る。世の中が間違っているという自己本位の独断的発想が生れ、その枠外に位置するものは、すべて価値のないものであり、唾棄されるべきものとなる。

社会の弱者にたいする尊大な言動も、自己本位なもので、召使のディルシー一家をはじめとする黒人への姿勢は、年老いた黒人、ジョブの馬車を駆ってゆく姿を見下しているところからも十分うかがえる。

ジョブは歩いて帰れないほど遠出しない限り、馬車の車輪が外れようと外れまいと気にしなかった。黒人達の居場所ときたら畑だけで、そこで日の出から日没まで働くことになるのだ。栄えることや簡単な仕事には向いていないのだ。しばらくでも、白人のなかに入れてみたら、彼らは殺すほどの値打ちもないのだ。仕事をしていても目の前で手抜きをしてこちらをだしぬこうとするのだ。ある日注意を怠って死んでしまったロスカスの犯した失敗の例もあるように。仕事を怠けたり盗みをはたらいたり生意気なことを次々に口にするものだから、ついには角材なんかで叩きのめさねばならないことになるのだ。（二五〇—五一）

ここには、旧南部の白人に蔓延していた黒人への差別的蔑視が、ジェイソンに受け継がれ、それをてこにして、自分が社会での優れた人間であることを誇示することによって、自己の被害妄想から脱却せんとする願望がある。一部白人にみられる人種差別に裏打ちされた黒人蔑視の思いは、ジェイソンにとっては自己本位な言動を正当なものとみなし、社会的評価を保持するために利用しようとする発想となる。それは、ヴァーシュの黒人の匂いに、ベンジーが無意識に感じとった近親観や、クウェンティンがハーヴァード大学へ行く途中の列車から、踏切で立ち止っている黒人にロスカスやディルシーを懐かしく思いだして親しげに声をかけ、クリスマスの贈り物として、二五セント貨を与えるような対応姿勢は、ジェイソンには全くない。ベンジーの子守り役のラスターや、娘のクウェンティンにたいする陰湿ないじめ、情婦のローレインへの蔑視も、すべて黒人や女性という社会的弱者にたいしての具体的言動となってあらわれる。不満にかこつけて他人をごまかし、自分を正当化するための口実をもうけて自らを殻に閉じ込め、人間不信となってゆく経過が、「語り」の根底にあってジェイソン像を創りあげる。

事物に対してけちをつけ、その欠陥面をあばかんとする気質は、人間の営為活動やその成果を正しく評価することなく拒否・否定し、もっぱら自己の金銭の利害に強くこだわる姿勢をつくりだす。綿相場を満たされぬ現在を生きるすべとして、頼りにするものはただ、金銭への執着心である。

張って、ニューヨークの連中に一泡吹かせて、損した金を取り戻したい、ひとやま当てたいとうそぶく。富を獲得して「世の中に復讐」せんとする願望実現のためには富が人生の勝負手となり、自己不満解消の唯一の解決方法となる。

結局のところ、金は価値がない。使い方が問題だ。金はだれのものでもない。それなのに、なぜ、貯めようとするのか。金は手に入れることが出来て、貯めることの出来る人間の手にするものだと言いたいのだ。（一九三）

これは一見まともな発想とみえながら、彼のとる行動とは全く相容れない詭弁となる。キャディの娘クウェンティンへの送金をくすね、母の出資金をごまかし、もらったショーへの切符を、欲しがるラスターに五セントで売りつけようとし、金のないラスターの眼前で、ストーブに捨てて焼いてしまうジェイソンは、金にたいして手段をえらばぬ守銭奴のような態度と、ラスターへの意地悪にみられるような依怙地な金銭への復讐心が絡み合った行動をとる。「使い方が問題だ。」とうそぶきながらも、その目的意識はない。相場に失敗し、さらに娘のクウェンティンに今までにくすねた金を全額持ち逃げされる。人間としての誇りをも捨て、姑息な手段を講じた結果は、手厳しい打撃となってジェイソンを打ちのめす。

ここに、自身の自己矛盾に気づかぬ悲劇性がある。これみよがしに独り言を、「言っておくがな」とか「言ってみればなあ」という前置きの言葉にみちびかれる自己主張によって、自己矛盾をすりかえてしまう。ジェイソンの「語り」には、こうした強がりの姿勢に、自己分裂を前提とした述懐の性質を帯びることになる。

自縛の渦に呑みこまれ、未来の展望無き自虐の姿勢は、自己分裂の悲劇を背負いながら、他面、冷ややかな視線を宿し、皮相な態度に伴う虚無的観点を宿していることにより、ピエロのような喜劇性を併せもった側面が、彼の「語り」から浮びあがる。彼の「語り」はこうした言葉と行動の乖離を自ら自覚できないという自己矛盾からうまれる悲劇的、かつ喜劇的性格を基調としたもので、うわべだけののロジックが事実にとって代わる。その内容は倫理なき自己本位のもので、軽薄で卑俗な人間を例証するものとなる。

ベンジー、クウェンティン、ジェイソンのそれぞれの「語り」の質的相違点を確認しておく必要があろう。ベンジーのものは、「語るもの」と「語られるもの」との乖離の幅が、他と比べて最も大きいのに反して、ジェイソンのそれは最もすくないし、クウェンティンのそれは、両者の中間にあるといえる。

ベンジーの場合は、語り手による語りが、発言不可能な人物によるものであるがゆえに、両者が直接つながらず、「語りの戦略」といえる操作を必要とする乖離がおこっている。その乖離の引き起こす反応によって、語られる内容は、物言えぬ白痴の「語り」という形式をとりながら、極めて繊細で、素直な語り口となり、鮮明な記憶の世界が展開される。肉体的ハンディキャップを逆手にとって、自然現象に素直に反応するナイーヴな人物像を反映させると同時に、語られる内容は、「子供は大人の父である」というワーズワースの詩、「虹」の一行にこめられた子供の純心無垢な本性の具体例となるような情景の数々が抽出されることになる。

その対照的といえるものが、ジェイソンの「語り」である。「語るもの」と「語られるもの」との乖離の幅が、他と比べて最も小さいがゆえに、人物像と「語り」の作業は密接につながり、「語りの戦略」のあげる効果は、ベンジーのそれとは異質のものとなる。それはジェイソン自身に直接跳ね返って、その人間性をあばきたてるものとなる。「語り」の効果は、その内容が全て、語り手本人の資質を解明してゆく手立てとなる。饒舌になればなるほど、自らの本性を暴露してゆく。聞き手（読者）は語り出される内容に、唾棄すべき人間性の一端をみると同時に、その反面教師としての姿を認めるのである。

クウェンティンの「語り」は、両者の中間点にその幅がある。乖離現象はベンジーのそれほどではないにしても小さくはない。行動する人物の神経過敏な心理状態を抉り出すには、「語るもの」と「語られるもの」との乖離の幅を埋めるものとして、多数の過去の言葉や語句の断片がくりかえされて、それらが独り歩きする必然性を生み出す。それらはクウェンティンの心因を指向するものでありながら、他面、人物と遊離して独自性を保持しようとする。語句や文の乱れや分裂、繰り返しなどの統語的混乱状態は、語り手に反射するものでありながら、彼の言葉そのものへの対応関係を明らかにしてゆくものとなり、意味伝達を主眼とする言語の伝達機能への常識的理解を超越した言語作用を探ろうとするものとなり、それらは、ベンジーの唸り声のもつ本質的要素と、微妙に響きあう性質をもったものとなる。三者の「語り」の統語的特色は次のようにまとめられるものであろう。

最初（ベンジー）のそれは言語の飾りのない元の姿、すなわち、接続詞の省略された、並列の基本的語句から成り立ち、言語の可能性の限界にとどまるが、その構造は文法に則ったものである。第二のそれは基本的語句にいろいろ付加され、・・・標準的な形からいちじるしくゆがみ、ふたつの方向にねじれる。ひとつは基本文を破壊し、もうひとつは文法の原則よりも、修辞的に語句を組み合わせるものである。第三のそれは、明確な準標準文と並んで、変形文を従属構文や語句に導入するものである。（カルーザ一〇二）

三者の「語り」は、こうした統語法の特色を示して、それぞれのセクションの内容を支配し、語りの角度をしめし、語られる内容の本質部分を開示してゆくものとなる。

三　ディルシーとベンジー

「はじめとおわりをみた」

本作品のはじめの第一、第二、第三セクションがそれぞれの人物の内的独白からなり、最後の第四セクションのみが客観描写となっているといわれているが、このセクションも全て客観描写ではなくて、語りの戦術が見え隠れしている。このセクションがジェイソンと娘のクウェンティン、コンプソン夫人のグループと、ディルシーとベンジーのそれとの行為に集約でき、「イースターの説教と、（金を持ち逃げされた）ジェイソンが娘クウェンティンを追跡する行動が同時進行するのは、作者の意図するもの」（ブレイカスタン一八三）といわれる。第三セクションから継続して語られるジェイソンの行動は、そのまま第四セクションに引き継がれることになるが、ディルシーの外貌の描写が、このセクションの冒頭に配置されて、主観的な視点の基点となっていることからも、四つのセクション全体が語りの構造のなかに包みこまれていることを傍証するものである。

まず、当日の人物達の言動を客観的描写による四つの内容が基調となる。当日の朝の準備を采配するディルシーの姿、次いで、ベンジーを伴い教会に出かけ説教に感動するディルシー、金を持ち逃げされた娘のクウェンティンを追跡するジェイソンの行動、ベンジーが馬車に乗せられて墓地へ行く途上の騒動に分けられる。

ジェイソンの追跡は、形式では第三セクションの四月六日と第四セクションの四月八日というように二分されたものでありながら、聞き手にとっては、あたかも第三セクションからの継続の部分と思わせるものとなる。中一日おいて、彼の行動が内的独白で示される一人称によるものから、三人称で示される客観的描写となって、ジェイソンの行動は具体的言動となって諧謔化される対象となり、哀れみとおかしみを誘発させる人間喜劇となる。ベンジーを伴ったディルシーの言動と、ジェイソンの行動が導きだす、一方の神への信奉と他方の不信、快い感動と不快な頭痛などの、両者の精神的、肉体的対象性を浮かびあがらせるが、後者はあくまでも、前者のグループを対照的に浮き出させるための道具だてとなっていると理解できるがゆえに、ディルシーのグループの言動を中心に以下、考察してみる。

最初に、ベンジーとディルシーの外面からみた客観的描写のなせる意味あいを考察して、両者が相互に庇護され、庇護する人間関係を探ってみる。ディルシーの容貌は以下のように分析的に表現される。

四月八日の復活祭にあたる当日の朝、まだ寒い湿気を含む大気が、「毒性」を帯び、「油状」をなしているなかで、肥満した老いさらばえた体躯は、「魚の腹」のような手をし、「水ぶくれしたような腹」（二三六）をしている。汚染されているような大気のなかで、長い年月をコンプソン家の召使として仕えてきた老醜の姿がここに浮き彫りにされる。

・・・彼女は昔は大柄な女であったが、今は骨が際立ち、まるで水ぶくれしたような太鼓腹に皮膚がだらりと垂れ下がり、そのさまは、まるで筋肉組成は勇気か堅忍不抜であったようで、歳月がたっているので不屈の骨組みが、眠気を誘い通気を通さぬ内蔵の上に廃墟か標識のように突き出ていたし、その上には骨組みが肉の外側にでている印象的な落ち窪んだ顔が、運命的でありまた子供の驚いた落胆した表情をともなって、肌を刺すような冷たい日のなかに突き出されたかと思うと、それから振り向いて、ふたたび家に入りドアを閉めた。（二三六）

この引用文はディルシーの客観的容貌を伝えるかにみえるが、決して単純な表現とならず、比喩的表現を絡ませた主観的な観点に注目しなければならない。人物の外貌を客観的に分析するのでなくて、その内面に秘められた強靭な精神の持ち主であることを際立たせる表現となる。冷えびえとした寒い朝に、自分の小屋から姿を現したディルシーの年老いた容姿は、老齢のために怪物のように筋肉がたるみ、生気のないものとなり、頬骨の突き出た顔には積年の労苦がにじみ出て、見た目には快いものではない。

しかし、容貌の印象とはうらはらに、彼女には運命に従いながらも、不屈の忍耐強い精神的内面が感じとれる。その姿には「勇気」と「不屈の骨組み」が現われている。その存在感は風雪に耐えた「廃墟か標識」として比喩される。内部に秘めた強靭な不屈の精神を支える老女の姿は、不気味な容姿にもかかわらず、コンプソン家の召使として長い年月の人生を生きてきた存在感ある人間の生き様を象徴する人物像として呈示される。

このセクションの客観的外面描写は、さらにひとりの人間、ベンジーをその対象として選びだすことによって、その特徴を際立たせる。それは内面にひそむ精神構造を、客観描写によってあぶり出され、ディルシーの描写と同じように、「語り」の戦略による主観的色合いをにじませて、このセクションにも応用されていることを例証するものである。

・・・ラスターが入ってきて、その後に大男が続いてきた。この男は皮膚の分子がつなぎ合わされたことも、合わされることもなく、支える骨組みにつなぎあわされることもない物体で形成されているようにみえた。彼の皮膚は死んだようで毛はなかったし、おまけに水ぶくれして、まるで馴らされた熊のようによろめきながら動きまわっていた。髪の毛は白くてふさふさしていた。その額から銀板写真に写った子供のおでこのように、髪の毛はその額からさらさらにブラシで梳かれていた。彼の眼は澄んでいて、うす蒼いヤグルマギクの色をしていたし、厚い唇をした口はぽかんと開けられて、少しよだれが垂れ下がっていた。(二四四)

ベンジーの外観は、もともと生気がある皮膚が、死んだように張りがなくなり水ぶくれしていて、体躯に調和しない奇妙なさまをしている。ここには生き生きとした人間の精神の働きに比肩する性質のものはなく、ただ檻にいれられた「熊」と比喩される。

老醜の身をさらすディルシーと、「熊」に似たベンジーの風貌からは、生体よりも死体に近い皮膚をしたうらぶれた人間のイメージをもたらす上記の引用文の印象とは裏腹に、ベンジーを母に代わって世話をするディルシーの存在は重要な意味を秘めている。当日、三三歳となったベンジーの誕生日を忘れている母親にかわって、ディルシーはバースデイ・ケーキを自腹で用意するばかりでなく、娘のクウェンティンの反抗的態度にたいする、ジェイソンの暴力を阻止したり、いつもベッドについているコンプソン夫人に代わって家事一切をとりしきったりして、まさに一家の大黒柱としての働きをなす。

ディルシーの異様な容姿のイメージと、老いてもなお、一家の支柱となっている強靭な精神力との乖離現象は、外観と内面、肉体と精神、美と醜という対照的対立を際立たせるものでありながら、ここではその両面がひとりの人間のなかで統合されて、個性的な存在として客観的に実在化される。

ディルシーが世話するベンジーの異様なイメージと同質のマイナスイメージは、秘められた内面の精神力を、一層強く際立たせる働きをなす。このふたりの外観描写は、このセクションにおける両者の人間存在の重さを、逆照射する意味深い象徴表現となって、このふたりの存在に意義あるものとして照明をあてて注目させようとする意図が、このふたつの引用文に認められる。

ベンジーを伴って教会へ出かけたディルシーは、イースターの特別説教に接して感動し、これまでにない精神の高揚を体験し、その背後に深い啓示を受ける場面は、この作品のひとつの根幹となるものである。シーゴグ牧師の熱狂的な説教は聴衆にも、ディルシーにも深い感動と強い衝撃をあたえるものとなる。

そして聴衆はその声が発せられている間、じっと彼［シーゴグ牧師］をみつめているようにみえたが、そのうちに彼は無となり、彼らも無となり、声さえも響かなくなり、言葉を必要としない歌の調べとなって、ついに彼らの心と心に響きあうものとなると、彼は説教台にもたれて一息ついて、猿に似た顔を上げ、全身穏やかになり、そのみすぼらしいなりをした、つまらぬ人物だという思いを超越し、その場かぎりの思いにしないような受難の十字架像となると、長く響くため息のような唸り声が聴衆から発せられ、続いてひとりの女の、「はい、イエスさま」という甲高い声があがった。（二六一）

シーゴグ牧師の説教は、説得の機能を超越して、「歌の調べ」になって直接、聴衆の心をゆさぶり、無心の感動をひきおすものとなる。猿のような矮小な体躯の牧師が、十字架に架けられたキリストに擬せられるような、高揚した雰囲気が聴衆の尊崇をうけて盛りあがってゆく。説教が単なる声の「調べ」となり、聴衆の心に調和し、感動の波が高まり、高揚した無心の恍惚状態に誘いこむ。「調べ」に反応して、聴衆の「唸り声」が自然に湧いて出てくるなかで、ディルシーも我を忘れて恍惚となって、感情の高揚と、生きる悦びにあふれて、牧師の姿に神の復活を直覚して、「はじめと終りをみた」とつぶやく。この言葉には、説教に接した今という現在が、神の復活と同時に、啓示に満たされた瞬間に転化し、深遠な広がりをもって心の中できらめき、受容されたことを示すものであろう。柱時計が狂っていて、五時を打つと「八時だよ」というディルシーは、はじめから物理的な時間感覚にとらわれず、自分の体感する時間感覚によって生きている生活の実体があって、こうした啓示的受容ができたのであろう。「現在を限られた時間と永遠を含む連続体（時間）」（ストウナム 五五）として、ディルシーは改めて直覚するのである。

ベンジーの鋭い感覚については既に述べたが、一家に仕える黒人の匂いにも敏感である。祖母の死の場面で、ベンジーが人間の死を直感して、騒動をおこす前に、子守り役のヴァーシュは、屋敷の一角にあるディルシーの小屋に連れてゆく。この時、ヴァーシュの身体から発する匂いは、ベンジーの「死」にたいする本能的動揺を収縮させ、心の安定した快い心理を誘発させるものになる。キャディなき後、ベンジーの敏感な精神状態のバランスを保ち、暖かな人間性の回帰への本能を目覚めさせるものは、ディルシー一家の者達であることを考えると、シーゴグの説教は、ディルシーを介して、ベンジーの心に微妙な波動を伝える可能性をはらんだものとなろう。家族がばらばらになり、その絆が崩壊し、家族愛喪失の悲哀をかかえて、飲酒に溺れたり、病弱を理由に、不平不満を口にして家族への愛情を失ったり、自殺を犯したり、家族を裏切って金の亡者となったりする、一家の家庭崩壊のなかで、ディルシーとベンジーの心のつながりが、何らかのかたちで生まれれば、破滅と喪失の状況にあるなかで、それを超越せんとする志向性をはらんだものとなろう。

「蒼い眼」の意味するもの

ディルシーの受けた教会での説教の場面は、その横に、「蒼い眼」をして、ディルシーの感動する姿をみつめるベンジーの様相をも伝えている。このふたりを、感動を「与える者」と「与えられる者」としてのペアとしてとりあげ、「与える者」としのディルシーと、「与えられる者」としてのベンジーの関係を、「蒼い眼」の意味をたどることによって考察してみる。

最終場面で、御者として馴れていないラスターの引く馬車に乗せられたベンジーが、馬車が広場を反対方向に曲がらんとする時にたてた叫び声は、「恐怖であり、衝撃であり、眼もなく、舌もない苦悩で、ただ音声だけ」（三二〇）のものである。まるで、野獣の咆哮に似たものでありながら、広場で馬車の進行が正しい方向にもどされると、叫び声が消えて、ベンジーは元のぼんやりとした状態にもどる。通りの建物や看板が、「あるべき所にそれぞれ順序よく過ぎてゆくにつれて、彼［ベンジー］の眼はふたたび、空ろで、蒼く澄んでいった」（三二一）。もとの「空ろ」な眼をした、無表情な顔つきに戻ると、ベンジーの突然の叫び声は、始めと何ら変らぬ「空しい響きと怒号に終るだけの反応」（リード 八三、コリンズ 七八）にしかないようにみえる。しかし、この時の「蒼く澄んだ」眼は、「キャディを除いて、話しかけることによって、ベンジーを黙らせる唯一の人物としてのディルシー」（ロス 一八〇）の恍惚となって、説教に聴きいっている彼女の顔を見つめる時の、空ろな眼に還元される。それは「キリストのような単純で、無心な眼」（ロス 一八四）とまで評価されるケースもある。

ベンジーの「語り」における「祖母の死」の場面で、キャディがなぜ静かにしていなければならないのかという質問に対して、ディルシーは「神自身がお定めになる時に分かる」（二三）と返事するひと言に、また、ラスターの馬車で墓地へベンジーをつれだす時に、なだめるようにして「おまえ（ベンジー）は神の子だしね、わたしもそうだよ」（三一七）と言うのも、こうした神への帰依の念が胚胎していた。神はディルシーをとおしてのみコンプソン一家に顕現する存在となり得ていたといえる。教会で、ディルシーは自分の横に座するベンジーに無意識に伝えんとするものが、「はじめと終りをみた」という言葉の背後にある「現在時を包摂する永遠性」を直覚したディルシーとベンジーの姿は「キリストと聖母マリヤのような関係」（大橋 a 二六五、田中久 一三八）をもつ「極限的なペルソナ像」（大橋 a 一九九）となり得るのか。

他方、ベンジーは教会での説教の場面で、「すべての苦悩」を示す「空ろ」なものが、「苦悩」の救済へのしるしと受けとって発せられた聴衆の唸り声と、ベンジーの動物の咆哮のような「唸り声」は、同じ接点に向かうのか。「暴力と決まり事に反することへの痛切な反響」（ブレイカスタン 一八六）を響かせていて、「言葉のもつ意味深い力」（同 一九〇）を表わすものとする解釈では、十分説明しきれない、もっと深い意味が沈潜していると考えられる。

> 発せられたとたんに声は・・・意味そのものになる。・・・感覚性ではなく、観念性のレヴェルにおける（発するものと聞くものの）出会いと合一、それが「声」のもたらすものである。ヘーゲルは音が感覚性を欠如した、それ自体、観念的な、したがって「神的存在」を現わしだすのに、ふさわしい要素であると述べている。（浅沼 一七九）

言葉が声となって発せられる時、その音声は本来としては、「観念的意味」を伴って、聞き手に伝わるならば、ディルシーの感動する姿を見つめる「蒼く澄んだ」眼は、無意識のうちに、シーゴグの神がかりの発声を、「神の［観念的］存在」として受容できる場に身をおく時の眼の状態になり得るし、聴衆の唸り声と、ベンジーのそれは全く異質のものではなかろう。一九二五年に「神の王国」と題された小品に、ベンジーのような白痴が登場し、その眼は「ぽかんとした顔に心うたれるような蒼い二つの眼があった」（コリンズ 六五引用）とあるが、ベンジーの「蒼い」眼は、「心うたれるような眼」がその原型となっていると考えられる。

しかし、ベンジーの「苦悩の声」は、説教の洗礼をうけて、「すべての苦悩」といわれるものに発展的に吸収されてゆき、キリストの復活を通して、救済への途がひらける「永遠の時」に位置を占めるまでにはいたらず、どこか中途半端な段階でさまよっている感じがする。そこには、鋭敏な感覚を支える異教的ともいえる自然崇拝への無意識な志向が潜在してはいないだろうか。ベンジーにとっては、気をひくために持たされた雑草の花や、そうした花を飾って自分だけの玩具の「墓」をつくって大切にしていることは、単なる「遊び」ではなくて、自然崇拝へのひとつの典型的な具体的行動を例証するものであると解釈できよう。大自然のもとでの人間は、いつも子供のように無心になり得るとする汎宗教的側面が、ベンジーの「墓」にたいする無心の対応姿勢から浮上する。

ディルシーの「はじめと終り」は、ベンジーの唸り声を吸収する「墓」と鮮やかな対照をなす。ディルシーの宗教意識はキリスト教世界に包まれ、「はじめと終り」における「はじめ」は創世記に始まる時間、「終り」はヨハネ黙示録における「終末」となり、聖書を基点とするキリスト教思想の時間概念にのっとったものである。ベンジーの無為自然にのっとる性質のものとは完全に合致しない。キリスト教に帰属するディルシーの精神世界と、本能的に引き込まれる汎宗教的自然世界に帰属するベンジーとの接点となり得るものは「蒼い眼」にある。それは汎宗教的であるがゆえに、ディルシーのそれを併呑する可能性なきにしもあらずという雰囲気を「空ろな蒼い眼」はただよわせているようである。

両者の畏敬的荘重な雰囲気は、ジェイソンと娘、クウェンティンの間で起こる追跡騒動によって破壊されそうになる。この行動描写の諧謔性は、たとえば、追跡する「ジェイソンを小馬鹿にするかのように「ヤー、ヤー、ヤアアー」という警笛の音、擬音語で示されるその音は赤いネクタイをした男の俗悪さ、そんな男と付き合うクウェンティンの軽薄さ、彼らを追いかけ回さざるを得ないジェイソンの惨めさを現わしているかのようである」（林一二四）といえる騒音が割り込み、「蒼い眼」を脅かすが、荘重な雰囲気は断絶されることはない。

騒音を出す「車」と静謐な「蒼い眼」は、対極性をより強めて、ベンジーを乗せて墓地に向かう「馬車」の御者のラスターのミスで、ベンジーの発した怒号と、その後のベンジーの落ち着いた「蒼い眼」となってゆく。「車」と「馬車」の引き起こす騒音は、馬車が元どおりの方向へ向けられると収まり、「蒼い眼」の静謐な無心の世界に吸収されてゆく。

四　語りと近親相姦

近親相姦への願望

クウェンティンの「語り」のなかで重要な位置を占めるもののひとつは、キャディとの近親相姦にかかわる想念である。「近親相姦の願望は、永遠への憧れ、言葉への信頼、そして現実からの逃避」（平石 二三八）といわれるように、その実現の問題でなくて、願望として、言葉自体を問題とするのが重要な意味をもつことを、クウェンティンの「語り」に潜在する心理意識の働きから解明してみる。

この異常な願望をいだくクウェンティンの心情は、キャディは処女であらねばならないし、もしそうでなくなる場合は、その相手は現実のダルトン・エイムズでなくて、自分であるべきだという確固たる思い込みにまでいたる強烈な感情から生まれたものである。父にたいして、「キャディと近親相姦を犯した」（七五）という告白は、こうした心情を既成の事実に仕立てあげるための必須の言葉立てとなる。

第二セクションの表題となっている一九一〇年六月二日の当日、北部のハーヴァード大学の学生寮で目覚めた朝、クウェンティンは時計を気にしながら、自殺決行への心理状態にある。それは、妹キャディの純潔への強いクウェンティンの願望が前提となってもたらされたものである。告白にたいして、父は反撥も驚きもせずに、処女性は重視されるものではないという考えを明らかにする。クウェンティンは予測に反した父の反応に驚きながら、「近親相姦」の想念を、既成の事実として実現したと思い込んでいるところの、ある過去の場面を回想する。

キャディは誘惑された男、ドルトン・エイムズに捨てられて、身ごもり、それを糊塗するために、金持ちのブランドと結婚することになる。結婚式の前夜、クウェンティンとキャディは小川に身を浸しながら、近親相姦を犯すようなニュアンスを響かせた会話を想起する。

キャディ、彼［ドルトン・エイムズ］を憎んでいるかい
・・・
そうよ彼を憎んでいるわわたしは死ぬわわたしはすでに彼のために死んでしまったのよこんなことが起こるたびにわたしは何回も死ぬのよ
・・・
あなたはまだあれをしたことないの
なにをしたことないかというの

わたしのしたことしていることよ
そうだ何回も何人もの女としたよ
そして泣きだすと彼女の手が再び僕に触れたそれで僕は泣きながら彼女の水に濡れたブラウス
に顔を寄せたすると彼女はあお向けになり僕の頭ごしに空を見上げた僕は彼女の虹彩のしたに
白い縁取りが見えた僕はナイフの刃を立てた
おばあちゃんが死んだ日におまえがパンツのまま水のなかに座り込んだことを覚えているかい
ええ
僕は彼女の喉元にナイフの切先を当てた
ほんの一秒で事は終りだそして一秒で僕もそうなる僕もそうなる
いいわあなたはひとりでできるのね
うん刃はじゅうぶんの長さがあるよベンジーはもう寝ているね
ええ
ほんの瞬間ですむよ傷つけないようにするよ
いいわ
眼を閉じて
いやこのようにしてもっと強く突くのよ

手をそえてね
しかし彼女はピクリともしないでその眼はおおきく見開かれて僕の頭越しに空を見上げていた
キャディ、おまえのパンツが泥だらけだといってデルシィが騒ぎたてたことを覚えているかい
泣かないで
キャディ、泣いてはいないよ
ナイフを突き立てなさいよそうしてくれるね
そうして欲しいのか
ええ突き立ててよ
おまえ手をそえてよ
クウェンティン、泣かないで（原文句読点なし）（一四九―五一）

クウェンティンの記憶にとどまっているこの場の会話が、句読点が省かれて示されることにより、一層強い印象となって臨場感あふれる場面が回想されて、ふたりの相姦的言動を生々しく伝える。「彼女はあお向けになり僕の頭ごしに空を見上げた僕は彼女の虹彩のしたに白い縁取りが見えた僕はナイフの刃を立てた」という部分は、まさに性行為での相手の表情を移しとる描写に相当し、「ほんの瞬間ですむよ傷つけないようにするよ」は処女膜の破断を意味し、「このようにして

もっと強く突くのよ」とは具体的な行為への相手の誘導を仄めかす。ここではナイフはペニスとなるが、最後はナイフを捨てることにより行為が中断したことを暗示する。「肉体的感情的に不能」(ロス 一三二)となって、「近親相姦」の実現は事実上不成立となる。しかし、「近親相姦を犯した」という言葉の魔術によって、それは心情的には実際に体験したこととしての既成事実にすり替えられることになる。

兄が妹にたいするこうした性的願望は、屈折した心理意識がその底流にあることは否めないが、相姦願望はキャディの処女性を守り、純潔を尊重せんとする妹への愛情の念がその底流にある。妹の純潔はクウェンティン自身の生きるよすがとなる重要な要素であったが、それが失なわれたからには、以前の純潔状態にもどす手立てはない。しかし、自分がエイムズにとって代わって実行したのであるという想念を、既定の事実にしなければならない必然性がクウェンティンにはあった。

告白にたいして、「処女性は女でなくて、男がつくりだしたものなのだ」(七六)とうそぶく父は、社会の変化についてゆけず、経済的力量もなく、飲酒に耽溺して零落し、古き良き南部の伝統継承者の資格をすでに喪失しているし、母は一家の家事を切り盛りするどころか、「(ベンジーを産んだのは)わたしの失敗なの。でも、すぐにあの世にゆきますからね」(五八)と、弱音を繰り返しては、家族に甘え、終日ベッドに伏して、召使のディルシーに身の回りの世話をさせている。両親のこうした日常生活における態度は、親としての責任を放棄をした姿としてクウェンティンの眼に映る。

妹の堕落した姿と両親の無能の姿を実感させる家庭環境は、クウェンティンの生きがいを奪い去り、未来の希望を押しひしぐものとなり、行く手を阻止するものとなる。相姦的行為を既成の事実として自らに課し、わざと宣言することによって、活路を見出すきっかけとすることがクウェンティンにとって必然的にとるべき最後の手段であった。告白までしてキャディの処女性にこだわる心情は、閉塞された環境を打破し、古き良き南部の伝統的価値観を、不甲斐ない両親に代わって取り戻さんとする意図がその根底に秘められている。

キャディと共に、両親にとって代わり家族の核にならねばならぬという願望は、ふたりが両親の代行役となり、家族の間の愛情を取り戻すためには、ふたりが相互に強い絆で結ばれなければならぬという実現可能な具体性をもったものとなる。それ故に、夫婦のような強い結びつき、すなわち「近親相姦」が実現され、認められねばならないことになる。

キャディがその相手役となるのは、すでに子供の時から、指導的役割をはたす能力があるからである。小川で水遊びをして、ふたりがずぶ濡れになり。服を濡らしたとき、子守り役のヴァーシュが父親に告げ口してやるといったとき、キャディは告げるなら、告げてみろと言う。クウェンティンが罰をうけるぞと言うと、平気だ。逃げたらよいのだとキャディは言って強気の姿勢をくずさない。また、ジェイソンがベンジーの人形をはさみで切り裂いたとき、キャディはジェイソンを蹴り上げてまでして、ベンジーの味方をする。祖母の葬儀の夜の時に、父は子供達が騒がないようにと願って、ディルシーのいうことを聞けという。キャディは父に、皆は自分のいうことを聞くように言ってくれという。最後に父はキャディの強い主張に屈してしまう。

こうした強い個性を発揮するキャディは、母親の子供にたいする消極的態度と鮮やかな対照性を浮きあがらせて、奔放であるが、母親の代わりのような指導力を兄弟たちに発揮する。クウェンティンにとっては兄妹の関係でありながら、否、あるが故に、共に成長してゆくにつれて、夫婦のように太い絆で結ばれ、理想の家庭復活を夢見る身近な相手役となり得ていたのである。ダルトン・エイムズのキャディ誘惑は、こうしたクウェンティンの密かな願望を一挙に砕くこととなる。それに対応する反応として、近親相姦を告白して、行動にふみきる以外にとるべき途はなかったのである。

観念先行の言語世界

近親相姦という観念は、クウェンティンにとって自己の身の処し方にまでいたる目標となる。この言葉のこだわりようは、異常ともいえる純潔性、潔癖性を尊守せんとする純心さを浮びあがらせ、キャディとの擬似体験を、観念の抽象世界に昇華させんとする構造が、クウェンティンの「語り」に散在する。そのための手立てとして、鮮明な記憶の再現を表出するにさいしては、一切の句読点もないフラットな言葉をつなげて、まるでオブラートの膜をすかして見るような方法をとって、逆に鮮明な映像を表出しようとする。「近親相姦」成立の証しにするために、そうした表出方法を用いて、体験するという行為の世界を、言葉の膜で覆い、ものから観念の世界へ昇華させんとする意識作用が、クウェンティンの「語り」のありかたを左右する。それは「行為」の説明を第一義にするのでなくて、「行為」を包み込む観念の世界を、「行為」に先行させんとする願望、意図がある。クウェンティンにとって、「近親相姦」はその意味が指示する行為という事実の域から抽象化されて、行為という事実関係よりも、それから切り離された言葉だけの独自な観念となって意識されて、はじめて既定の行為の事実が成立するものとなる。

一例をあげてみる。自殺する場所を求めて、河にかかる橋にきたときクウェンティンは数人の子供達が魚釣りをしようとして、二五ドルもする釣竿のことを議論している場面に出くわす。

> 彼らはすぐに話しあった。その声はしつこくて、矛盾していて、せっかちで、ありもしないことが起こるように思わせ、そして次には実現できそうに、それから議論の余地のないほどの事実としてあるようにおもわせるものであった。丁度、思いこみが言葉に変わるときに人がよくそうするように。（二一六）

子供達の間での架空の事柄が、話し合ってゆくにつれて現実味を帯びてきて、最後はまるで事実として現実に存在するものとなってゆく思い込みについて、クウェンティンはこのように説明する。「ありもしないこと」が、「議論の余地のないほどの事実」に転化してゆくことを、子供の会話は例証する。そうしたルートに乗って「思い込み」が重ねられると、そこから新たな事実関係が生まれ、架空の事柄が既定の事実に変身する。ここにクウェンティンの言語意識の本質にかかわる発想がある。「クウェンティンの言葉は、行為を写しとるものよりも、行為を創りだすもの」(カーティゲイナー 二九)といわれる所以がここにある。クウェンティンにとっては「現実の力より言葉の力のほうが強い」(ロス一〇六)のである。言葉はこうして現実を超越して生みだされることになる。「はじめに言葉ありき」(ヨハネ一・一)という聖書にみられる言語観が、キャディの淪落を契機としてクウェンティンの認識作用に深く関わるものとなっているといえよう。

近親相姦とコンプソン一家

クウェンティンの「語り」は、彼の「近親相姦」への思い込みが、自己増殖して事実の関連領域にとりこまれ、それが既成事実に仕上げられる経過を述べてきたが、この「語り」の戦略によって浮上する「近親相姦」という言葉の響きは、家族の他のメンバーに広がる可能性を秘めたものとなって反響する。事実関係は別として、三人の「語り」からは、コンプソン一家には、近親相姦的性の退廃を示す雰囲気をかもしだす状況があった。

クウェンティンの告白をうけて父、コンプソン氏は、「南部では処女や童貞であることは恥ずかしいことなのだ」（七六）とか、「女は決して処女ではない。純潔は否定されるべきものであり、それゆえに本性にもとるものである」（一一四―一一五）という。こうした言葉を反芻するクウェンティンの受けた衝撃は計り知れないもので、あるべき南部の古き良き保守的な価値観を否定する意表をつく言葉であった。次のような片仮名で表現される父の言葉は、クウェンティンの胸に突き刺さり、たえず反芻されて、異常なほどに意識されて、あるべき姿としての女性像を打ち壊すものとなる。

女は男のことを知らぬワレワレガソレヲシラセルノダ女ハ生レナガラニ現実ニオコル猜疑心ヲモチソレヲチャント実ラセル悪ニ欠ケテイルモノスベテヲミタスタメニ悪ニ同調シ眠ルトキニ布団ニクルマルヨウニ悪ニ本能的ニ引キ寄セラレテ悪ガモトモト起コロウト起コルマイト目的ヲトゲルマデダンダント悪ニ誘イコマレテユクモノダ（片仮名部分は原文イタリック体）（九四―九五）

こうした心情をいだくに至る父の女性観は、その一般的観点に加えて、自分の妻の言動に多かれ少なかれ由来するものであろう。また、ベンジーとクウェンティンがキャディに対していだいた近親相関的愛情は、コンプソン夫人の彼らの母親失格の状態から、精神的に勝気なキャディがその代理の役割をはたすことになって生まれてくる複雑な異性愛がその底流にある。一家の近親相姦的雰囲気は、もともと両親の家族愛の不毛状況をつくりだす言動から生じたものである。なかでも自分の夫と子供達をないがしろにして、妻と母親の役割を自ら放棄した夫人の責任は大きい。それゆえに、「キャディは母親代わりとなり、[兄弟にとって]危険な代理母」(マシュウズ 八三)となり得る。

キャディへのこうした心情をいだいて成長したクウェンティンは、女性には本来、「悪」への志向があるとみてとる父の言葉は、インモラルな「悪」へ吸引されてゆく女性としての母自身に対しても、そうした疑念の矛先を向けざるをない意味をひそませる。キャディの堕落が現実のものとなった今では、クウェンティンは女性全般の性的脆さを、母の姿の背後にまでも重ねてみる心情となる。家族との接触を避けて、終日、ベッドに伏せる母は、心の悩みを抱いているにちがいないと思い込み、「悪」への疑念は、心のなかで自己増殖を繰り返し、母のモラルに対する疑念となり、両親の夫婦関係から、ひいては自分達兄弟の出自にまで及ぶものとなる。アルコールに依存して、毎日を無為に送る父の姿は、「コンプソン氏の女嫌いは夫人の振る舞いにある」(ロス 一四六)といわれるだけに止まらず、妻の淪落にたいする夫の消極的反抗の姿であると想定できる。「近親相姦」という言葉は、キャディとの相姦の思いを基軸として、コンプソン夫人にまでその対象を広げる性的堕落という意味にまで発展する。

次の段階では、母の不倫の落とし子はジェイソンであるとする疑惑を浮かび上がらせる。コンプソン夫人はたえず、自分の育った家系、「バスコム」を口にし、尊重する。「クウェンティンでなくて、おまえが残されたことに、おまえがコンプソン家のものでないことに神に感謝せねば。わたしに今残された者はおまえとモーリー（母の兄）だけだから」（二〇〇）と夫の葬儀の時にいう。「実務のセンスあるただひとりの子供で、立派な銀行家となろう。他の子供はコンプソン系だが、わたしの家系を継いでゆけるから感謝しなくては」（九二）という。水遊びをしてクウェンティンとキャディが服を汚す時も、他の兄弟たちから孤立していて、父に告げ口するジェイソンの姿は、何か他の兄弟たちと異なる雰囲気をもっている。ジェイソンの性格は「卑屈な精神による利己主義、自己満足、財産への執着の面で、コンプソン夫人と似ている」（ブレイカスタン一五一）といわれる性格の特徴は、こうした疑念を裏づける具体例となる。

夫人は自分が病弱であるとして、部屋にこもり、先は長くないと言って、神の「審判」をうけると愚痴をこぼす。この「審判」という言葉の指示する対象となるものはベンジーとなろう。自分達の犯した不倫という重大な背信行為のために受けた罰として、白痴ベンジーの誕生がおこり、この現実を天から受けた罰として自責の念に駆られて、「審判」という言葉が口から出ると思わせる口吻が夫人にはある。同居の兄のモーリー叔父さんが隣家の夫人にラヴレターを送り、不倫を果たそうとした時も、こっそりと酒を盗み飲みすることも、コンプソン夫人は何も咎めないし、おまけに、金を貸したりもする。ふたりがバスコムの家系であり、夫人がモーリー叔父さんを支える態度にはなにか、ふたりの間には「親密な関係」(山口一六六)が認められ、近親相姦的な雰囲気が底知れず漂う。

夫人は、娘のクウェンティンの行状に関して、ジェイソンとの会話で、「娘のクウェンティンはクウェンティンとキャディの、わたしに対する審判(の結果)」(二六二)であるという。クウェンティンとキャディが夫から甘やかされて育てられ、母である自分をないがしろにして、一方は自殺の途を選び、他方は男に誘惑されて、それぞれ、自分勝手な行動に走った。この二人が残したものが娘のクウェンティンであるという思いを述べるとき、ジェイソンは「わたしに対する審判」という夫人の言葉を、「性的相姦的な響きとして」(ロス一七四)うける。夫人はクウェンティンとキャディの近親相姦の結果として生れたのが、娘のクウェンティンであるという思いをつのらせ、あの娘は二人「クウェンティンとキャディ」(二三二)にとてもよく似ていると言いきる。

現在時では不在のキャディとクウェンティンに対するジェイソンの怨讐の念は、その代償として、父親代わりの自分がはたすべきものとして、姪のクウェンティンに対する強圧的態度が認められるが、それは自分の性的欲望の隠れ蓑として働いていることが感知できる。「ジェイソンは攻撃的な父権を振りかざす。しかしそれは、彼自身の姪[娘のクウェンティン]に対する密かな性的欲望を半ば発散し、また抑圧する動作でもある」（田中敬 一五八―五九）といわれる。また、ジェイソンは姪がいなくなったと気づいた時、部屋の鍵を無理やり取ろうとして、夫人のポケットに無理やり手を伸ばすが、それは「一種のレイプ行為をした」（田中敬 一六〇）という意味を潜在させるものである。さらに、ベンジーが学校帰りの女の子に手を出したことを、「キャディの代わりに、そうしたのならば、ベンジーに近親相姦の意図がある」（ブレイカスタン 七九）ともいわれる。ベンジーは一三歳になっても、キャディと共に眠りにつきたがっていたこともあり、気持ちの面ではキャディは母親代わりの恋人に似た感情を抱いていたことは否定しようがない。

近親相姦的雰囲気がコンプソン夫婦の一代限りのものでなく、子供の世代にも間接的に継承され得ることを、「語り」の戦略から解明できる。クウェンティンの告白する「近親相姦」の想念は、「語り」をとおして、家族全体を包み込む疑念の編目をつくりだす。この編目のなかで、「純潔」や「近親相姦」という言葉の響きは、両親に潜在するこうした秘密の匂いを、クウェンティンは嗅ぎ取っているからこそ、やはりそうだったのかという強い衝撃を与え、それが観念となってクウェンティンの意識に定着してゆくことになる。上記引用文のキャディとの「近親相姦」の擬似的行為は、母親の犯した罪の追体験をはたし、父の口にする女性の純潔性否定を行動によって実証するためのものである。クウェンティンは、母からの愛情を知らず、母と息子の不自然にねじれた心理意識によって、近親相姦の疑念を、既成事実に置き変え、一家にまつわる雰囲気を助長する。第二、第三セクションで「語り」だされた近親相姦にかかわる疑心暗鬼は、事実如何にかかわらず、実際におこった事象と、それを写しとる言語化の作業との間でみられる認識の過程における、人間の深層心理の意識作用にかかわる核心となり得ている。

言葉は事実との関係を指示するものだけに止まることなく、「語り」の戦略によって、実体は「語られる」言葉の創りだす抽象世界の一端に変質解体されて、その相対的関係を述べる新たな言葉を生みだす契機、手段となる。ここにクウェンティンが陥った実体と乖離した言葉の遊離的独自性を発揮する言語空間の構築への志向が「近親相姦」への想念から浮上し、この作品のひとつの核心部分となり得ている。

五　多様な時間の展開

現在時への収斂

ベンジー、クウェンティン、ジェイソンの生き様は、過去から現在に流れる時間のなかで、それぞれの時間意識の相違によってもたらされる「語り」の特性から抽出される。分断された過去のエピソードを、時にはばらばらのままで、時には変則的につなぎ合わせ、それぞれの特異な時間秩序に従って位置づけ、まとめあげる機能こそ、「語り」を形成する要素のひとつでもある。それぞれの「語り」は時間意識によって個性を発揮し、人物の内面に潜む人間の本質を暴露する。時間意識は人物が自己存在を主張するための心理意識活動の一環として認識されるものとなる。

ベンジーの「語り」のなかで断続的に示される過去の事象は、第一セクションの大半を占める。ベンジーの三歳ごろから一八歳にいたる過去のエピソードは、合計一五箇所（大橋　b二八）あるが、それぞれ断片的に断続されて、さらに各断片は必ずしも時間の流れにのっとらないものとなる。過去のエピソードは現在時および過去時に相互に絡み合い、ストーリーの流れがたえず断ち切られ、断片が交錯しながら継続してゆく。また、それぞれのエピソードの内容は分割されて、所属する時間内に収まらず、他の時間領域を侵犯して、ストーリーの流れは分断される。そうした文章表現の混乱を受容して、それぞれのエピソードにおけるベンジーの心理的意識作用が、「語られるもの」の背後に潜在して展開される。

かっては一家の牧場であったが、現在は他人のゴルフ場となっているがために、屋敷の敷地との境界を区分する金網が張り巡らされている。その金網の破れ目からゴルフ場に入り込む際に自分の服を引っ掛けたベンジーは、昔同じことをやって、姉のキャディが引っかかった服を、やさしく外してくれた過去のある瞬間を想起して、一瞬のうちに、過去時が現実感にとって替る。

金網をくぐる時のキャディの「かがんでね、ベンジー、ほら、このようにね」と言ってくれる動作と言葉の背後に、自分にたいする優しい思いやりの愛情をベンジーは感知する。それを心に受けとめながら、黙々とキャディの後をついてゆくベンジーはさらに、「手をポケットに入れてなさい。でないと、しもやけになるわよ。クリスマスが来るというのにしもやけにかかっていたくないでしょう」(三)というキャディの言葉の響きは、現在時に回帰して、再びキャディの姿を甦らせる。ベンジーの今に生きる充実感は、過ぎ去った愛情表現のいくつかを、現在に喚起させる瞬間にだけあるという悲劇的状況が浮びあがる。この鮮やかな過去と現在の交差する領域は、「語り」を媒介としてつながり、一体化された時間空間をつくり上げてゆく。ベンジーの体験した過去は、時に応じて現在時に侵入し、キャディ不在の不毛の現在を瞬間の間、充実したものに変質させる。

こうした現在時における過去時への傾斜は、一般に考えられるような過去を懐かしむ憧憬ではなくて、それは人間性を取り戻そうとする無意識の本能回帰の働きによるものであろう。それははるか昔の体験の自己確認であり、自己再生をはたすてことなる。

過去と現在の一体化は、過去の具体的印象が、同一の特定の語句によって現在時に、そのまま再現される例に具体的に認められる。

・・・「何を噛んでいるのだ。」と父は言った。

「なんでもないよ。」とジェイソンは言った。

「また紙を噛んでいるのよ。」とキャディは言った。

「ここへおいで、ジェイソン。」と父は言った。

ジェイソンは火のなかに放り出した。それはしゅと音をたてて、平たくなり、黒くなった。それから、それは灰色になった。そして消えてしまった。キャディと父とジェイソンは母の椅子にいた。ジェイソンの眼はふくれて閉じていたし、口はまだ味わっているように、動いていた。キャディの頭は父の肩にのっかっていた。髪の毛は炉の火のようだったし、眼には火のきらめきが写っていた。それで僕は近寄ると、父は僕を持ち上げて椅子に置いた。すると、キャディは僕を抱きしめた。木の匂いがした。

彼女ハ木ノ匂イガシタ。部屋ノ隅ッコハ暗カッタガ、窓ハ見エタ。スリッパヲ持ッテ、ソコニシャガミコンデイタ。（片仮名の部分は原文イタリックス）（七〇）

第一セクションの終り近くで、ベンジーの「名前の付け替えシーン」といわれる過去の出来事の経過が二〇回も現在時に断続的に挿入される。五才の時に、名前がモーリスからベンジャミンに付け替えられる時の情景である。このひらがなの引用部分はそのうちのひとコマである。ジェイソンが噛んでいた紙が炉の火のなかで燃えつきてしまう時の、生き物のような炎が、キャディの髪の毛と、瞳に反映するのに心惹かれて、キャディに近寄ると、「木の匂い」がする。ベンジーの意識に生々しく刻み込まれたこの「匂い」を思い出すと、それは瞬間に、過去の時点から飛翔して、片仮名で示される現在の時点に再現される。この過去時から現在時の転換は時間・空間が全く異なる別のものでありながら、キャディが「木の匂い」がしたという感覚的実感が、体験的観念に昇華して現在時に再現される。「木の匂い」はこの場面のみならず、他の場面でも再現されて、母性愛で自分を包みこんでくれる純真無垢で純潔なキャディの存在は、現在と過去を分つ時間領域を超えて存続し、ベンジーの意識に定着し、生身の存在として実在するかのごときものとなる。

過去と現在の融合世界は、時間的隔たりを基本とする時間軸に加えて、再現されたものが実体化される位置をもった空間的広がりを併せもつことになる。当事者の会話そのものまで生き生きと再現されたリアルな場面は、いかにベンジーの感性を揺さぶり、刺激させたかを伝えるものである。「印象を明確に記してゆくと、［ベンジーの］時間は空間に変えられてゆく」（マシュウズ 八〇）といわれるように、実体化をはたすために、特定の時間帯は広がりを持った空間に位置づけられると、そこに「生きる」時間意識が生まれてくる。そして、そのなかを過去から現在へ、現在から過去へと、ベンジーは自在に意識を働かして不毛の「現在」を生きんとするのである。

この内容世界を本能的につなぎ合わせて、大きな時間空間に仕立てあげる要素こそ、ベンジーの「語り」の時間意識に他ならない。過去を包摂する現在の吸引力によって、過去の世界は、単なる記憶の段階から脱して、現在時に実体化される。実体化とは、そこに位置づけられる明確な空間、場が設定されて、現在時に体験される具体性を帯びることである。「祖母の死」、「キャディの処女喪失」、「キャディの結婚式」、「クウェンティンの死」、「父の死」などの場面が、それぞれ独立して、過去の体験はひとつの時間空間のなかで、客観的具体化される現実の映像となり、新鮮で、生き生きとした情感あふれる場面が再現されることになる。

ベンジーの時間意識の働きは、記憶にとどまっている映像のイメージを、現在化して立体的空間に位置づけ、実体化する要素となる。もっとも、現実はそうした立体的時間空間が、分断されればばらばらに解体されんとする危機的状況にあることが、「語り」を悲劇的なものにして、不毛の現在と鮮やかな対立、対照性をうきあがらせる。他方、精神的肉体的不安定な状態の孤独と、寂しさ、やりきれない現在の日常生活の場を、瞬時に現在時から解き放ち、それを超越した時間空間に変身させる。ベンジーにとって、不毛の現在は、そうした超越的時間空間に置き換えられて、悲哀と慟哭の日常性を解放させる。ベンジーの時間意識は、「共時的」（ブレイカスタン 八七）と説明されるが、断片となって途切れる様相を示すが、実質的には時間の流れのなかで、それぞれの過去のエピソードを現在時に継続させ、両者にまたがる時間の流れによってつくりだされる事象の因果関係や印象は、すべて現在時に反映し統括されるものとなる。

ベルグソン流の時間意識の継続という発想につながり得るベンジーの時間意識がここに表われているばかりでなく、それは一瞬一瞬の時間体験を主体的にわが事として、現在時を受容して、いわば、「時間の外にいる」（ヴィカリー　三六）と、比ゆ的に解される場合もあるが、流れ去る時間の超越を志向して、「過ぎ去ったものはない、遠くにあると見えるものも「今ココニ」あり、すでに過ぎ去ったと見える時も「今ココニ」ある」（中野　九〇）とか、「ただいまを手にいれなくてはならぬ。・・・アッというこの一瞬が直ちに無限の時間そのものであると気のつくとき、東洋思想の根底にふれることができる」（鈴木　七三）という言述を思い出すと、ベンジーの意識作用は日本の禅思想に認められるような時間意識のニュアンスをただよわせるものとなろう。豊かな過去の体験が、遥かな時間の経過を経ても、現在時に反復され、瞬間瞬間において吸収され融合される。瞬間の美学といえるような生き様が、その背景に浮びあがり、白痴を前提とした無心無垢の人間性を際立たせる質の高い時間意識が、断絶して継続する事象の、現在化の過程に仄見えるようである。

過去の重圧と閉塞の現在

時間意識がクウェンティンとジェイソンの人間性へはたす働き分析してみる。自殺を断行する当日の朝、クウェンティンは、陽光のつくりだす影と、時計の刻む音に、異常に神経を尖らしている状態にある。「[目覚めたら] 時計の音がきこえてきて、時間のなかに自分はいる」（七四）と神経質になって、時計をもらった時の父の言葉を次のように反芻する。

わしがお前にこの時計を与えるのは、時間を意識するためではなくて、時々時間をしばらく忘れて、それを乗り越えようと懸命にならないように与えるのである。何故かというと、どんなに挑んでも時間には勝てないからだと父はいった。（七四）

「時間［の経過］を意識」するための「時計」でなくて、時の流れのなかで生きてゆかねばならぬ人間の宿命を伝えるために、父は息子に「時計」を与えるという。ところが、時計の時を刻む音に異常に神経を尖らせ、時間の経過を意識すればするほど、それは強く自己に対決を迫る脅迫観念となる。

時間の経過に意識過剰な心理に落ち込む理由は、ある過去の時点以前に、時間の流れを逆転させ、そこに定着せんとする強い願望があるからである。その特定の時点とは、妹のキャディがダルトン・エイムムズに誘惑されて処女喪失となる以前の時点である。特定の過去時に、自分の存在感を引き戻し、定着させることによって、キャディの処女喪失という既定の事実を、未然の事として処理したいからである。

クウェンティンのこのようなこだわりかたは、キャディの処女喪失の事実を、絶対に認めない心情から生まれたものである。既に現実に起った事柄を無きものにするには、喪失の直前にまで時間をさかのぼり、処女喪失は自身の行為として自己確認するしかない。このためには、キャディの処女喪失の特定の時点に、わが身を向かわせるしか途はないと考える。

過去時への逆戻りは、現実には不可能なことを、意識的に想像力によって策定し、定着させようとする心理意識の働きがその基底にある。そこには厳然と区別されるべき過去と現在との時間の区分を、曖昧なものにする感覚の働きがある。こうした心理作用は彼の時間意識のみならず、他の面にも認められるものである。たとえば、電車に乗ると、クウェンティンは開いたドアからの水の匂いに触発されて次のような感慨に耽ってゆく場面をみてみよう。

［電車の］ドアのところから水の匂い、湿った動かぬ空気の匂いを感じた。スイカズラの匂いがその中に交じって全体が夜の落ち着きのなさを象徴するまで時々それを何回も言って寝入っていけた僕は横になって寝てもいなければ起きてもいないでほの白い薄明の光で照らされた長い廊下を見おろしているとそこでは確固として不変のものが幻影のような逆の曖昧なものになってしまい今までなしたことが全て影となり感じたことが眼に見えるものを全ておどけたつむじ曲がりのものにしてしまいその意味を否定して本来もっている関係をあざ笑い自分が自分でない自分でないものはもとの自分でないと思ってそれを認めざるを得なかった。（原文句読点なし）（一六八―六九）

途中で句読点が省略されて、クウェンティンの意識の混乱が示される。薄明の「廊下」のなかを動くような「電車」のドアから水の匂いが漂よってくると、それに触発されて、記憶のなかの、雨に匂うスイカズラの匂いを感じとる。「確固として不変のものが幻影のような逆の曖昧なもの」に変り、「今までなしたことが全て影となり感じたことが眼に見えるものを全ておどけた」ものにするという心境になる。「事物や出来事の意味するものは人の心の状況が変化するにつれて変ってゆく」（ストウナム 四三）のである。　時間と場所の限定された現実世界の領域を超えて、実体あるものと、実体のないものとの逆転状態を自覚すると、それに伴って意識する自分も、自分でないものが自分に成り代るものだという特異な感性が自分を支配するようになる。

現実と非現実、自と他の識別されぬ領域は、記憶にある過去と、現実を支配する現在との混交と同じく、クウェンティンの心理意識に溶け込み、光と闇の中間領域としての、当日の夕方の「薄暮」の気象状態に心を惹きつけられる。「『薄暮』はこの小説の元の題名であった」（ミルゲイト 八六、大橋 c 一〇七―一二〇）し、「薄暮は事物の表面の性質とはっきりと輪郭をもたないものの融合を表わすもので、・・・視覚的には、明と暗、白と黒の混合色であり、その特性はそうした色合いをすぐにおし流してゆくもの」（一一三）である。そこでは日中気にしていた自分の「影」が消える場でもある。自分の「影」に異常に気にすることは、「影」を生み出す日の光の移ろい、すなわち、時間の流れを具体的に示す時計の時をきざむ音が気になることと同質のものである。そこには時間の流れが止まる空間として「薄暮」の状態が強く意識される。自他の区別を象徴する自分の「影」が消える世界は、時間に支配されぬ世界を意識し、クウェンティンはそのなかに溶け込んでゆくことを渇望する。時間が静止し、「影」がなくなる世界は生成変化する時間と空間の消滅となり、死の世界につながる。ここにクウェンティンが生死にこだわらぬ心理意識が芽生えることになる。

光と影の明暗の世界を混交させ、現実と非現実の区別を曖昧なものにさせる感覚作用は、現実の空間を、意識世界の想像空間に取り込み、抽象的空間に変質させる。現在時から過去時へと逆流する時間意識がここからうまれて、過去の重層した意識世界が現在のリアルな空間を覆い、包みこんでしまう。現在時を生きる身として存在しながら、意識世界は過去の世界にたえず吸引されて、肉体と精神の分裂がおこり、現実世界と観念世界、実体と虚構の背反現象のなかで、現実よりも、名目たる抽象観念を優先させてものを認識しようとする心理意識が支配するものとなる。

現実世界が引き込まれる名目優先の抽象的世界は、それを端的に表象する記号として、歴史上有名な人物の名前が意識されてあげられる。イエス・キリストをはじめとして、ジョージ・ワシントン、ガリバルディ、デ・ソトなどの過去に名をなした人物の名前が「語り」に散在する。これらの人物の名前が言及されて、指示される具体像よりも、それらの名前（固有名詞）そのものに魅せられるという、強い吸引力がクウェンティンの心に働く。さらに、彼の言葉のはしばしに、エリオットやホプキンズ、バイロン、コールリッジをはじめとする詩人の詩句との関連性（ロス 五一、五九、六一、六八など）があげられる。これらの人名や詩句は、それぞれの所属する時代を表象したり、詩人の個性を象徴する記号となる。過去に名をはせた著名な人物の名前や、詩句の一端を比喩として利用したり下敷きにするとき、これらの人名や語句に、自己のあるべき姿を重ね合わせ、心理的に同体となり、現在の自己の存在確認をはたそうとする願望が仄めかされる。これらはそれぞれ所属する過去の時点に、クウェンティンを引きずり込み、時間の流れを過去に逆流させ、一定の過去の時間帯のなかにわが身を沈潜させせんとする願望の表象物となる。こうした特定の固有名詞や語句への言及は、過去への執着を象徴するクウェンティンの時間意識を具現化する記号表現となる。

また別の典型例として、「祖父」として固有名詞化された「サートリス大佐」への思い込みがあげられる。「僕はいつも、死ぬことを考えると、祖父のような人物を思いつくものだ。[死は]彼の友達であり、私的な特別の友人のようなもので・・・」（一七四）と述懐する。既に起きた祖父の死という過去の事実に、自らを重ね合わせて、合体し、自己確認をはたさんとするクウェンティンには、過去の時間帯に自らを埋没させせんとする手段としての自殺への途は遠くない。ここにクウェンティンの自殺に対する自己肯定への土台となる根拠がある。自殺行為は時間の流れを逆流させて、定着した過去の世界へ自己の心身を固定せんがための自己確認の手段である。「時間の無い世界に閉じこもろうとする」（ブルックス 三二九）ことは生活時間のない死の世界に、自らを閉じ込めて、名目に生きんとする逆説的な意味での途を探索することになる。

流れる時間のなかで、過去のある時点に立ち戻ろう立ち戻ろうとし、さかのぼれない時間を、さかのぼろうとする自己矛盾を解消すうためには、自分の生きんとする力を欺き、正当化するために、自己解体と自己否定を通して、自己を過去に引き戻すしか途はない。「ベンジーの時間意識は過去を現在に、クウェンティンのそれは現在を過去にする」（リード 七七—七八）といえよう。

クウェンティンの断片的語句の繰り返しによって、具体的なリアルな内容は現実感を失わせ、言葉だけの抽象空間に仕立てあげられる。現在時から切断された特定の過去時に、自意識を固定化せんとするクウェンティンの「語り」は、近親相姦の想念のように現実世界を盛り込めぬ、抽象的言語空間にとどまり、ベンジーのそれと鮮やかな対照を際立たせるものとなる。


ジェイソンの時間意識は、現在の時間帯を中心としたもので、前二者に認められるような「過去」の時間の質の重さはない。回想される過去の言動は、現在の自分の不遇な状態を生みだす要因として現在時に回想される。現在時の不平不満や恨みの念は、皮肉な口吻で回想部分を飾りたてる。他人の過去の言動は、自分の見返しや、復讐のための素材となって、現在の自己本位な言動を創りだす。「過去の世界と現在のそれが（無意味に）混同されることなく」（リード 七九）、因果応報の経過をたどり、過去から現在へと無機質な時間の流れに身を置き順応するものである。

たえず綿相場に気をとられ、時時刻刻に変化してゆく動静に不安定な心理に陥っている現在の時間の流れは、単なる時間の集積という空虚な時間空間をつくりだすにすぎない。時間の流れに、漠然と身をゆだね、気の進まぬ勤め先のアールの店へは、絶えず遅刻し、自己弁護して言い逃れをする。ここには現在を真剣に生きようとする主体性はなく、未来への展望は開かれない。

ジェイソンの「語り」の経過において、母、コンプソン夫人との対話を中心とする内容は大きな位置を占めている。それは過去時と現在時にまたがっていて重要な要素となって、両者が表面をとりつくろった擬似的な親子関係にあり、ジェイソンの受けた影響は大きい。「その卑小な精神の利己主義、自己満足、富へのブルジョワ的関心」（ブレイカスタン一五二）と説明されるが、これらの性向は、母から継承されたものでもある。彼女は三つのセクションに顔をだす。特にベンジーとジェイソンの「語り」では、夫人の母親失格といえる弱気な発言が両者の「語り」に共通して認められる。ベンジーの過去の子供時代の記憶によみがえる夫人の言動は、ジェイソンの「語り」で示される夫人のそれと、質的相違はない。このことは両者の「語り」の時間的隔たり、一方は子供のベンジーの時期におけるものと、他方はベンジー三三才における言動が同じということになり、さらに第四セクションでの夫人の同質な言動を加えると、三〇年近くにわたって夫人の本質が何も進化せず、子供たちに母親失格という意識を与えつづけていた状況が明らかとなる。

彼女はかって、ジェイソンにキャディの行状をスパイさせた。その濡れ衣はクウェンティンが受けたが、こうした卑劣な母の策謀行為が、「赤いネクタイ」をした男と連れ歩く、娘のクウェンティンの後をこっそりと付回すという行動をジェイソン自ら誘発・承認させて、正当化させる要因となる。彼女も自分の家系を継承するものは、ジェイソンしかいないと期待をかけていたし、ジェイソン自身も、母の期待にそぐわぬように表面づらを繕っていた。過去の体験した事柄は、なんらかの意味で、無意味な反抗と復讐を企て、他人を裏切ることへの自己正当化の要因となって、現在に濃い影を落とし、その谷間から脱却できぬ自分の姿を反映するものとなる。いわば、過去の尾を現在の時間空間のなかで肥大させ、未来に飛翔できぬ自縛の姿を日常生活の平凡な時間の流れのなかでさらけ出す。

ジェイソンの時間意識は、時の経過における生きるおもしとなるものは無い。この時間体験の質の軽さこそ、ジェイソンの日常の軽薄な人生を端的にしめす指標となっている。ベンジーのような記憶の世界の実体化はなされず、彼の過去の記憶は、ただ現在の怨念をつくりだす要素にとどまる。それが独自な立体的時間空間になり得ぬ理由は、「語るもの」の一方的伝達が中心となり、まるで本人の頑固な性癖を象徴するように、自我を固守し、「語られるもの」の相手との対等関係を認めず、相手を見下す姿勢は、「語られるもの」の反応を生み出す意味あいがとぼしくなり、内容が自分本位の平板なものとなる。時間意識のもたらす体験的時間空間が意義あるものに構築されない欠陥を露呈する。彼の時間意識は、その人柄に反映するものとなる典型例となっている。流れ去る時間と人間形成の関連性を示すなかで、三者のなかでジェイソンが、時間の魔力と人間性の破滅という興味ある人物像を提供することになる。

それぞれ三者の「語り」の枠組みを構成する時間意識における時間の質の充実度は、人間の資質を左右する本質の指標となり得る。ベンジー、クウェンティン、ジェイソンのそれぞれの「語り」から、現実にたいする意識世界とそれを支える時間的広がりのもたらすさまざまな現実世界への観点や認識が浮上してくる。彼らの時間意識はこうした意味で人間の本質にかかわる重要な要素となるのである。

六　人物像とアメリカ社会的性格

『響きと怒り』とアメリカの歴史性

『響きと怒り』を「読む」という行為を実現するための手がかりとして、「語り」による作品構造と捉え、その特色を分析してきた。それは聞き手としての読者側からの内容発掘であり、アプローチであった。その基底には、文学テクストを自律的な構造体として扱う必然性があった。「文学作品を言語のひとつのあり方とみなすと、それは象徴となる。作者の個性や純然たる事物の世界から切り離された自律性をもち、また、独自の意味を生み出す点で創造性をもつ」(フィーデルセン 四)といわれる観点でもあった。しかし、こうしたアプローチは、マシーセン(『アメリカン・ルネッサンス』(一九四一年))や、チェイス(『アメリカ小説の伝統』(一九五七年))に代表される文学批評の対象とする作品が、現実の社会を反映する現実性を軽視しているものであるという批評がなされるようになった。

「文化論的な諸研究が、社会的現実を媒介する文学の能力を否定もしくは極度に限定するような美学的諸前提を固守した結果、その視野を狭めてしまった」(ライジング 四〇)とし、「文学を社会認識や社会的行動のひとつとする見方が可能であり」、「[文化論的研究が]文学の自律性を説くあまり、社会的、政治的意味に関する問題を批判的に考察する能力を文学から奪ってしまいがちなのだ」(同書 四九)と批判される。従来の文学批評における文化論に社会的歴史的観点をとり入れ、文学作品のキャノン見直しが提案されている。

こうした意味でも、『響きと怒り』に潜在すると考えられるアメリカの歴史的社会性を、「語り」だされた人物像から抽出することは、本作品の新たな地平を明らかにして、その全体像につながるばかりでなく、「読む」行為の目指すべき道程のひとつとなろう。以下こうした観点から各人物に潜在するアメリカ社会的性格を分析してみる。

ベンジーの「空ろなうめき声」から触発される「響きと怒り」という語句は、本作品の題名となっているが、もとはシェイクスピアの悲劇『マクベス』の科白から採られたものである。「白痴の語りとは」という項目でとりあげたように、彼の「語り」は、語れぬ白痴を代弁する語りの機能として、ベンジーという人物を「語り」の対象として扱うことになる。こうした処理方策から導き出されたベンジー像は、社会性を剥奪されて、全く孤立した原初の世界にある。旧南部の独自の価値観には一切左右されないが故に、裸の人間として、神話的「原型像」（ブレイカスタン　一九八）となり得る。

アメリカ小説は、本質的に、その最良部分において、非リアリズム、いや反リアリズムなのだ。フランスで生み出された象徴主義が、アメリカへ輸入されるずっと以前に、土着の象徴主義の伝統が十分に成長していた。この伝統はアメリカの国民生活の根深い矛盾から生まれ、ピューリタニズムの遺産、感覚的世界を究極の現実とは見なさず、解読されるべき記号のシステムと受けとるという、いわば「原型的」（さらには寓意的）な見方によって支えられてきた。（フィドラー　二一九）

こうした伝統的アメリカ小説論にたてば、ベンジーという原型像は、孤立し、幸せを目指す人間性を根こそぎにされた、もの言えぬ個人の、直面する日常生活の衝撃をバネとして生みだされるもので、一切の主観的価値判断を剥奪された無心の心の率直な反応と記憶を保持する原像につながる存在となる。幼児の時の名前、「モーリス」は、コンプソン夫人が自分の子供が白痴であることを知って、その名前を嫌い、ベンジャミン（「ベンジャミン」）に改名した。それは旧約聖書の創世記（三五・一九）に由来するものである。「ベンジャミン」はヤコブの「右手から生れた息子」で、兄弟を飢餓から救い出した人物である。「物言わぬ舌に英知を与える」（一一七）というクウェンティンの言葉は、「『白痴であっても平和であれば、賢明なり』（箴言一七・二八）」を意味するという説（ロス一〇四）とか、「子供や乳呑み児の口から［力が出てくる］」（九九）という引用の部分も聖書（詩篇八・二）から採られたもので、その意味は「神が人間に力を与えたのをたたえる歌であり、ベンジーを子供に見たてて、真実を見抜く彼の力のことを考えている。」（大橋 b 一六〇）といえるならば、ベンジーと改名された人物像はアメリカ開拓の歴史的意義を原点から問い直す「原型像」に当てはめてみることも出来よう。

この原型像はアメリカ大陸の発見以来、アングロ・サクソン系の英国人をはじめとして、ヨーロッパからアメリカに移住してきた白人に対応する「無垢」の人間存在としての、原住民のネイティヴ・アメリカンに認められる原型像につながる。ベンジー像は世俗的な富や名声とは隔絶されて、言葉（英語）の喋れぬ、非キリスト教徒の、白人の文化と本来的にはそぐわぬ、ネイティヴ・アメリカンとの近似性を例証するものである。

進出してくる白人から彼らが辺境に追い込められて、敗退してゆく歴史的経過と重ねてみると、ベンジーの姿は去勢されて、まるで手足をもぎ取られて、活動の自由を奪われているし、本来は自分の所有地となるはずであった牧場は、クウェンティンの進学の費用捻出のために人手にわたり、ゴルフ場となって開発されていることなど、彼自身や、その身辺の状況は、伝来の土地を白人に奪われ、その戦い敗れて追いつめられ、部族社会が解体されていった、ネイティヴ・アメリカン追放の歴史経過における比喩的存在となり得る。「木の葉の匂い」のしたキャディに抱かれ、一時的にも苦悩から解放されるベンジーの、光や水や炎、雑草、蛙などの小動物など、自然物にたいする鋭敏な感覚の働きは、これらを神の恵みとして崇拝し、広大な原野に抱かれて、自然と共生するネイティヴ・アメリカンの基本的姿勢を彷彿させるものとなる。両者の自然崇拝への志向は共通していて、宗派や流派にとらわれぬ大自然（神）の子供となり得る要素は、アメリカに進出してきた白人の文化とは無縁の、「東洋的」な特色をはらんだ、ベンジーの「今ココニ」という瞬間の美学を演出する自然のなせる時間に身を置かんとする意識からも認められよう。

本作品が出版されたのは、奇しくもニューヨークの株式の大暴落に端を発した大恐慌が勃発した年である。それぞれの人物像の背負っているアメリカの歴史的性格に、発展し続けてきたアメリカ資本主義社会の犠牲者としての残像も反映していることも補足する必要があろう。こうした面では、白人中心の社会観への批判的反面教師として、ベンジー像は甦る。ヨーロッパから新大陸に渡ってきて、新しいエデンの園のアダムたらんと欲しながら、資本主義社会の排他的競争に打ち負かされた、大勢の人間の末路の姿にもベンジー像は投影される。アメリカ人の危機的状況と、現代文明の名のもとに遂行されてきた産業社会への痛烈な批判を響かせるところの、悲劇的映像を反映したものとなる。最後の場面の特異な唸り声は、現代の「苦悩」を背負って生きる人間の声を代弁するものとなる。虐げられる人間の、不条理な世界に対する根源的苦悩を象徴するものとなって、現代産業社会の非情な社会機構に埋め込まれて、生きるための本然の姿を模索する現代人が、「苦悩の声」の背後に潜在する。人間の本性にかかわる主体性を剥奪された人間が、再びそれを希求する響きとなり得るものであろう。このようにベンジー像は、歴史的には敗退したネイティヴ・アメリカンの姿を背負う原型像としての一面に加えて、資本主義社会の脱落者の非人間的悲劇的映像を映し出す現代像としての一面を重ね合わせた人間像を象徴するものとなる。

ベンジー以外の人物像も、アメリカの歴史にかかわる原型像を背後に担う存在となり得る。トマス・ジェファソンは『ヴァージニア覚書』（一七八四年）において、アメリカの農業立国を基本政策としてとりあげ、次のように評価する。

大地で働く人びと「農民」は神の選民であって、神は堅牢純心な徳のために、かれらの胸をかれ独特の寄託所としているのである。・・・どういう時代、どういう国民であれ、耕作者大衆が道徳的に腐敗したという現象については、まだ実例がない。そういう腐敗は、農民がやるように、生存のために天に頼り自分の土地や勤勉に頼ることをしないで、自分の生存を偶然事や顧客の気紛れに依存せしめているひとびとに、押捺された標章である。（『原典』二五四）

フォークナーはふたつの面で第三代大統領トマス・ジェファソンに対して傾倒していることを例証する。ひとつはジェファソンという人名（固有名詞）を、この小説や、以降の作品の舞台となっている南部の町の名前や登場人物名（アーゴ　九九―一〇〇）として採用している。いわゆる「ヨクナパタファ物語」と称せられる小説世界の舞台として、南部の町の名前に、「ジェファソン」という名前を付けていること（ミルゲィト　八八）。もうひとつは、フォークナーはジェファソンの農業中心の政策を評価する面があった（ニコライセン　六五）。南部の伝統的価値観を保持しようとしながら、北部で敗退してゆくクウェンティンの姿は、アメリカ社会が農業を中心としたものから、産業資本社会へ変貌を成し遂げた一九世紀の社会発展のなかでの人間としてのジレンマの姿を映しだすものである。

近親相姦の問題を南部の運命と関連づけると、クウェンティンがそれを南部の退廃として受けとり、失望と疑惑の重圧につぶれたひとりの南部人を表わすものとなる。この問題が家族愛を尊重する社会の別の一面があることを示す。時には忠実な黒人の召使まできま込んで維持されてきた近親相姦的家族愛は、旧南部の日常生活の範疇にあったことは、たとえば『アブサロム、アブサロム！』（一九三六年出版）で、その悲劇的葛藤が表わされる所からも推定できるのである。

かっての南部社会は近親相姦的家族愛、すなわち、親子の間や、兄弟姉妹の関係において、現実に相姦関係が実現する以前の段階において、こうした雰囲気を秘めた家族の愛情あふれた生活を尊重し、家族の人間関係を濃密に演出していたのではなかろうか。クウェンティンの「近親相姦」へのこだわりは、南北戦争以前の南部の伝統的社会にみられた社会の変容にたいする慨嘆の情念が重ねられる。こうした性質をもつ家族愛という絆によって結ばれた南部社会の価値あるものの消失を我が事として嘆く、旧南部人の慨嘆の姿を浮き上がらせるものとなる。

さらに、別の局面におけるクウェンティンの姿は、日の光のもとで、自分の姿を反映する影に強迫観念を時間の経過とともにつのらせ、その影を薄暮のなかに溶け込ませてゆく灰褐色の世界に心を惹かれるものであった。それは、境界領域を曖昧にして、実在するものとしないものとの識別が消えてしまう曖昧空間でもある。事物を明白に照らしだす現実世界よりも、区別を曖昧にしてゆく薄暮の世界は、灰褐色の抽象世界への憧憬の念をかきたてるものであった。また、「水はキャディの肉体を連想させる別の、分身的存在」（ウエストリング一〇七）であり、時間経過の影響をうけない永遠性を保つがゆえに、クウェンティンにとっては理想の環境状態にあるものであり、そのなかにわが身を沈めて水死に至ることは、間接的なキャディとの究極の合体状況を観念として実現させるための目標となる。時間の流れに左右されることもなく、閉塞状況から脱却し、薄明の水底に自らの死体が横たわるさまを憧憬するクウェンティンは、まさに死を賛美するロマン主義者に還元され得る本質を秘めたロマンチストである。

ヘンリー・アダムズの『ヘンリー・アダムズの教育』（一九〇七年、私家版）に認められるように、「アダムズはアメリカの知識人が、南北戦争を経て、これまで保ってきた地位から疎外されたという、きわめて重要な歴史的現象を明らかにした」（リン　二四六）といわれるが、旧南部の価値観が戦争を契機にして、北部の資本主義的産業社会の勢いに呑み込まれて失われてゆく時代に、クウェンティンは崩壊しつつある旧南部の伝統的社会復活への使命感にも似た強い憧れをいだき続けたロマンチストとなり得る。

時間の経過とともに、現実が次々と変容してゆくアメリカ社会は、西部は勿論のこと、南北戦争を契機として、南部地域をその勢力圏内に取り込んでしまい、従来の慣習や生活様式までもが保てない状態にまで旧南部を追い込んだ。クウェンティンが近親感をもった古き良き黒人も、「一九一五年から一九四六年にかけての大挙して北部に移住」（レスター　一二六）し、発展する資本主義産業社会の歯車になりさがった。旧南部の解体につれて、道徳観をはじめとして、あらゆる価値観は変質しはじめ、クウェンティンと共に建国時の農業を基本としたアメリカ社会の理想の夢も運命を共にせざるを得ないこととなる。農業社会を基盤として発展してきた南部の農園貴族の申し子としてのクウェンティンの自殺は、「顧客の気紛れ」に左右されて生計を立てている北部の商工業社会の拒否であり、敗北を意味する。両親に感じとる近親相姦の疑惑と、それに対する無気力な諦観的姿勢は、「南部の運命と関係している」（サンドクイスト 一三九）といわれる面を拡大解釈して、「現代アメリカの運命」とするならば、南北戦争以前の古き良き旧南部社会への不可能な回帰を希求し、自殺という自己否定のクウェンティンの姿は、現代の社会機構での現代人の自爆状態を象徴する具体像となる。

ジェイソンの人物像は、進展するアメリカ産業資本主義の競争社会のシステムに巻き込まれ、堕落してゆく人物像を反映するものとなる。目先の相場取引の数値にのみこだわり、騙し取った金の空しい奪回に関心が集中し、利己の蓄財のためには欺きと裏切りをも辞さずに、刹那刹那をただ生きる、一九世紀末のいわゆる「金ぴか時代」の虚飾にみちた浅薄な人間像の再現が認められる。モラルの退廃と堕落の性向は、「金ぴか時代」の虚飾を身にまとい、自滅の人生を自ら歩むこととなる。彼は「近代合理主義の矮小化、擬画像」となり、「産業資本主義気機構のからくり」（大橋 a 二四六）を象徴する人物となる。自己の利害以外には関心を向けることなく、社会との連携を自ら断ち、「[女は] いったん雌犬になると、そこから抜けられない」(一七九)、とうそぶいて、人生の生き様を奏でる愛の世界を自ら拒否し、その幸せを味わうことがない。「ガソリンの匂い」で絶えず頭痛に悩むジェイソンは、近代産業社会の吐き出す害毒の被害者でもある。彼の人生観の背後には、ダーヴィンの進化論のもとで、獣と同じ本能に生きて、弱肉強食の自然淘汰のもとで、勝者のみが生き残るという自然主義的発想を身につけ、経済的優勝劣敗の生活方針を堅守せんとする人間の姿がある。産業資本主義国家への途を歩みだした、一九世紀末の社会情勢から招来される時代錯誤の人生観をジェイソンは引きずる。アメリカで発達した思想・哲学のプラグマティズムは、この時期に発展をとげて、以降アメリカの価値観に大きな影響を与えた。その基本的主張は「考えは行為の一段階なり」(鶴見一六九)と言われるが、ジェイソンの思考内容には原理原則に類する倫理思想は排除され、直面する目先の利害にこだわる短絡的行為にとどまるばかりである。富の獲得に空しく狂奔し、刻々と変化する綿相場に一喜一憂する姿は、ただ時間の経過にわが身をゆだね、迫り来るニュー・ヨークの金融大恐慌の罠に落ち込む時間の奴隷となった人間を彷彿させ、組織社会に組み込まれて人間性を剥奪された犠牲者となる。

それぞれ三人の兄弟の「語り」から間接的に浮かびあがるキャディ像は、アメリカ西部開拓の歴史の過程において、大自然のうけた変貌と破壊の経過を背景にした人生行路を歩む象徴的人物像となる。ネイティヴ・アメリカンを住み慣れた土地から駆逐し、広大な未開の荒野を、私有地として切り刻み、自然征服という名のもとで、人間の欲望の実現の場に変えていった西部開拓の経過は、キャディの、そしてキャディを堕落させた欲望の流れを包摂するものである。開拓期における白人の物質的、性的欲望を比喩的に具体化するものとして、キャディ像は歴史性を帯びることになる。

祖母の葬儀の日に、子供達が事状を知らずに、家のなかで何が行われれているのか見ようとして、キャディが木に登る場面がある。ヴァーシュが彼女を押し上げ、皆は「彼女の泥にまみれたパンツを見つめていた。すると、彼女が見えなくなった。木がざわめいているのが聞こえた」(三七)。この場面は本作品が創作される土台(メリヴェザー 一四六)ともなっているもので、「泥に汚れたパンツ」は、「禁断の木の実を食べたアダムとイヴの堕落を、エデンの喪失を示唆するもの」(大橋 b 七三―七五他)と一般に解釈されるように、キャディ像は西欧の歴史における、人類の堕落と、エデンからの追放という神話的原型像にかかわるものである。無垢なアメリカという新しいエデンの園からの、人類の追放をキャディ像は背負うものとなる。

子供時代におけるキャディとベンジーのもたらす親愛な関係も重要である。キャディが泣き喚くベンジーをなだめる言動は、姉弟の関係に加えて、母子の関係にある。クエンティエン夫人の代理役としてだけでなく、夫人を諭し、なだめる様子をみると、母と子の親子関係は逆転するまでの状態に至る。キャディのなだめる声の調子は、「母の言葉で話す」(グウィン・M 四一)性質を帯びて、ふたりは近親相姦的親密な愛情で結ばれている。この結びつきは、未開の荒野（子供のキャディ）と、そのなかで自然の恵みを利用して生活する、ネイティヴ・アメリカン（ベンジー）の文明に汚されぬ結びつきを暗示するものである。アメリカが新しいエデンの園であった未開拓の時期において、あるべき本然の姿を希求する「アメリカの夢」の投影像ともなるが、キャディの不在と、ベンジーのその悲哀の姿は、「夢」の崩壊と再現不能を例証する開発された現実社会の象徴となり得ている。

ベンジーと同様に、キャディという名前も聖書（使徒行伝 八・二六）から採られたキャンディス「エチオピアの女王」に由来するのであれば、かっては尊重されたが、消滅した文化の原像を示唆するものとなり、自分の欲望に溺れた娘というイメージの域を越える人物像となる。大都会の貪欲な波に呑まれて、身をもち崩してゆく、無残な乙女の末路の姿と、キャディの行動は重なる。恋人に捨てられて、最後は売春婦にまで身を落とし、ハドソン河に身を投げる、クレインの『マギー――街の女』（一八九三年）の主人公、マギーの姿がその背後に浮ぶ。

他面、キャディの「淪落」は、父権社会のもたらす価値観によるものとして、「キャディは処女性を『喪失』したというより、それは『経験の獲得』として再定義されはしないだろうか」（藤平六八）という観点に立って、女性の新しい価値観に照らしてみると、キャディの「淪落」に接したコンプソン一家に代表される南部社会の体質の古さを、改めて発掘するものとなる。人間存在における「性」の根本問題を、従来の価値観に縛り付けられている一家は、キャディを人身御供として放逐して、旧来の名誉を保持せんとした時代錯誤におちいっている悲劇性が浮き彫りにされる。こうした側面を拾いあげると、キャディ像は堕落して楽園追放されたイヴを原像とし、アメリカ開拓の「夢」の崩壊をわが身で例証し、自らも消えてゆくはかない露となるが、他面、反面教師として人間の生きる権利を反芻させる姿となって、アメリカの負の歴史にその存在を主張するものとなる。

ディルシーは黒人独特の忍耐力と神の加護のもとで、絶望的な一家のなかで生きる希望を見出し、人間の愛と信頼を失うことのない根源的存在として映しだされる。その背後には、長きにわたって受けてきた黒人奴隷としての人種差別の苦難の歴史を背負っている。リンカーンの発した「奴隷解放宣言」から約六〇年余り後の、ひとりの黒人女性が、白人一家の召使として、老齢を厭わず心身ともに献身的努力のもとに、神の恩寵を直感して、ベンジーの世話をしながら生活する姿は、南部のプランテイションで奴隷として屈辱の日々を送ってきた黒人が、自己犠牲をかえりみることもなく、白人に、人間救済の手を差し伸べる構図を描き出すものとなる。ハリエット・ビーチャー・ストウ夫人の『アンクル・トムの小屋』（一八五二年）において、その前例となる黒人像が呈示されたが、南北戦争に廃退した南部において、その復活の重要な要素として、黒人の人間性を評価しようとする意図は、ディルシーを重要な人物に仕立てあげる。ディルシー像は明らかに、作者フォークナーの乳母、黒人キャロライン・バーの影響を受けて、人種を超えた人間の尊厳性という理念を反映した人物像となる。「ディルシーは私のお気に入りの人物のひとりである理由は、勇敢で、びくともしないで、寛大で、やさしく、正直である」（メリヴェザー 二四四―四五）と評価される人物である。キャディなき現在において、ベンジーを支える人物はディルシー以外にはいない。この両者の関係は、ベンジーの担う原住民のネイティヴ・アメリカン像と黒人との結びつきにつながる。両者がどちらも、白人による迫害を長年にわたって受けてきたという点で共通し、白人中心の社会的通念の欠陥を露わにし、その是正をうながし、従来のアメリカの歴史観に変更をせまる現今の歴史学の立脚点となり得る貴重な存在となり得る。

黒人奴隷制の場合と同じく、インディアンに対する白人の態度や政策に道徳的判断を加えることは、白人アメリカ人が自己糾弾をすることにならざるをえない。新大陸に「自由の帝国」を建設した白人アメリカ人は、アフリカから強制的に黒人を連れてきたこと、土着人ないし先住者であるインディアンを強制的に西へ追いやり、絶滅に瀕するまでにいたらしめた歴史的宿命から逃れることはできないのである。（本間 四五）

ベンジーとディルシーとの結びつきの背後に、白人の「自己糾弾」を自らに課さねばならぬ「歴史的宿命」が仄見える。アメリカ発展の陰に隠れて、両者の存在は白人の良心に訴えかける社会の指標となる。ディルシー像の背後に実在した、フォークナーの黒人の乳母、キャロライン・バーがいるならば、白人側の担う「歴史的宿命」とは、作者フォークナーに、最後は、一般の読者が負わねばならぬ宿命となる。「語り」だされたベンジーとディルシーのつくりだす人間像は、「宿命」としての人種的人権の問題をはらみ、アメリカ人の良心の問題として、作品のなかで具体化された表象となり得ている。このふたりの純心無垢な結びつきの喪失・消滅は、アメリカの開拓・発展の経過と、原住民の生活との共存関係が失われて、新たな対立関係に移行する経緯に包摂されてゆく。アメリカの文明発展の経緯は、従来の白人中心の歴史観からでなくて、新しい視点にたって、見直し、是正を求めんとする現在の趨勢を、キャディ、ベンジー、さらには、ディルシーは先取りした具体像となっている。

華やかなアメリカの歴史の原型像と、現代におけるその悲劇的反映を、人間性の解体にまつわる「語り」の作業を通して浮揚させんとしたのが本作品であるといえよう。言語の革新的実験を通して、その意味の深化と広がりを目指し、以後の作品群に認められるアメリカ南部の社会と人間活動に集中させて、人間存在の普遍的真実を探り出さんとする文学世界、いわゆる「ヨクナパタファ」という壮大な小説世界追求のためには、南部を背景とした人物像に、アメリカの歴史的象徴を基底とした寓意性を盛り込む言語表現上の実験を経なければならなかった。これ以後の作品において、アメリカの歴史的寓異性を、アメリカ全体から南部の限定した一地域に集中させて、より深く人物像に取り込み、人間性の根源を求めるための、アメリカ歴史社会への基本的視点への志向が、この作品の基底となっている。伝統的な旧南部の社会のみならず、広くアメリカ社会形成の歴史的風土の投げかける原型像に収斂される人物像が、具体的な「語り」の方法的戦略から、見事に造形化されて、文学作品として読者に対決をせまる実体感あるものとなって呈示されているといえる。

［引用文献］

Bleikasten, Andre. *The Most Splendid Failure: Faulker's The Sound and the Fury*. Bloomington & London: Indiana University Press, 1976.

Brooks, Cleanth. *William Faulkner: The Yoknapatawpha Countery*. New Haven and London: Yale University Press, 1963.

Chatman, Seymour. *Siory & Discourse: Narrative Structure in Fiction and Film*. Ithaca: Cornell University Press, 1978.

Collins, Carvel. 'The Interior Monologues of *The Sound and the Fury*.' In *Studies in the The Sound and the Fury*,compiled by James B. Meriwether. Charles E. Merrill Studies: Bell & Howell, 1970.

Faulkner, William. *The Sound and the Fury*. Vintage, 1995.

Feidelson, Charles, Jr. *Symbolism and American Literature*. Chicago:University Press,1953.

Gwin, Minsensrose C. *The Feminine on Faulkner: Reading: (Beyond) Sexual Difference*. Knoxville: The University of Tennessee

Press, 1990.

Gwynn, Frederick L., & Joseph L. Blotner eds. *Faulkner in the University: Class Conferences at the University of Virginia 1957–58*. Charlottesville: University Press of Virginia, 1959.

Hamblin, Robert W.& Charles A. Peek. eds. *A William Faulkner: Encyclopedia*. Westport, Connecticut: Greenwood Press: 1999.

Iser, Wolfgang. *The Act of Reading:A Theory of Aesthetic Resonse*, translated by Der Akt des Lesens. Baltimore & London: The Johns Hopkins University Press, 1978.

Kaluza,Irena.*The Functioning of Sentence Structure in the Stream–of–Consciousness Technique of William Faulkner's The Sound and the Fury:A Study in Linguistic Stylistics*. The Folcroft Press Inc., 1970.

Kartiganer, Donald M. 'The Sound and the Fury and the Dislocation of Form.' In *William Faulkner's The Sound and the Fury*. ed.Harold Bloom. New York: Chelsea House Publishers, 1988.

Lanser, Susan Sniader. *The Narrative Act:Point of View in Prose Fiction*. Princeton: Princeton University Prerss, 1981.

Lester, Cheryl. 'Racial Awareness and Arrested Development: *The Sound and the Fury* and the Great Migration (1915--1928)' In *The Cambridge Companion to William Faulkner*. ed. Philip M. Weinstein. New York: Cambridge University Press.1995.

Mattheus, John T. 'The Discovery of Loss in *The Sound and the Fury*.' In *William Faulkner's The Sound and the Fury*. ed. Harold Bloom. New York:Chelsea House Publishers, 1988.

Meriwether, James B., & Michael Millgate, eds. *Lion in the Garden:Intervies with William Faulkner 1926-1962*. New York: Random House, 1968.

Millgate, Michael. *The Achievement of William Faulkner*. London: Constable, 1966.

Mortimer, Gail L. 'Precarious Coherence:Objects through Time. 'In *William Faulkner's The Sound and the Fury*. ed.Harold Bloom. New York: Chelsea House Publishers, 1988.

Nicolaisen, Peter. 'William Faulkner's Dialogue with Thomas Jefferson 'In *Faulkner in America:Faulkner and Yoknapatawpha*, 1998. eds. Joseph R. Urgo & Ann J. Abadie. Jackson: University Press of Mississippi, 2001.

Reed, Jr., Joseph W. *Faulkner's Narrative*. New Haven and London: Yale University Press, 1973.

Ross, Stephen M. & Noel Polk. *Reading Faulkner:The Sound and the Fury*. Jackson: University Press of Mississippi, 1996.

Stonum, Gary Lee. '*The Sound and the Fury*: The Search for a Narrative Method' In *William Faulkner's The Sound and the Fury*. ed. Harold Bloom. New York: Chelsea House Publishers, 1988.

Sundquist, Eric J. 'The Myth of *The Sound and the Fury*.'In *William Faulkner's The Sound and the Fury*. ed. Harold Bloom. New York: Chelsea House Publishers, 1988.

Urgo, Joseph R. 'Where Was that Bird? Thinking America through Faulkner. 'In *Faulkner in America:Faulkner and Yoknapatawpha*, 1998. eds. Joseph R. Urgo, & Ann J. Abadie. Jackson: University Press of Mississippi, 2001.

Vickery, Olga W. *The Novels of William Faulkner:A Critical Interpretation*. Baton Rouge: Louisiana State University Press,1959.

Westling, Louise H. *The Green Breast of the New World*. Athens and London:The University of Georgia Press, 1996.

アメリカ学会訳編『原典アメリカ史　第二巻』岩波書店、一九六八年。

浅沼圭司『象徴と記号』勁草書房、一九八二年。

大橋健三郎　a『フォークナー研究　1』南雲堂、一九七七年。

――――　b William Faulkner. *The Sound and the Fury*, Eichosha Commentary Booklet（註）英潮社、一九七三年。

――――　c「"Twilight" のイメージについて」尾上政次教授還暦記念論集刊行委員会（編）『アメリカの文学と言語』南雲堂、一九七五年。

カーティゲイナー、ドナルド・M「身振りとしてのモダニズム――フォークナーにおける事実の欠落」田中敬子訳『フォークナー』第三号、松柏社、二〇〇一年。

鈴木大拙『新編　東洋的な見方』上田閑照編、岩波書店、一九九七年。

田中敬子『フォークナーの前期作品研究――身体と言語』開文社出版、二〇〇二年。

田中久男『ウィリアム・フォークナーの世界』南雲堂、一九九七年。

鶴見俊輔『新版アメリカ哲学』社会思想社、一九七一年。

中野孝次『道元断章・正法眼蔵と現代』岩波書店、二〇〇〇年。

林　文代『迷宮としてのテクスト』東京大学出版会、二〇〇四年。

平石貴樹『メランコリック　デザイン』南雲堂、一九九三年。

フィードラー、レスリー・A『アメリカ小説における愛と死―アメリカ文学の原型I』佐伯彰一他訳、新潮社、一九八九年。

藤平育子「ジョー＝アディーキャディーナンシー・複合体」『フォークナー』第四号、松柏社、二〇〇二年。

本間長世『アメリカ史像の探求』東京大学出版会、一九九一年。

山口隆一『フォークナー詩神の冷笑――前期小説群のユーモア』英宝社、一九九九年。

ライジング、ラッセル・J．『使用されざる過去――アメリカ文学理論／研究の現在』本間武俊他訳、松柏社、一九九三年。

リン、ケネス・S編『アメリカの社会』大橋健三郎監訳、東京大学出版会、一九六四年。

ルクテンバーグ、ウィリアム『アメリカ一九一四――三二――繁栄と凋落の検証』古川弘之・矢島昇訳、音羽書房鶴見書店、二〇〇四年。

あとがき

『ジェンダーで読む英語文学』の続編を上梓することは、我が研究会のこの五年間の目標であった。テーマを決めるために話し合いを積み重ねて、口頭発表した上で執筆に取りかかった。原稿が出来上がると、テーマの解釈の仕方に幅があることに気づかされた。

本書に収められている個々の論考は、それぞれの論者の主体的なアプローチを尊重し、「境界」を意識して統一的に収斂されるものではない。我々は、文学の文化的領域を広げて、従来の解釈にこだわることなく、新しい読みを試みた。こうした問題は、明確な概念として示せるものでもなく、本来、曖昧な性格をもつが故に、各論も実験的な性格を秘めたものとなっている。それぞれのアプローチの問題点を含めて、どこまでテーマに迫れるのか、新しい問題提起となり得ているのか、読者諸賢の腹蔵のないご意見、ご批判を賜れば幸いである。

前回に引き続いて、本書の出版を快くお引き受け頂いた開文社出版社長安居洋一氏に、心よりお礼を申し上げる。

二〇〇五年九月末日

現代英語文学研究会
編集委員

阿部　美春
中西　典子
高屋慶一郎
山本　俊一

山下　昇（やました　のぼる）
相愛大学教授
主要著書：『1930年代のフォークナー』（大阪教育図書　1997年）、『冷戦とアメリカ文学』（編著）（世界思想社　2001年）、『表象と生のはざまで―葛藤する米英文学』（共編著）（南雲堂　2004年）

中西典子（なかにし　のりこ）
同志社大学嘱託講師
主要著書・論文：「W・フォークナー『征服されざる人びと』のベイヤード・サートリスの語りについて」（『立命英米文学』第15号　立命館大学衣笠英米文学会　1997年）、「ケイト・ショパン『目覚め』―エドナ・ポンテリエの衝動」『ジェンダーで読む英語文学』（共著）（開文社出版　2000年）

高屋慶一郎（たかや　けいいちろう）
京都光華女子大学名誉教授
主要著書：「クレイン『街の女・マギー』からドライサー『シスター・キャリー』へ―都市生活と女性」『ジェンダーで読む英語文学』（共著）（開文社出版　2000年）、「アメリカ小説の『ムーヴァブル・フィースト』―そのダイナミックな特性」『他者を見る目―英語世界の多様性を探る』（共著）（大阪教育図書 2003年）

執筆者紹介（目次順）

山本俊一（やまもと　しゅんいち）
立命館大学理工学部教授
主要論文:「詩人気質とシレノスの知恵—『毛猿』における絶望の中の希望」（『立命館文学』508号 1988年）、「アメリカのニューウーマンと Rachel Crothers の *He and She*」（『立命館英米文学』6号 1997年）

杤山美知子（とちやま　みちこ）
大谷女子大学文学部英米語学科教授
主要論文:「ポウの『使い切った男』—ロボットと魂—」（『大谷女子大学英語英文学研究』29　2002年3月）、「人間性というフィクション—ティプトリィの『接続された女』—」（『大谷女子大学英語英文学研究』30 2003年3月）、「『眼鏡』と『好色』—ポウと芥川の恋の悲喜劇—」（『大谷女子大学紀要』39 2005年2月）

阿部美春（あべ　みはる）
同志社大学嘱託講師
主要著訳書「フランケンシュタイン・コンプレックス」『身体で読むファンタジー』（共著）（人文書院　2004年）、'Mary Shelley's Heterogeneous Philhellenism in *The Last Man*' *Voyages of Conception:Essays in English Romanticism*（共著）（桐原書店　2005年）、『おとぎ話が神話になるとき』（J・ザイプス著／共訳）（紀伊国屋書店 1999年）

木戸美幸（きど　みゆき）
京都光華女子大学文学部助教授
主要著書:「イーディス・ウォートン『お国の慣習』—アンディーンの結婚」『ジェンダーで読む英語文学』（共著）（開文社出版　2000年）、「『木の実』—ジャスティンの失望と妥協」『他者を見る目—英語世界の多様性を探る』（共著）（大阪教育図書　2003年）

岩田典子（いわた　みちこ）
摂南大学外国語学部教授
主要著書:『エミリ・ディキンスン　愛と詩の殉教者』（創元社　1982年）、『エミリ・ディキンスンを読む』（思潮社 1997年）、『エミリー・ディキンソン　わたしは可能性に住んでいる』（開文社出版　2005年）

作家・作品索引（50音順）

(作家名に続いてその作品名を列記している)

[あ]

アイスキュロス (Aeschylus)　108, 133

アダムズ、ヘンリー (Henry Adams)　343

『ヘンリー・アダムズの教育』*The Education of Henry Adams*　343

[う]

ヴェクテン、カール・ヴァン (Carl Van Vechten)　216

ウェルギリウス (Virgil)　88, 100-102

『アエネーイス』*The Aeneid* 101-102

『農耕詩』*Georgics*　101-102

ウォートン、イーディス (Edith Wharton)　139-174

『エイジ・オブ・イノセンス』*The Age of Innocence*　140-141

『お国の慣習』*The Custom of the Country*　141, 153, 155-156

『過去を顧みて』*A Backward Glance*　140

『歓楽の家』*The House of Mirth*　148-149

『子どもたち』*The Children*　141-172

ウルストンクラフト、メアリ (Mary Wollstonecraft)　86, 87, 98, 116

ウルフ、ヴァージニア (Virginia Woolf)　131

[え]

エフィンジャー、ジョージ・アレック (George Alec Effinger)　61

エリオット、T・S (T. S. Eliot)　66, 260, 330

『荒地』*The Waste Land*　66

[お]

オーウェル、ジョージ (George Orwell)　66

『一九八四年』*1984*　66

オースティン、ジェイン (Jane Austen)　118

『ノーサンガー寺院』*Northanger Abbey*　118

オニール、ユージーン (Eugene O'Neill)　7, 12, 16, 17, 21, 28-34, 36, 43, 45

『アナ・クリスティ』*Anna Christie*　45

『命と引き替えにした妻』*A Wife for a Life*　31, 32

『奇妙な幕間狂言』*Strange Interlude*　31

『毛猿』*The Hairy Ape*　16-17, 26, 28, 36, 42, 43, 45

『氷屋来る』*The Iceman Cometh*　23, 30, 31, 34

『個人差』*The Personal Equation*　32
『さらに豪華な邸宅』*More Stately Mansions*　29, 45
『詩人気質』*A Touch of the Poet*　29, 30, 45
『地平の彼方』*Beyond the Horizon*　13
『朝食前』*Before Breakfast*　31, 32
『長者マルコ』*Marco Millions*　11
『ヒューイ』*Hughie*　29, 30, 31, 34, 45
『夜への長い旅路』*Long Day's Journey into Night*　30, 45
『藁』*The Straw*　45

［か］
カフカ、フランツ (Franz Kafka)　69

［き］
ギブスン、ウィリアム (William Gibson)　61

［く］
クック、ジョージ・クラム (George Cram Cook)　5-6, 7, 14, 21-24, 33, 44, 45
グラスペル、スーザン (Susan Glaspell)　1-50
『アリスンの家』*Alison's House*　30, 31
『永遠にめぐりくる春』*Springs Eternal*　30
『女の名誉』*Woman's Honor*　31
『些細なこと』*Trifles*　1, 31
『神殿への道』*The Road to the Temple*　24
『バーニース』*Bernice*　27, 31
『ヴァージ』*The Verge*　1-50
グレイヴズ、ロバート (Robert Graves)　132
『ギリシア神話』*The Greek Myths*　132
クレイン、スティーヴン (Stephen Crane)　347
『マギー－街の女』*Maggie: A Girl of the Streets*　347
クレイン、ハート (Hart Crane)　201
「エミリー・ディキンソンによせる」"To Emily Dickinson"　201
クロザーズ、レイチェル (Rachel Crothers)　2

［け］
ゲーテ、ヨハン・ヴォルフガング・フォン (Johann Wolfgang von Goethe)　60, 133
『プロメテウス』*Prometheus*　133
「プロメテウス」"Prometheus"　133
ケルアック、ジャック (Jack Kerouac)　62

［こ］
コールリッジ、S・T (Samuel Taylor Coleridge)　331
ゴドウィン、ウィリアム (William Godwin)　98, 129

［さ］
サリヴァン、パット (Pat Sullivan)　64

［し］
シェイクスピア、ウィリアム (William Shakespeare)　260
『マクベス』*Macbeth*　337
ジェファソン、トマス (Thomas Jefferson)　340, 341

『ヴァージニア覚書』*Notes on the State of Virginia* 340
シェリー、パーシー・ビッシュ (Percy Bysshe Shelley) 82, 91-92, 94-95, 97, 107, 119, 121, 129, 133
『縛めを解かれたプロメテウス』*Prometheus Unbound* 92, 132, 133
『チェンチ家』*The Cenci* 91-92, 95, 132, 133
「西風に寄せるオード」"Ode to the West Wind" 107
シェリー、メアリ・ウルストンクラフト (Mary Wollstonecraft Shelley) 81-138
『フランケンシュタイン』*Frankenstein: or The Modern Prometheus* 83, 86, 97, 98, 120, 134
『ヴァルパーガ』*Valperga or, The Life and Adventures of Castruccio, Prince of Lucca* 81-138
シャーリー、ジョン (John Shirley) 60, 74
ジョイス、ジェームズ (James Joyce) 260, 261
ジョンソン、ジェームズ・ウェルダン (James Weldon Johnson) 204

[す]
スコット、ウォルター (Walter Scott) 129
スターリング、ブルース (Bruce Sterling) 61
スタンダール (Stendhal) 82
ストウ、ハリエット・ビーチャー (Harriet Beecher Stowe) 348
『アンクル・トムの小屋』*Uncle Tom's Cabin* 348

[そ]
ソレルス、フィリップ (Philippe Sollers) 261

[た]
ダンテ (Dante Alighieri) 60, 81, 82, 87-89, 94, 96-97, 99-100, 101, 103, 106, 108-109, 111, 121-122, 125, 130, 131
『神曲』*Divina Commedia* 87, 94, 99-100, 101, 103, 105, 106
『新生』*Vita Nuova* 87, 89, 94, 110

[て]
ディキンソン、エミリー (Emily Dickinson) 175, 176, 177, 178, 179, 181, 182, 184, 185, 189, 190, 191, 195, 200, 201
「熱く我を忘れて没頭する夢は 果たされずに遠のく」 "The maddest dream – recedes – unrealized –" (F304a) 190
「雪花石膏《アラバスター》の部屋のなかで」"Safe in their alabaster chambers," (F124a) 191
「雪花石膏《アラバスター》の部屋のなかで」"Safe in their Alabaster Chambers –" (F124f) 192-194, 195, 201
「一番身近な夢は 果たされずに遠のく」"The nearest Dream recedes – unrealized –" (F304b) 185-187, 188, 189, 190, 201
「出版　それは」"Publication - is the Auction" (F788a) 184
「太陽がどう昇ったかお話ししましょう」"I'll tell you how the Sun rose –" (F204b) 196-198,199, 200, 201
「逃亡ということばを聞くと」"I never

hear the word '*Escape*'" (F144a)　177
「私たちは模造品《にせもの》をつけて遊んだ」 "We play at Paste –" (F282a)　180-181, 201
「わたしの戦争は本のなかに鎮めた」 "My Wars are laid awar in Books –" (F1579a) 200
「わたしは魅せられたと思う」"I think I was enchanted" (F627a)　177
ディズニー、ウォルト (Walt Disney)　76
『ディズニーのコミックとおはなし』 *Walt Disney's Comics and Stories*　64
ディック、フィリップ・K (Philip K. Dick)　51, 61
ディレイニー、サミュエル (Samuel R. Delaney)　52, 53
デュボイス、W・E・B (W. E. B. DuBois)　203, 216

[と]

ドクター・スース (Dr. Seuss or, Theodore Seuss Geisel)　65, 76

[は]

バイロン、ジョージ・ゴードン (George Gordon Byron)　133, 331
「プロメテウス」"Prometheus"　133
『マンフレッド』*Manfred*　133

バニヤン、ジョン (John Bunyan)　60
『天路歴程』*The Pilgrim's Progress*　59, 63

[ふ]

フォークナー、ウィリアム (William Faulkner)　225-258, 259, 260, 341, 348, 350
『アブサロム、アブサロム!』*Absalom, Absalom!*　342
「エミリーへのバラ」"A Rose for Emily"　225-258
『これら十三篇』 *These Thirteen*　232
「紫煙」"Smoke"　255
『響きと怒り』*The Sound and the Fury* 226, 260, 262, 335, 336
フォーセット、ジェシー (Jessie Fauset) 204
『アメリカ流の喜劇』*Comedy: American Style*　204
『プラム・バン』*Plum Bun*　204
ブラウニング、エリザベス (Elizabeth Browning)　177
『オーローラ・リー』*Aurora Leigh*　177
ブロンテ、エミリー (Emily Brontë)　178
「わたしの魂は臆病ではない」"No Coward Souls Mine"　178

[へ]

ベイリー、バリントン・J (Barrington J. Bayley)　61
ベケット、サミュエル (Samuel Beckett) 34
ヘシオドス (Hesiod)　125
『仕事と日』*Works and Days*　125

[ほ]

ホイットマン、ウォルト (Walt Whitman) 62, 177, 179
『草の葉』*Leaves of Grass*　177
「わたしを歌う」"Song of Myself" 179
ポー、エドガー・アラン (Edgar Allan

Poe)　59, 60, 70, 71
『アーサー・ゴードン・ピムの物語』 *The Narrative of Arthur Gordon Pym*　60
ホーソン、ナサニエル (Nathaniel Hawthorne)　82
ホプキンズ、G・M (Gerard Manley Hopkins)　331
ホワイト、ウォルター (Walter White) 204
『逃避』 *Flight, The Story of a Girl Who Passes*　204

［ま］

マキャヴェッリ、ニッコロ (Niccolo Machiavelli)　94, 97, 132
『カストルッチオ・カストラカーニ伝』 *La vita di Castruccio Castracani da Lucca* 94, 132

［み］

ミルトン、ジョン (John Milton)　125, 131
『失楽園』 *Paradise Lost*　105, 125, 131, 132-133

［め］

メルヴィル、ハーマン (Herman Melville) 70
『モービー・ディック』 *Moby-Dick or, the Whale*　60, 70

［も］

モリスン、トニ (Toni Morrison)　209
『スーラ』 *Sula*　209

［ら］

ラーセン、ネラ (Nella Larsen)　203-223
「サンクチュアリ」 "Sanctuary"　204
『パッシング』 *Passing*　203-233
『流砂』 Quicksand　204
ラッカー、ルーディ (Rudy Rucker) 51-80
『ホワイト・ライト』 White Light 51-78
『時空ドーナツ』 *Spacetime Donuts*　52, 55
『ソフトウェア』 *Software*　51, 52
『セックス・スフィア』 *The Sex Sphere* 55-56, 75
『時空の支配者』 *Master of Space and Time*　75
『空を飛んだ少年』 *The Secret of Life* 56
『ウェットウェア』 *Wetware*　51, 61
『ハッカーと蟻』 *The Hacker and the Ants*　56
『フリーウェア』 *Freeware*　51
『ＵＦＯで未来へ』 *Saucer Wisdom*　56
『リアルウェア』 *Realware*　51, 64
『思考の道具箱』 *Mind Tools: The Five Levels of Mathematical Reality*　55
『求めよ！』 *Seek!*　54, 60
『無限と心』 *Infinity and the Mind: The Science and Philosophy of the Infinite*　57

［る］

ルソー、ジャン・ジャック (Jean-Jacques Rousseau)　86

［ろ］

＜境界＞で読む英語文学
— ジェンダー・ナラティヴ・人種・家族　　（検印廃止）

2005年10月5日　初版発行

編　　者	現代英語文学研究会
発 行 者	安　居　洋　一
組 版 所	アトリエ大角
印刷・製本	モリモト印刷株式会社

〒160-0002　東京都新宿区坂町26
発行所　開文社出版株式会社
TEL 03-3358-6288・FAX 03-3358-6287
http://www.kaibunsha.co.jp

ISBN 4-87571-985-X　C3098